斗破苍穹
大主宰 ⑪

一周年至尊版

YI ZHOU NIAN ZHI ZUN BAN

斗破苍穹之

大主宰 11

天蚕土豆 ◎作品

湖南人民出版社

图书在版编目(CIP)数据

大主宰. 11 / 天蚕土豆著. -- 长沙 : 湖南人民出版社, 2014.8
ISBN 978-7-5561-0362-1

Ⅰ.①大… Ⅱ.①天… Ⅲ.①长篇小说—中国—当代 Ⅳ.①I247.5

中国版本图书馆CIP数据核字(2014)第181994号

大主宰(11)

著 者	天蚕土豆	

出 版 人	谢清风	
策 划 人	周 政	
执行策划	杨翔森	
责任编辑	夏新军	
特约编辑	许 逸	
装帧设计	彭意明	
内文设计	李映龙	
出版发行	湖南人民出版社 [http://www.hnppp.com]	
地 址	长沙市营盘东路3号	
邮 编	410005	
经 销	湖南省新华书店	
印 刷	北京盛通印刷股份有限公司	
版 次	2014年09月第1版	
	2014年09月第1次印刷	
开 本	710×1000 1/16	
印 张	18	
字 数	310千字	
书 号	ISBN 978-7-5561-0362-1	
定 价	32.80元	

目录
CONTENTS

序 ◇ 周年纪念，主宰王道！ ———————— 001

第1章 ◇ 九王会议 ———————————— 002

第2章 ◇ 九幽宫统领 ————————————— 015

第3章 ◇ 九阳为体，大日淬身 ———————— 029

第4章 ◇ 大罗金池之争 ——————————— 043

第5章 ◇ 宝剑出鞘 ————————————— 061

第6章 ◇ 新旧统领之争 ——————————— 075

第7章 ◇ 大罗金池 ————————————— 094

第8章 ◇ 曼荼罗 —————————————— 112

第9章 ◇ 夺回地盘 ————————————— 130

第10章 ◇ 九幽战意 ———————————— 144

第11章 ◇ 赌斗 —————————————— 158

第12章 ◇ 战意比拼 ———————————— 176

第13章 ◇ 征伐之战 ———————————— 191

第14章 ◇ 九阳之力 ———————————— 205

第15章 ◇ 大战雷魔宗 ——————————— 219

第16章 ◇ 单打独斗 ———————————— 237

第17章 ◇ 雷魔渊 ————————————— 256

第18章 ◇ 封印 —————————————— 270

序
周年纪念，主宰王道！

　　不知不觉，《大主宰》竟然都出到第十一本了，真是让我有一些小小的成就感。时间过得真快，离我刚开始写文，已经过去六年了，很多从一开始追我文的读者或许都已经长大了，你们的支持，是我继续在这条路上走下去的动力。现在，《大主宰》出版一周年，为了感谢大家的支持，和一直以来对我拖稿的包容……写了这则在我其他实体书中都从来没有过的序，作为《大主宰》出版一周年的纪念吧。

　　非常感谢周洪滨老师、小松老师、任翔老师和joe老师为《大主宰》一周年绘制的贺图，这么多的大神漫画家，简直让这本书蓬荜生辉了。我也看到了很多猪仔画的贺图，大家都很厉害，画得也特别棒，所以特此收录了几位猪仔的贺图留作纪念，也希望有漫画梦想的你们，能坚持自己的梦想，成为比周洪滨老师还厉害的漫画家。

　　现在《大主宰》的剧情算是逐渐进入中期，也算是进入到了最精彩的阶段了，精彩的大千世界正在展开。很多人问我洛璃和牧尘什么时候再聚，这可是个秘密，暂时还不能告诉你们哦！牧尘的"万古不朽身"也即将修炼成功了，接下来，就是他王者之路的旅程了，让我们一起期待吧！这个世界，将会比《斗破苍穹》的世界更为宏伟！

　　大家已经知道萧炎也在大千世界的吧？或许之后，就会有这位超人气的主角的出现了呢，让我们一起拭目以待，这位曾经的主角，在这《大主宰》中，又将会是何等的拉风吧！

2014年8月27日

第 1 章
九王会议

石台之上，伴随着九幽的离去，这里的气氛依旧有些凝固，不少人都目光闪烁，看来这一次的九王会议，怕是有些不太平了。

"呵呵，没想到离开了几年，脾气倒是大了不少。"血鹰王微眯着双目望着九幽远去的倩影，眼神深处掠过一抹戾气，淡笑道。

"不过我倒是要看看，谁能将我吃下去的东西再要回去！"血鹰王森然一笑，并没有将九幽的威胁放在心中，虽然他知道九幽背后有天鹫皇，但他并不惧，毕竟天鹫皇也只是三皇之一，还没办法一手掌控大罗天域内的所有事情。

"走！"

血鹰王大手一挥，迈上万丈石梯，迅速而上。

修罗王和裂山王等人都只是冷眼旁观，并没有插手两方的恩怨，九幽在九王之中的底子一直较薄，并没有什么盟友，而血鹰王却是颇有声望，所以在以往的对碰中，素来都是血鹰王占据上风，只是不知道这次，结果又会如何？

在修罗王身后，那徐青看了一眼血鹰王的背影，眉头忍不住皱了皱。

"没本事就不要想着替女人强出头，现在的你，还没那能力。"修罗王似是察觉到了徐青的目光，淡淡道。

徐青闻言，不由得尴尬一笑。

"而且九幽现在的实力，可轮不到你来担心她，她如今恐怕已经将近五品至尊，再加上她神兽的体质，就算是五品至尊的血鹰王都奈何不得她。"

修罗王迈步上前，淡漠的声音传进徐青耳中："另外你应该清楚，九幽可不是其他那些庸脂俗粉，她性子冷傲，想要让她动心，你现在还差了许多。最起码，你得摆脱掉这统领的身份。"

徐青默默点头，然后跟在修罗王身后，朝着大殿而去。

其余诸王也迈上石梯。

沿着石梯而上，古老的大殿已是开启，九幽带着牧尘三人迈步而进，只见大殿内，有一座椭圆形的石台。

石台沿着大殿边缘一路延伸，中间一片空旷，石台的最顶尖处，是一张能够俯视所有人的高大王座，只不过此时这张王座上并没有人，但即便如此，仿佛依旧有一种无形的压迫感从那王座上散发出来，笼罩着整座大殿。

显然，那个王座，属于大罗天域真正的执掌者，也就是那位神出鬼没的域主大人。

而在那王座下方，便是三座金色莲台，此时的莲台，有三道浑身散发着淡淡光晕的身影静静盘坐，他们周身的空间，呈现扭曲的迹象。

三道光影，居中间者，是一名颇为枯瘦的老人，老人眼神似乎有光芒时刻在凝聚，犹如能够看透人心一般，锐利得令人心悸。

在其左边，也是一位白发苍苍的老者，不过此人皮肤光滑如婴孩，脸上看不到丝毫的皱纹，连那白发，都散发着光泽，完全不似垂暮的老人，而他的双瞳，则完全是一片漆黑，没有丝毫眼白，那种黑暗，令人不寒而栗。

而其右手边，则是一位昏昏欲睡的男子，男子看不出年龄，但那懒洋洋的姿态，仿佛时刻都处于这种昏睡的状态。

走入大殿的九幽，目光首先望向那居中的枯瘦老人，一直冰冷的俏脸上，终于有一抹笑容浮现出来。

"哎呀，小九幽终于回来了啊，真是不错。"那枯瘦老人锐利的目光停在了九幽身上，欣慰地笑道。

那皮肤如婴儿般的白发老者也微眯着眼睛看了一眼九幽，眼中掠过了一抹惊讶之色。

那昏昏欲睡的男子也睁开眼睛看了看，然后又是懒洋洋地歪着头。

"中间那位就是天鹫皇大人，他与九幽雀一族有些渊源，所以算是九幽姐姐的长辈，一直照拂着她。"唐冰对牧尘低声说道。

"而天鹫皇左边那位，是灵瞳皇，他也是血鹰王等人的靠山，血鹰王敢这么嚣张，有很大的原因就是因为这灵瞳皇在支持。"

牧尘心神一动，看向那位生有黑瞳的白发老人，后者仿佛也有所察觉，眼瞳微瞟而来，那黑瞳中仿佛有诡异的光芒在流转，令人深陷其中，无法自拔。

一只冰凉的玉手突然轻轻握住牧尘的手掌，那种冰凉之感，立刻令牧尘清醒过来，当即心头一惊，眼中满是忌惮。

这个灵瞳皇，果然很诡异。

"别注视他的眼睛，他所修炼的神术，便在他的眼睛内。"九幽见牧尘清醒过来，也松开了他的手，提醒道。

牧尘微微点头。

"那第三位……号称睡皇……这些年来，似乎就没见他有过清醒的时候，所以大罗天域的诸多事情，大多都是由天鹫皇与灵瞳皇做主。"唐冰俏脸古怪地看了那始终昏昏欲睡的人影一眼，道。

牧尘也是一脸的惊愕，面色同样古怪，这个世界上，竟然还有这么奇怪的人？

"可别小看了他，据说他是最早跟随域主开辟大罗天域的人，实力深不可测，连鹫老都对他颇为忌惮。"九幽轻声道。

牧尘轻轻点头，眼前的这三皇，恐怕丝毫不比那天玄殿的人魔长老弱，他们的实力，至少都在七品至尊以上。

"那域主呢？"牧尘疑惑道。

"域主已经很多年没出现过啦。"唐柔悄悄道，"域主可是咱们大罗天域中最神秘的人了，据说他在闭关修炼，但却没人知道他在哪里闭关。"

牧尘无奈地一笑，这大罗天域，倒还真是有些奇特。

九幽挥挥玉手，带着牧尘三人朝一座石椅而去，然后坐下，她落座后，其余八王也带着人马陆续进来，依次而坐。

"呵呵，等了好些年时间，这里的席位总算是坐满了。"望着下方那满座的席位，天鹭皇淡淡一笑，"既然人已到齐，那九王会议，便开始吧。"

大罗天域的疆域极为辽阔，而且还与诸多同样强大的势力接壤，彼此间的争斗也是不断，而一般诸多需要争议的事情，都会放在这九王会议上来解决。

九幽因为已经离开大罗天域多年，所以并没有插嘴这些话题，而是纤细玉指轻轻弹着石台，美目微闭，俏脸上有淡淡的寒意始终笼罩着。

牧尘与唐冰，唐柔都静立着，眼观鼻，鼻观心，做木头人状。

关于这些颇有争议的事情的讨论，持续了约莫一个时辰，终于有了最后的尾声，天鹭皇见状，这才转开话题："诸事已毕，接下来便说说两个月之后的'大罗金池'之争。"

此话一出，大殿内的气氛顿时为之一凝，诸王眼神也变得凝重了起来，显然明白这才是重头戏，毕竟"大罗金池"可是相当具有吸引力的。

九幽也在此时睁开了美目，冰冷眼神投向血鹰王，带着寒意的声音，率先响起："这一届的大罗金池之争，我们九幽宫也会参与。"

在场的人心头都是一跳，知道这位刚回来的九幽王是要发难了。

血鹰王闻言，微微一笑道："呵呵，九幽啊，你是许久未曾回来，所以有些事情并不知道，你们九幽宫的那个名额，早已卖给了我们血鹰殿。"

唐冰与唐柔俏脸上顿时有怒气涌现，这个家伙，还真是不要脸。

"卖给你们了？我同意了吗？血鹰王血鹰殿的首领，应该也知道这种事，只有一殿之首点头才作数吧？"九幽冷笑道。

"既然我没点头，那就做不得数，不然的话，我出两千至尊灵液，你把你们血鹰殿的名额也卖给我九幽宫吧？"

血鹰王眼角跳了跳，眼神变得阴沉了许多，旋即他森然一笑："没想到离开了几年，你倒是变得能说会道了。"

他手掌缓缓紧握石椅扶手，一股磅礴的灵力威压便爆发出来，他眼神凌厉地盯着九幽。

九幽见状，红润小嘴掀起一抹冰冷笑容，她玉手猛的一拍巨大的石桌，一道裂缝瞬间自其掌下暴射而出，犹如利剑，直指血鹰王。

"放肆！"

血鹰王见九幽竟然还敢主动攻击，眼神顿时一寒，陡然一掌拍下，一道血光裂纹从其掌下暴射而出，直接与那射来的裂缝撞击在一起。

咚！

巨大的石桌顿时狠狠一颤，不过还不待那冲击波爆发开来，便有一股柔和的力量涌来，将两股力量都消融而去。

"议事厅内，禁止动武。"天鹭皇一挥衣袖，淡淡道。

血鹰王冷哼一声，他阴冷地盯着九幽，讥讽道："就算你有了名额又能怎样？你们九幽宫已经没有统领了，你们没有资格参加大罗金池之争。"

统领必须拥有至尊境的实力，而九幽宫内，除了九幽之外，就算唐冰那个丫头，也未曾踏入至尊境。

"谁说我们九幽宫没有统领？"

九幽美目一抬，红润小嘴掀起一抹嘲讽笑容，她玉指指向身旁的牧尘，冰冷的声音，响彻全场。

"从今以后，他就是我们九幽宫的新任统领！"

整个大殿内都陡然安静了一瞬，再然后所有的目光都猛地抬起，尽数汇聚在了那站在九幽身后，一直一言不发，神色格外平静的少年身上。

"这人是谁？似乎年龄并不大的样子……"

"这种灵力波动，似乎也就刚刚晋入至尊境吧？这样也能胜任统领之位？"

"莫不是随便找个人来凑数吧？"

"……"

一些疑惑的窃窃私语声悄悄传开，那些看向牧尘的目光中，都充满了质疑，虽然这个年龄能够拥有这种实力的确不简单，但大罗天域的统领之位，可不是简单的看你的天赋，而是看你现在所拥有的真正实力。

而显然，那从牧尘身上散发出来的压迫感，很难让人信服。

修罗王面无表情地看了牧尘一眼，并没有说话，在其身后，那名为徐青的男子，倒是多看了牧尘一眼。

血鹰王也在此时微眯着眼睛盯着牧尘,眼神犹如毒蛇一般令人心头发寒,他上下打量了一下牧尘,嘴角忍不住微微撇了撇:"这人是谁?似乎并不是我们大罗天域的人吧?"

"从现在开始就是了,我身为九幽宫的首领,自然是有权力任命九幽宫的统领,这一点,你也管不着吧?"九幽淡淡道。

血鹰王眼目微垂:"话是这么说,不过九幽宫毕竟也是大罗天域麾下,而我们大罗天域的统领,都是经过重重血战拼搏出来的,你若是随意指派个人就能拥有这种地位,那又视其他统领为何物?"

"而且若是你指派的统领实力不济,说不定还会被其他势力嗤笑我大罗天域无人,所以指派统领这件事,怕也不能你一人说了算。"

在血鹰王身后,那吴天以及曹锋都盯着牧尘,前者漫不经心,后者眼神却有些阴暗,因为他想起了当年他被九幽带回九幽宫时,也是将统领的位置给予了他。

只不过后来九幽离开多年,他最终也抛弃了九幽宫,因为九幽的九幽宫,远远比不上鹰王殿,只是他没想到,九幽竟然还能再回来。

而且这一次,她的身边,还带回了一个少年……

"是想用他来替代我吗?"曹锋眼中掠过一抹阴冷之色,他阴沉地望着牧尘,牧尘的实力,与他相比,差太多了。

大殿内,其余七王中也有人轻轻点头,表示赞同血鹰王的话,而这些人,大多都是与血鹰王有些关系的,当初也正是他们联手试图解散九幽宫。

九幽见状,美目中冰冷之意更浓,不过却并没有多少意外之色,显然她也料到了此事不可能太过简单就能解决。

在那最高处的三座莲台上,天鹭皇与灵瞳皇都不言不语,而那位睡皇,则一直都是一副睡眼惺忪,昏昏欲睡的模样,仿佛天大的事情都无法将他惊醒过来。

唐冰与唐柔轻咬银牙,对于这些阻扰九幽的人,心中恨得要死。

牧尘微微一笑,他上前半步,望着那眼神锐利得犹如能够穿透人身体一般的血鹰王,笑道:"那不知道血鹰王大人认为我怎样才有资格成为统领?"

血鹰王只是瞟了牧尘一眼,背靠着石椅,眼睛垂下,却连说话的兴趣都没有,显然并不认为牧尘有资格与他对话。

也的确，他可是大罗天域九王之一，五品至尊的存在，麾下强者如云，弹指间就能定人生死，如果不是牧尘身后有九幽的话，恐怕他早已挥手将其抹杀，怎还会理会于他。

血鹰王这般作态，倒是引得九幽美目中寒意更甚，但牧尘倒依旧是一脸的平静笑容。

"想要证明你自己拥有这资格，很简单……"

在血鹰王身后，那四大统领之一的吴天，突然咧嘴一笑，露出森森白牙，道："只要你能打败一位统领就可以了。"

他的眼中，有着不加掩饰的杀意，他实在是不喜欢牧尘，因为他不喜欢有人太接近他钟意的那一对漂亮姐妹花。

牧尘闻言，倒是笑了起来，那一对黑色眸子望向了吴天，笑道："倒真是个不错的主意。"

话音落下，他身形一动，已是出现在了那辽阔之极的大殿之中，目光环视："可有哪位统领愿意赐教？"

他没有太过谦逊，因为他已经看出来了，那些所谓的谦逊客气在这里一点用都没有，在这里，只有力量，才有真正的话语权，不然，他的话，没一个人会理会他。

"胆魄倒是不小。"在那裂山王身后，那同为四大统领之一的周岳挑了挑眉头，不过他并没有要插手的意思，因为谁都看得出来，这是九幽王与血鹰王两派人马的争斗，他属于裂山王一派，自然不可能去插手。

而且，对于血鹰王那边，他也是看不顺眼的。

其余诸王，也都饶有兴致地望着这一幕，即便是那些算是与血鹰王交好的派系，也没有强行出头，虽然他们并不在乎牧尘，但对于如今成功渡劫归来，实力暴涨的九幽还是有点忌惮的。

"呵呵。"

那吴天笑了笑，满口森森白牙犹如野兽一般，他戏谑地望着牧尘，似乎也有些不太明白眼前的少年为何会有这种胆魄。

虽然他能够在这种年龄就晋入至尊境，的确说明他的天赋不错，但这个世界上，夭孽的天才实在是太多太多了，而其中十之八九，都是因为这种狂傲而陨落的。

这吴天自然是感应得出来，牧尘显然晋入至尊境没有多久，但他身上的灵力波动，并没有那些晋入至尊境多年的强者那般雄厚。

"赵钟，你去看看他究竟有没有资格成为统领吧。"吴天微微偏头，对后方的一名男子笑道。

他虽然很想把眼前的少年亲自抹杀掉，不过他毕竟是四大统领之一，在这大罗天域内也是名声显赫，就这样出手对付一个不知天高地厚的少年，实在是有些掉身价。

一旁的曹锋也是双臂抱胸，冷眼望着牧尘，他没有出手，因为他的想法与吴天如出一辙。

在两人身后，那名为赵钟的男子有点苍白的面庞上浮现出一抹森然笑容，他同样是血鹰王麾下的一名统领，虽然名气不及吴天、曹锋那般显赫，但也早已晋入一品至尊多年，而且他身经百战，言行举止间都令人心悸的杀意流露出来，显然是经历过真正的生死之战的。

那血鹰王自始至终都未曾说过话，似乎将一切话语权都交给了吴天，只是那眼神，犹如是在等待看一场猴戏一般。

那赵忠身形一动，已是出现在了那大殿正中，他目光盯着牧尘，嘴角的笑容显得有些狰狞与残酷，这些年来，类似牧尘这样的年少天才他见了太多，而且其中不少都死在了他的手中。

"小子，我与人动手从来不留情，你现在若是自己滚出去，或许还能少受一些苦，或者你改投我们血鹰殿之下，总比在那软绵绵的女人宫来得好。"赵忠冲牧尘森森一笑，道。

"这个可恶的混蛋！"

唐柔听得这家伙侮辱她们九幽宫，顿时俏脸通红，唐冰也是俏脸冰冷，反倒是九幽，并不为所动，那对美目，只是望着牧尘的背影。

牧尘的面庞，依然平静，他听得对方这嘲讽的话语，反而笑了笑。

"把你的至尊法身召出来吧。"赵忠舔舔嘴巴，道。

"还没修炼出来。"牧尘微笑道。

大殿内，众人都是一滞，旋即眼神都古怪起来，这个小子，究竟是太蠢了还

是太狂了? 连至尊法身都还没修炼出来, 也敢在这里放肆?

连唐冰、唐柔都是俏脸微变, 显然她们也不知道, 牧尘竟然连至尊法身都还没修炼出来。

"那可真是遗憾。"

赵忠轻叹了一声, 嘴角的笑容, 却是越来越狰狞, 他猛的一步跨出, 顿时可怕的灵力席卷而出, 一道巨大无比的灵力光影, 从其周身浮现出来。

"既然如此, 那你就死吧。"

"极寒法身!"

冰蓝色的巨大至尊法身, 陡然闪现出来, 寒气席卷, 令得空气都凝固结冰, 这赵忠在听到牧尘还没修炼出至尊法身后, 不仅没有留情, 反而更狠了, 一来就把至尊法身给召唤出来, 显然是要以最快的速度给予牧尘最重的打击。

虽然他所修炼的至尊法身并不算稀奇, 也并未在那九十九等的排名之中。但用来对付一个连至尊法身都还没凝炼出来的小子, 已经足够了。

牧尘抬头, 望着那巨大的至尊法身, 黑色的眸子中, 寒流涌动。

"至尊法身……很厉害吗? 我帮你炼化就是了。"

牧尘单手结印, 没有任何犹豫, 一道灵力光柱从其天灵盖暴冲而出, 光柱之内, 一座黑色的光塔, 若隐若现。

黑色浮屠塔悬浮在半空, 在那古老的塔身表面, 金色的巨龙之纹闪烁着光芒, 犹如在蠕动一般, 散发着一股莫名的威压之感。

这座黑色浮屠塔一出现, 便引得大殿内众人凝神望去, 甚至连那天鹭皇与灵瞳皇都略显讶异, 想来是察觉到这座黑色浮屠塔的不一般。

"哼, 装神弄鬼。"

那赵钟见状, 却是一声冷哼, 他身经百战, 什么场面没见过, 更何况眼前这个实力还远远弱于他的对手, 没有至尊法身, 不管他有什么手段, 都不可能与他抗衡。

"极寒冰指!"

赵钟脚掌重重一跺, 印法变幻间, 只见得那犹如寒冰所化的法身便猛的一指, 极寒的灵力席卷而出, 连空气都在此时被冻结。

那一道落下的冰指, 犹如一座冰山笼罩下来。

牧尘抬头，他望着那席卷而来的冷冽寒气，黑色眸子中，有寒芒掠过，当日那柳冥修炼了天炎法身都奈何不得他，眼下这赵钟所修炼的至尊法身远远不及前者，想要镇压他，简直就是痴人说梦。

"轰！"

牧尘脚掌猛然踏下，大殿仿佛都颤抖了一下，在其身后，空间扭曲起来，隐隐间仿佛有紫色的大海若隐若现。

咻！

一道数百丈庞大的紫色灵力光虹陡然冲出，犹如巨蟒一般，直接掠过半空，快若闪电般的与那落下的冰指硬撼在一起。

嗤嗤！

两者相撞，顿时爆发出刺耳的嗤嗤声响，两股强大的灵力彼此冲击着，试图将对方侵蚀。

"想以灵力的力量来对抗至尊法身？"那赵忠见状，冷笑出声。至尊法身乃是至尊强者最强悍的战斗力，牧尘试图凭借灵力来阻拦，简直天真。

"冻结！"

他印法陡然一变，只见得那冰指之上的寒气顿时犹如洪流般倾泻而下，试图将其尽数冻结。

"烧！"

牧尘嘴角微掀，黑色的眸子中，一抹紫焰掠过，旋即那正与冰指对抗的紫色灵力中，一缕缕的紫色火焰猛的涌了出来。

而随着这一缕缕紫色火焰的出现，那极端冷冽的寒气几乎以一种肉眼可见的速度消融而去，甚至连那寒冰巨指上，都有水滴哗啦啦的落下来，最后被蒸发成虚无。

"怎么可能？！"那赵忠见到这一幕，面色顿时有些变化，他那至尊法身之内所蕴含的寒气，乃是他融合了诸多寒玉才修炼出来的，寻常灵力若是遇见，就算不被冻结，也会被延缓流动，而眼下，竟然直接被牧尘给燃烧了。

"礼尚往来，接下来就该我了。"

牧尘一笑，眼神却是一片冷冽，旋即他袖袍一挥，只见得那座黑色浮屠塔冲天而起，迎风暴涨，化为千丈大小，最后快若闪电般的镇压而下，直接将赵忠的至尊法身给笼罩了进去。

吼！

当黑色浮屠塔镇压而下时，在其塔身表面，金色的巨龙猛的发出低沉的龙吟咆哮，只见得浮屠塔上，一层层的金光绽放开来，几乎是瞬间，竟有五层浮屠塔，陡然明亮。

灵院大赛中对付柳青云的时候，牧尘仅仅只能点燃四层浮屠塔，如今他的实力早已今非昔比，所以轻而易举便点燃了五层。

吼！

五层浮屠塔金光涌动，只见得那塔身之上，五条金色巨龙顿时咆哮着飞舞而出，直接冲进了塔身之内，化为熊熊的金色火焰，对着那冰蓝色的法身席卷而去。

金色火焰涌动，释放出危险的波动。

赵忠望着那金色火焰，面色变了变，显然是从中察觉到了一股浓浓的威胁，不过他毕竟经历了不少战斗，当即深吸一口气，印法变化，只见得那极寒法身之上立即有冰蓝色的光芒涌动，远远看去，仿佛一座冰晶巨人，寒气弥漫。

咻！

也就在此时，金色火焰席卷而来，瞬间将那座冰晶巨人笼罩了进去。

嗤嗤！

就在那金色火焰涌来的时候，那赵忠的眼中，惊骇之色弥漫。因为他察觉到，金色火焰席卷过处，他的至尊法身，竟然在以一种惊人的速度融化。

那种金色火焰，竟然霸道到了这种程度！

"该死的，不可能！"

赵忠紧咬着牙，在其背后也有至尊海浮现，浩瀚的灵力，源源不断地涌入至尊法身之内。

不过，不管他如何加持至尊法身，金色火焰依旧是不疾不徐地燃烧而过，火焰飘过处，犹如寒冰般的至尊法身，迅速融化。

赵忠的面色开始变得苍白，冷汗不断地涌出来。

大殿内，那些原本抱着看好戏心态的人，眼神也在此时忍不住有些变化，诸王眼神微凝地盯着那浮屠塔内的金色火焰，似乎也在为这金色火焰而心惊。

"这种火焰……"

在那最高处的莲台，天鹫皇与灵瞳皇那古井不波的脸上，掠过了一抹讶异之色，那金色火焰，似乎很不一般。

那一直睡眼惺忪的睡皇，也在此时微微睁开了一丝眼缝，模糊不清地喃喃道："好霸道的火。"

金色火焰摧枯拉朽地燃烧着眼前的一切，不论那赵忠如何反抗，寒冰巨人般的至尊法身，却在飞快的缩小。

一种刺痛，从赵忠的体内涌出来，虽然他并未将本体与至尊法身融合在一起，但毕竟两者有着极大的联系，所以他也受到了波及。

赵忠紧咬着牙，即便他心中感觉到了浓浓的不安，但他依旧没有认输，眼神狠毒地盯着牧尘，试图寻找机会反击。

"冥顽不灵。"

牧尘察觉到他的目光，眉头皱了皱，再没有丝毫留情，袖袍一挥，金色火焰猛然席卷，直接将那寒冰所化的至尊法身，尽数笼罩。

他知道，他想要成为九幽宫的统领，那就必须展露出真正的实力，所以他现在所需要做的，并不是什么怜悯，而是震慑！

想要达到那种效果，就得以雷霆手段！

"焚烧！"

牧尘手掌陡然握下，金色火焰熊熊燃烧，那一座寒冰巨人般的至尊法身，顿时化为水流倾泻而下，而后在金色火焰的燃烧下，化为虚无。

水雾在浮屠塔内弥漫开来，而那座寒冰巨人，则是轰然倒塌。

噗嗤。

一口鲜血，猛的自赵忠嘴中狂喷而出，他的身形也狼狈地倒射出去，神色萎靡到了极点，他惊恐地盯着前方的牧尘。

他无法想象，他的至尊法身，竟然直接被牧尘给炼化掉了！

大殿内，原本的窃窃私语声戛然而止，众多统领面色凝重，甚至连诸王眼瞳都微缩了一下，虽说赵忠修炼的至尊法身并没有什么特别的，但想要将其生生炼化，却绝对不是任何人都能够办到的。

而且，眼前的少年，实力还比赵忠差上一大截。

"这个少年……倒是有些不简单。"那修罗王面无表情地盯着牧尘，眼神终于动了动，喃喃道。

在修罗王身后，那四大统领之首的徐青也有些讶异地望着这一幕，轻轻点头。这个少年所拥有的战斗力，显然不止表面上显露出来的那些，这赵钟一开始就抱着小觑心态，倒是活该了。

"哇，牧尘竟然这么厉害。"唐柔惊喜地盯着牧尘的背影，雀跃欢呼道。她先前可并没有对牧尘抱太多的信心，毕竟他连至尊法身都还没修炼出来，哪料到战斗结束得如此干脆利落，那赵忠不仅败得迅速，而且连至尊法身都被炼化了……

唐冰美目中噙着一抹惊讶，旋即蟒首轻点，难怪能被九幽姐姐看重，这个家伙，倒的确是有些本事。

九幽倒并没有多少意外之色，只是一直冷冰冰的俏脸上，有一抹动人的笑颜展露出来，牧尘这一手，相当漂亮。

血鹰王眼神阴冷地盯着牧尘，旋即他瞥了一眼狼狈的赵忠，淡淡道："真是废物。"

他的声音中，有着压抑的恼怒，原本他想要借此将牧尘打压下去，那么九幽的目的就无法得逞，但哪料到牧尘手段竟然会这么凌厉。

赵忠羞愧地低头，目光怨毒地看了牧尘一眼，狼狈退出。

牧尘抬起头来，黑色眸子直视血鹰王，少年身躯挺拔，虽然依旧还是那平静温和的模样，却奇异般地散发出了一股王者之气，令人不容小觑。

他冲血鹰王抱拳一笑道："血鹰王大人，不知道现在的我，可有资格成为九幽宫的统领了？"

第 **2** 章
九幽宫统领

血鹰王听得牧尘那清朗声音传来，那本就锐利得令人心寒的双目中，划过一抹阴暗之色，他的手指轻轻敲打着椅子扶手，虽然并未说话，但那种无形的压迫感，却在大殿内笼罩开来。

一尊实力达到五品至尊的强者，的确不是现在的牧尘能够抗衡的，不过他的眉头只是微微一皱，神色倒依旧平静，当初就连洛天神的压迫他都承受了下来，而血鹰王与洛天神比起来，显然是有着天大的差距。

"哼。"不过，就在那种压迫弥漫时，九幽那冰冷的哼声传来，牧尘周身的压力顿时消散而去。

血鹰王身后，吴天笑容森寒，他没想到，他让赵忠出手，反而给了牧尘一个表现的机会。

从他先前展现出来的手段与能力来看，倒的确是不弱于寻常统领了。

"这位兄弟倒是好手段，倒是让我有些手痒了，不知道能否指教一二？"吴天笑望着牧尘，一脸和善道。

他知道血鹰王并不想将争夺大罗金池的名额交还给九幽，而眼下牧尘打败了赵忠，他若是不出手挫一下对方锐气，恐怕还真会让九幽宫得逞。

听到吴天的话，大殿内不少统领都微微撇嘴，吴天在大罗天域诸多统领中，可是名列前茅，眼下这般作为，倒是有些咄咄逼人了。

"我看也不用统领比了，如果你真觉得我九幽宫不够分量的话，那就来一场王对王吧，输了的，把名额全部交出来便是了。"九幽俏脸平静。她知道牧尘的实力，虽然这小子手段不少，但毕竟如今连至尊法身都还没修炼出来，他或许能够抗衡一品至尊，可这吴天，已是达到了二品至尊，如果真要动起手来，还是牧尘吃亏。

她说这话时神色平静，但听在在场的人耳内，却不由得令人心头一震。统领之间的对决，还能说是小打小闹，可如果是上升到王对王的话，那就比较严重了，一旦输了，在大罗天域内的声望，怕是会受到严重的打击。

因此，当听到九幽此话时，就连血鹰王眼神都是微微一凝，如今九幽渡劫归来，那身实力，不容小觑。在没有彻底摸清楚她的实力以及底牌之前，轻易与其撕破脸皮决裂，显然并不算一件理智的事情。

"咳……"

莲台之上，天鹫皇终于轻咳了一声，缓缓道："九幽宫身为大罗天域的王级势力，自然也拥有争夺大罗金池的名额，以往九幽离去，名额暂时被顶替，如今回来，名额就归还回去吧。"

灵瞳皇笑笑，没有说什么。

血鹰王闻言，再看了一眼灵瞳皇，觉得对方并无任何不妥后，只能点头道："既然天鹫皇大人都开口了，那这个名额，就归还给九幽宫吧，至于当初的一千滴至尊灵液，也不用还了，就留给九幽宫吧，反正现在九幽宫百废待兴，很是需要至尊灵液，不是吗？"

话到最后，他冲九幽微微一笑，笑容有点嘲讽的味道。

九幽回以一个充满寒意的笑容，她微笑道："既然名额的事情已经解决掉了，那我们就再来商量一下，那些原本属于我九幽宫管辖的城市吧。"

听得此话，血鹰王面色顿时一沉，争夺大罗金池名额的事，他并不算太过在意，毕竟就算牧尘能够去争夺，但他却并不信后者能够在那众多统领中脱颖而出，夺得那屈指可数的名额，所以他可以退一步，但看九幽的意思，似乎还想将那些如今已被他掌控的城市掌管权也收回去，这可就不是血鹰王能够忍受的了。

那些城市，每年都会为他上缴大量的至尊灵液，而血鹰殿能够迅猛发展，实力不断增强，至尊灵液是最不可缺少的，所以他可绝对不会心甘情愿地把这些肥羊给吐出去。

"九幽，你这刚回来，胃口会不会太大了一些？"血鹰王冷声道。

"拿回本该属于我们九幽宫的东西而已。"九幽淡淡道。

"那些城市，可并非我们强夺而去，你离开九幽宫多年，那些城市如何受你庇护？你既然无法庇护别人，别人自然要另寻明主。"血鹰王冷笑道。

"血鹰王，大家都是明白人，何必说得这么冠冕堂皇，你那些暗中威胁的伎俩，还以为我不知道吗？"九幽针锋相对。

大殿内，两人都是神情冰冷，彼此间毫不退让，其余诸王也是默不作声，任由两人对抗，摆明了是不打算蹚这浑水。

"两位就不要再争吵了。"

莲台上，那一直未曾说话的灵瞳皇突然一笑，他漆黑的眼瞳扫视着众人，道："我们大罗天域有大罗天域的规矩，只要一切在规则之内，都可行，至于那些城市的归属权，谁若是看不顺眼，就尽管出手好了，还是那句话，只要在规则之中就行。"

九幽闻言，柳眉顿时一蹙，而血鹰王则是得意地笑了笑。

身为大罗天域中的王，他们自然知晓大罗天域的规矩，大罗天域疆域辽阔，疆域之内，有无数城市，其中绝大部分的城市由大罗天域直接掌控，剩下的疆域，便由九王掌管，而九王之间，其实并不和谐，彼此间时不时会因为麾下地盘而产生争斗。

对于这种争斗，大罗天域一直都并未阻止，不过却有一条规矩，那就是这种争斗，王不能出手，只能由麾下去争夺。

而如今的九幽宫，实力的确算是九大王级势力中最弱的一方，甚至连统领，都只有刚刚才获得资格的牧尘一人，而反观其他方王级势力，麾下都是强者如云，如果对抗起来的话，九幽宫显然是占不到丝毫优势的。

所以，这灵瞳皇的话看似是两不相帮，其实却是断绝了九幽试图将那些城市收回来的念头。

毕竟，九幽宫不能光凭借着一个牧尘，就能够抗衡其他势力麾下如云的强者。

九幽银牙轻咬，还想要再说什么，却见到天鹫皇对她微微摇头，她这才不甘地咽下嘴中的话，冷声道："既然如此，那就各见真章吧。"

"随时恭候。"血鹰王一笑，并没有将九幽这色厉内荏的话放在心中，毕竟两方之间的实力差别太大了，虽然那牧尘先前打败了赵忠，但那赵忠在血鹰殿的诸多统领中，仅仅只能够算作中等而已。

牧尘见状，也就没有多说什么，身形一动，退到了九幽身后。

"牧尘，你真厉害。"唐柔凑近牧尘，笑道，俏丽的小脸上，满是欣喜，不管怎么样，牧尘这次，算是给她们九幽宫长脸了。

唐冰也微微点头，对牧尘露出一个难得的笑颜。

"拼死拼活，总算是得到唐冰姐的一个笑脸了，不容易啊。"牧尘见状，却忍不住笑道。

噗嗤。

一旁的唐柔捂住小嘴噗嗤轻笑，显然是听出了牧尘话中的调侃之意。

唐冰俏脸微红，羞恼地剜了牧尘一眼："等你真能够获得大罗金池的名额，我就给你笑个够！"

"那我倒是要努力了。"牧尘跃跃欲试。

……唐冰轻哼着偏过头，红润小嘴却是忍不住微微扬了扬，那原本有些压抑的心，也放松了许多。

九幽见已是无法在这九王会议上夺回失去的城市时，也就不再多言，恢复了平静，不管怎么样，她算是为牧尘将名额争取了过来，至于那些失去的东西，今后还有的是时间。

在接下来的会议中，又是一些关于其他事情的商议，不过九幽都没有插嘴，如此约莫一个时辰后，会议便结束了。

会议结束后，九幽径直起身，带领着牧尘三人对着大殿之外而去。在大殿门口处，刚好与血鹰王一波人马对碰，两人对视，眼中皆是一片寒意，仿佛连周围的温度都降低了下来。

"呵呵，九幽啊，年轻人有锐气是好事，不过可要记得，过刚易折啊。"血鹰王微微一笑道。

"血鹰王也要记得，吃太多，容易撑破肚子。"九幽淡淡道。

"哈哈，我这肚子，把九幽宫吃光了都撑不爆。"血鹰王笑眯眯道，旋即他看了一眼九幽身旁的牧尘，眼中寒芒掠过，没有多说什么，抬步远去。

那吴天与牧尘擦身而过，他脚步在牧尘身旁顿了顿，笑容满脸地冲牧尘伸出手，和善地拍了拍牧尘的肩膀，轻声道："这位兄弟，如果你要参加大罗金池争夺的话，那么我可要提醒你……"

他声音一顿，嘴角突然有狰狞的笑容浮现出来。

"小心被我打死掉。"

说完这句话，还不等牧尘反应，他又哈哈一笑，拍了拍牧尘的肩膀，潇洒而去。

牧尘望着吴天远去的身影，喃喃："太贱了……这人。"

大殿门口，九幽听得牧尘的喃喃声，原本冰冷的俏脸上倒是有一抹笑容浮现出来："是挺贱的，打死也好。"

"那我努力。"牧尘点点头。

在他们身后的唐冰与唐柔面面相觑了一会儿，旋即无奈苦笑，真不知道这个牧尘究竟哪来的这么大信心，那吴天可绝对不是先前赵忠那种家伙能够相比的，他在大罗天域所有的统领之中，都算得上是顶尖，如果真对碰起来，她们无法想象牧尘的结果。

这家伙，还真是初生牛犊不怕虎啊。

"走吧。"

九幽盈盈一笑，先前在大殿内的冰寒气质消散而去，玉手一挥，就欲带着他们离去。

"九幽！"

身后突然有声音传来，九幽脚步一顿，微微偏过头，只见得那一身青衫的徐青快步而来，浑身都洋溢着激动和欣喜的情绪。

"哦，原来是徐青啊，有什么事吗？"九幽美目一抬，笑了笑，看似温和的语气中，有一种拒人千里的冰冷。

九幽本就不是容易接近的性子，虽然她与徐青以往勉强算是认识，不过这些年过来，在她看来，徐青倒是与陌生人差不多。

望着九幽那一对狭长的美目，徐青却是微微一滞，平日的从容瞬间消失，甚至连心脏的跳动都变快了许多，那一对望着九幽的眼睛，也越来越明亮与炽热。

"欢迎你回来。"徐青最终只是轻声道。

"谢谢。"

九幽既不冷漠，也不温柔地轻轻点头，没有要与徐青过多交流的意思，转身便走。

这让原本鼓起勇气想要再多说一些什么的徐青瞬间垮下脸来，他自嘲地耸耸肩膀，但那目光中的倾慕之色，没有丝毫减弱。

"啧啧，看来你的下场比我好不到哪里去。"在徐青身后，突然有幸灾乐祸的声音传来，他转过头，只见得那周岳笑眯眯地望着他。

"至少我没被人撵着跑。"徐青回以颜色。周岳喜欢唐冰的事，简直众所周知，毕竟当初这家伙躲在九幽宫内，可是被唐冰提着剑撵出来的。

"这样说起来我们还真是有些同病相怜。"周岳也是笑了笑，旋即他微眯着眼睛望着那跟在九幽身后的修长身影，"我打听过了，这个跟着九幽回来的人，叫做牧尘。看来这一次，九幽是打算让他代表九幽宫来参加大罗金池的争斗了，你怎么看？"

"呵呵，反正争不到我们这里来。"徐青微笑道。他知道，不管牧尘简单与否，都绝对无法动摇到他的那一个名额，因为，他对自己的实力拥有绝对的自信，四大统领之首，可绝对不是用嘴皮子说出来的。

"是啊，这次倒是有一些好戏看了，我倒是想要看看，这个牧尘，究竟能够冲到什么地步。"周岳笑眯眯道。

两人都是一笑，旋即转身而去。

……

"那徐青对你还真是有意思。"数道身影掠过天际，在回九幽宫的路上，牧尘靠近九幽，郑重道。

"闭嘴。"九幽白了一眼这个无聊的家伙。

唐冰与唐柔都是一笑。

"那吴天与曹锋你都见过了，怎么样，有把握吗？如果你想要获得大罗金池的名额，那么至少必须打败他们其中一人。"九幽美目转向牧尘，神色认真道。

"现在不好说。"

少年略作沉吟，俊逸的面庞上有一抹令人心安的笑容浮现出来，他修长的手也轻轻握拢："不过两个月后，我会赢。"

两个月的时间，他应该能够将"大日不灭身"修炼成功，而到时候，同样拥有了至尊法身的他，将不会忌惮任何同级别的对手。

即便那吴天拥有二品至尊的实力，可他依然不会有丝毫的惧怕。

唐冰与唐柔望着少年脸上流露的自信，都有些惊讶，她们对于牧尘还不算太过了解，所以也并不明白，他究竟要怎么样才能在这短短两个月的时间里取得那么巨大的进步，毕竟，现在的他看起来，的确与吴天还有不小的差距。

不过虽然心中有些疑惑，但她们在见到九幽轻轻点头后，也就不再言语，她们信任九幽，而九幽信任牧尘，于是她们也就相信牧尘。

或许，他真的能够办到吧。

"加油。"唐冰与唐柔对视一眼，都对牧尘轻声道，那近乎一模一样的美丽脸颊，此时都有一些鼓励与期待，这将会是九幽在回归之后，他们九幽宫的第一战，所以至关重要。

望着两个美丽女孩眼中的鼓励与期待，牧尘抬起头，深吸一口气，微微一笑，看来，那大罗金池的名额，他是必须拿到手了。

不过，更让他期盼的是，他终于可以开始修炼他梦寐以求的"大日不灭身"了…

那将会是他通往盖世强者之路的起点。

……

血鹰殿。

血鹰王面色阴沉的坐在那王座之上，他双目微闭，但那弥漫开来的阴森杀意，却是令大殿内的众多血鹰殿强者都不敢言语。

谁都看得出来，现在的血鹰王，心中颇为暴怒。

"大人，最近我们正在吞并九幽宫的一些行动，是不是放缓一些？"一名血鹰殿的强者，悄声问道。

"放缓？"

血鹰王睁开眼，阴冷望去，先前说话的强者顿时浑身一寒。

"一个异想天开的女人而已，也想让本王忌惮吗？"血鹰王语气森森道。

"传令下去，加快速度接触九幽宫麾下的各大城主，只要他们转投我血鹰殿，本王可以给他们诸多好处，若是不然，那就是看不起我血鹰殿，日后本王计较起来……"血鹰王大手一挥，冷笑道。

"是！"血鹰殿内的诸多高层，急忙应道。

血鹰王的目光再度转向吴天与曹锋，淡淡道："这一次的大罗金池之争，名额我都为你们争取了过来，希望你们不要让本王失望。"

吴天与曹锋闻言皆是抱拳应是。

"另外……"

血鹰王嘴角掀起一抹森然笑容："看样子九幽似乎对那个叫做牧尘的小子很看重，既然她这么有信心……那你们就在大罗金池的争斗中，将他给废了吧。"

吴天闻言，与曹锋对视，两人的脸上都有残忍的笑容浮现出来。

"正有此意。"

九幽宫，修炼室。

牧尘静静盘坐，神色平静，周身的灵力波动也没有丝毫波澜，他并没有直接开始修炼，而是静坐了将近两个时辰，待到他的心境达到真正的心静如水后，那微闭的双目，才缓缓睁开。

他双手结印，一道幽光自其体内掠出，最后悬浮在了面前，化为一页神秘黑纸，正是那隐藏着"大日不灭身"修炼之法的不朽之页。

牧尘静静地凝视着它，这一页古老的黑纸，却蕴含着让无数至尊强者为之疯狂的秘密，那"万古不朽身"的价值，足以让天至尊都难以保持平静。

他能得到它，倒的确是一份天大的福缘。

在将这一页神秘黑纸召唤而出后，牧尘印法再度变换，三道光团自其须弥镯内掠出，三道光团内，可怕的灵力波动不断扩散而开，隐约间仿佛有水浪般的哗啦啦声响起，那是灵力雄浑到了一种恐怖地步的表现。

而这三道光团内，自然便是牧尘千辛万苦才凑齐的三道修炼材料。

九阳灵芝。

虚空大日果。

不灭神叶。

三种材料，皆是稀罕无比，牧尘能够凑齐它们，不知道消耗了多少精力，不过所幸上天不负有心人，如今三种材料，尽落手中。

那原本有些遥不可及的"大日不灭身"，也能够真正开始修炼。

牧尘修长手指轻点，落在那不朽之页上，只见那神秘的黑纸上，幽光涌动，最后犹如有幽光洪流涌出，顺着牧尘的手指，涌入他的体内。

磅礴而古老的信息，在此时自牧尘的脑海中炸开，那股洪流，令他身体微微颤抖着，不过他却强行忍耐下来，不断接收着那磅礴信息中关于"大日不灭身"的复杂修炼之法。

这种接收，持续了足足十数分钟才结束。

牧尘的双目，陡然睁开，黑色眸子紧紧盯着面前的三种天材地宝，眼神凝重，从先前的信息中，他知道，修炼这"大日不灭身"，他仅仅只有一次机会。

这不仅是因为材料的珍稀，更多的原因，是因为一旦失败，那么身体就很难再适应这"大日不灭身"，所以之后即便再度凑齐了材料，也无法再修炼成功。

这"大日不灭身"，根本就不给人第二次机会，一旦失败，就将永远无缘，如此苛刻的修炼，让牧尘心头发颤。

不过这种惊颤，很快便被牧尘镇压下来，他深吸一口气，黑色眸子中，再没有了丝毫犹豫。

不管这大日不灭身究竟有多么难以修炼，他都绝对不会放弃！

而且，他一定会将它修炼成功！

因为他答应过那个女孩！

牧尘双手猛然结印，眼神凌厉而坚定。

那就开始吧!

牧尘心静如水,仿佛连周身的灵力都悄然收敛,犹如一潭深不见底的幽潭,不过当他的心境平静下来时,在其体内至尊海中,却开始翻起了滔天巨浪。

哗啦啦。

紫意莹莹的浩瀚至尊海内,在此时卷起巨浪,竟有哗啦啦的水声响彻而起,一股庞大的灵力,正在至尊海内凝聚。

想要凝炼至尊法身,需要庞大得近乎可怕的灵力,而现在的牧尘,就必须为其做准备。

在那翻涌的至尊海中,一道金光缓缓浮上,盘坐在海浪之中的,正是牧尘的神魄,而此时在这神魄的面庞上,布满着凝重。

呼。

一口有着紫色火苗掺杂的灵力,自神魄嘴中徐徐喷出,旋即其眼神陡然凝重,双手猛的结出一道复杂而奇特的印法。

轰!

就在牧尘印法结成的瞬间,这至尊海内,顿时有轰隆隆的巨声响彻而起,只见得一道道巨大的灵力光柱自至尊海内暴冲而出。

咚! 咚!

灵力光柱冲天而起,旋即陡然俯冲而下,犹如一道道巨龙,以一种震撼眼球的姿态,狠狠冲撞在一起。

整片至尊海,都在此时被震动得掀起滔天巨浪,璀璨的紫光自至尊海半空弥漫开来,在那碰撞的中心地点,狂暴的灵力令空间都呈现出一种扭曲之感。

牧尘的神魄抬头凝望着那璀璨之地,旋即小手再度结印。

轰。

至尊海再度震动,无数道灵力犹如水蟒般冲天而起,最后尽数对着那紫光弥漫之地呼啸而去,那一幕,仿佛长鲸吸水一般,极为壮观。

磅礴的灵力,不断对着那里汇聚而去,而伴随着如此磅礴的灵力不断灌注,那片紫光之地,也越来越璀璨。

在那璀璨间,隐隐的,似乎能够见到一道巨大的光影,正在缓慢成形。

这是修炼至尊法身的第一步，以自身灵力凝炼出至尊法身的最初雏形。

这一步，唯有依靠自身的灵力。

这片浩瀚的至尊海中，不断有巨大的灵力光柱伴随着牧尘神魄手掌的挥动冲天而起，最后尽数灌注进入那一道巨大的光影之内。

而至尊海中原本磅礴的灵力，也在以一种惊人的速度被消耗着。

不过这一步，对于修炼根基颇为雄厚的牧尘而言，并不具备多少威胁性，他至尊海内的灵力，完全是由自身修炼而来，再加上他融合了不死火，灵力的质量，也远非寻常至尊的灵力可比。

因此，当这种灌注，持续了约莫整整十分钟左右后，至尊海内的暴动，终于逐渐平息下来，在那至尊海的半空中，被刺目的紫光所弥漫。

牧尘的神魄抬头，凝视着那一片紫光天空。

那里，天空突然开始动荡，一道约莫千丈庞大的紫色巨影，缓缓站起，最后矗立在了天空之上，一股可怕的灵力波动，荡漾在其周身，

至尊法身雏形已成！

牧尘望着那紫色巨影，心中悄悄松了一口气，但旋即便是再度紧绷，因为他知道，真正的修炼，这才刚刚开始。

"九阳灵芝，化！"

一道低低的轻语，自牧尘心中响起。

修炼室中，那悬浮在牧尘面前的九阳灵芝，突然猛的一颤，化为一道耀眼光束，笔直地冲进了牧尘微张的嘴中。

轰！

至尊海的上空，仿佛在此时被撕裂，只见到一道耀眼的光芒从天而降，仿佛烈日降临，光芒之内，能够见到一朵摇曳生姿的灵芝，灵芝之上，仿佛有九轮烈日升腾。

牧尘神魄手指伸出，凌空一点。

"九阳为体。"

九阳灵芝受到驱使，顿时笔直落下，落在了那紫光巨影天灵盖处，最后一点点落下，顺着巨影天灵盖滑落而下。

九阳灵芝一进入巨影体内，便陡然分化而开，只见得九轮烈日射出，最后悬浮在巨影头部、心脏处、四肢等等重要位置。

嗤嗤。

当这九轮烈日归位时，它们仿佛顷刻间燃烧起来，可怕的温度散发出来，只见到那一座巨影之内的庞大灵力，竟然以一种惊人的速度被燃烧起来。

而巨影庞大的体形，也迅速缩小，按照这速度，恐怕不过数十息时间，这被牧尘辛辛苦苦凝炼出来的至尊法身雏形，就会被那九轮烈日燃烧殆尽。

而一旦至尊法身雏形被燃烧，牧尘之前的作为，也将会功亏一篑。

修炼室中，牧尘紧闭的双目突然睁开，他屈指一弹，手腕处的须弥镯便一阵颤抖，紧接着，一股洪流冲了出来。

当这股洪流冲出来时，这密室内顿时升腾起浓郁的雾气，那雾气乃是灵气所化，因为那股洪流，仿佛一条小溪，而其中，全部都是由至尊灵液所凝。

这条小溪中，起码有上万滴的至尊灵液！

牧尘早便是知晓想要修炼出"大日不灭身"，必然需要极为庞大的至尊灵液，所以这些天他一直在让九幽破解"聚灵碗"中的封印，因此他的手中，再度获得了将近五万滴至尊灵液。

这是一个极为庞大的数字，牧尘能够感觉到，这笔至尊灵液，恐怕已经占了"聚灵碗"内所有灵力储存的大半。

不过为了能够顺利修炼出"大日不灭身"，五万滴至尊灵液的代价，显然是值得的！

那一条由至尊灵液所化的灵力溪流一出现，便被牧尘一口吸入嘴中，当即他的身体猛的一颤，如此可怕的灵力，他根本就不敢让它在体内有任何停留，直接灌注进入至尊海内，然后冲进那至尊法身雏形之中。

轰隆隆！

至尊海的上空，裂开无数道裂缝，一条条灵力洪流倾泻而下，铺天盖地的涌入至尊法身内。

嗤嗤！

而随着如此庞大的灵力加入，至尊法身雏形的缩小速度，终于被减缓下来，一波波磅礴的灵力被九轮烈日不断燃烧，不过每伴随着一股灵力被燃烧，便会升腾起阵阵金色雾气，这些雾气袅袅升起，最后被庞大的至尊法身雏形所吸收。

于是，那通体紫光的至尊法身，庞大的身躯上，开始出现一块块细小的金色光斑。

在那九团烈日的燃烧下，灵力在以一种极端恐怖的速度被消耗着，短短不过半日的时间，那由一万滴至尊灵液所化的灵力溪流，便被燃烧殆尽。

而这灵力溪流所取得的成效，便是令得至尊法身的雏形逐渐明亮，那一块块金斑，也越来越多……

牧尘神魄印法一变。

天空再度崩裂，一道道裂缝出现，又有灵力洪流铺天盖地的降落下来，显然，他再度将准备的至尊灵液使用了起来。

如果说第一步是在凭借自身灵力雄浑的话，那么这第二步，就真是在看各自腰包的雄厚了……

而修炼这"大日不灭身"灵力消耗的速度，也让牧尘有些心惊，如果不是他侥幸在灵院大赛中获得了"聚灵碗"，并且刚好其中有一个远古宗派储存下来的庞大至尊灵液，想来就算他真的是凑齐了材料，也会因为无法凑齐如此庞大数量的至尊灵液而失败。

毕竟，寻常至尊法身，所需要的至尊灵液，一两千的至尊灵液就顶天了，然而这点数量的至尊灵液，放在这里，根本就不够塞牙缝的。

牧尘在心中悄悄吐了一口气，然后开始凝神，这第二步接下来，他就只需要不断用至尊灵液来浇灌这座至尊法身雏形便可以了。

而他这浇灌，便瞬间浇灌了将近八天的时间。

在这八天时间内，灵力的浇灌几乎没有停止过瞬间，当然，截止到现在，五万滴至尊灵液，也彻底地消耗殆尽。

在那最后一滴至尊灵液被使用后，就算是以牧尘的心性，都忍不住有些骇然，他知道，如果别人知道他修炼至尊法身竟然使用了五万滴至尊灵液，恐怕会被吓傻掉。

不过，这五万滴至尊灵液，也有着极大的效果。

至尊海内。

牧尘的神魄抬头仰望，只见得在那天空上，一座千丈庞大的光影矗立着，这座光影，已不再是紫光，而是彻底变成了金色。

金色的流光，弥漫在它庞大身躯的每一处角落，远远看去，犹如一尊金色大佛，威压而神秘，一股无形的压迫感笼罩开来，可怕之极。

牧尘能够清晰地感觉到，在那金色光影内部，九轮烈日，依旧在熊熊燃烧，但却再难将至尊法身燃烧。

因为现在的至尊法身，已是初具规模。

这第二步的"九阳为体"，终是成功！

牧尘心中如释重负般的松了一口气，半晌后，他的身体再度紧绷起来，眼中的神色，也越来越凝重，因为他知道，接下来的一步，将会是修炼"大日不灭身"最为危险的一步。

若是无法扛过去，那么一切的辛苦，都将会付诸流水。

修炼室中，牧尘睁开双眼，双目紧紧地盯着眼前的一颗果实，那是虚空大日果，这一颗果实内所蕴含的可怕灵力，比起九阳灵芝，更为霸道。

牧尘盯着它，下一刻，眼神猛然坚毅起来，他一把抓住虚空大日果，然后直接就塞进了嘴中，黑色眸子中，满是执着。

多年筹划，他可不想倒在这里！

大日淬身！

第 3 章
九阳为体，大日淬身

平静的至尊海内，突然在此时暴动起来，那矗立在至尊海上空的金色光影表面，竟然也在此时泛起了阵阵涟漪波动。

一股无法形容的狂暴，从天而降，将整个至尊海都笼罩了进去。

牧尘的神魄面色凝重地抬头，只见得至尊海的上空，仿佛在此时被撕裂出一个巨大无比的裂缝，而在那裂缝中，刺目的光芒射来，弥漫整个至尊海。

轰！轰！

可怕的威压降临下来，只见得一轮巨大无比的金色太阳，撕裂空间，以一种霸道无比的姿态，冲进了这片至尊海内。

那一颗金色太阳，显然便是那虚空大日果所化。

金色的烈炎，缠绕在那金色太阳之外，恐怖的温度，在至尊海内弥漫，令得至尊海内的灵力，都开始蒸发。

这虚空大日果的力量，比起九阳灵芝，显然更为霸道。

牧尘望着这一幕，心中同样有所震动，旋即他深吸了一口气，压抑下心中的骇然，双手闪电般的结印，低沉的声音，在这至尊海内传开。

"大日淬身！"

嗡嗡。

伴随着牧尘喝声的落下，只见得那一颗金色太阳徐徐降落，最后也从那金色巨影天灵盖处，一点点没入进去。

轰！

金色的火炎，几乎是霎那间涌进了金色巨影之内，霎时间那鎏金般的身躯表面，竟有金色的液体滑落下来，犹如被融化了一般。

牧尘神魄的面庞，一片涨红，因为他能够感觉到，此时这金色巨影内，犹如火炉一般，金色火炎狂暴升腾，那狂暴至极的力量不断攀升，仿佛是要撑爆这一道金色巨影。

牧尘眼中满是凝重，如果说之前的九阳灵芝是在令这一道至尊法身的雏形越来越坚固凝炼的话，那么这虚空大日果，就将会检验它的坚固程度，若是成功，至尊法身便能够真正凝炼而成，而一旦失败，那么这金色的太阳，就将会把这不合格的至尊法身，彻底毁灭。

嗤嗤。

伴随着那一颗金色太阳之上的金色火炎越来越明亮，至尊法身身躯之上，金色液体滑落的速度越来越快，而至尊法身庞大的身躯，也在开始悄然缩小。

牧尘的眼神越来越凝重。

因为那从金色太阳中散发出来的金炎越来越狂暴，而且那种狂暴程度，还在不断攀升，按照这种速度下去，这座至尊法身，必然无法承受。

不过这种时候，牧尘已是没有任何退路可走，一旦失败的话，他就将会彻底与这"大日不灭身"绝缘，而这种结果，绝对是他无法忍受的。

牧尘紧咬着牙，眼睛紧紧地盯着那不断滑落着金色液体的至尊法身。

时间，迅速流逝。

半日时间，转瞬即过。

嗤嗤。

金色的至尊法身身体表面，金色液体已是犹如小溪流般流淌下来，而且原本体形伟岸的至尊法身，已是再度缩小了许多，而且，体形还呈现扭曲的姿态，犹如被高温炙烤到了极限。

一丝丝细小的金色火苗，从至尊法身毛孔中渗透出来，缭绕在身躯表面。

牧尘的目光，死死地盯着至尊法身眉心的位置，那里，一颗金色的太阳已是化为火球，金色的火炎，犹如蛇一般疯狂窜动着。

那一颗金色太阳，已是明亮得无法直视。

那种狂暴的波动，依然还在攀升。

牧尘神魄的面庞，逐渐变得扭曲起来，双目通红，他的手掌也在微微颤抖着，他望着那有些变形的至尊法身，面庞有些苍白，因为他知道，他所凝炼出来的这一道至尊法身，已是无法承受那一颗金色太阳的炙烤。

那种力量，太过狂暴了。

"要爆炸了……"

牧尘心脏急促跳动着，在至尊法身的眉心处，金色光芒越来越明亮，那种狂暴的波动，显示着这座至尊法身已经承受到了极限。

金色的太阳，仿佛心脏一般，悄然跳动着，光芒忽明忽暗，某一个刹那，它的光芒突然凝固下来，紧接着，金色的光芒，疯狂爆发开来。

嗤嗤！

无数道金色光柱，猛的从至尊法身之内暴射而出，这座原本坚不可摧的至尊法身，陡然爆炸！

也就是在至尊法身爆炸的瞬间，牧尘双手猛的结印。

修炼室中，那一直静静等待的不灭神叶，突然笔直射进牧尘眉心之中，同一时间，一道细小的光束，划过了至尊海的上空，最后直接冲进了爆炸的至尊法身之内。

轰！

可怕的金色冲击波肆虐开来，至尊海被掀起滔天巨浪，空间呈现剧烈的扭曲，犹如连至尊海都要被撑爆一般。

牧尘的神魄躲进至尊海深处，以免被那种恐怖的冲击所波及。

这种肆虐，持续了许久，终于逐渐减弱，牧尘的神魄则从至尊海深处冲出，那目光第一时间便投射向了天空那一片金光弥漫之地。

那里的金色巨影，早已不复存在，显然是在先前的那种冲击下，彻底被毁灭。

失败了吗?

牧尘盯着那片区域,突然静静盘坐下来,他双手结印,那"大日不灭身"的修炼口诀,犹如流水般自心中悄然流淌而过。

"吾心如大日,煌煌不灭……"

修炼口诀在牧尘的心中犹如钟吟般响起,隐隐的,他似乎是感悟到了什么,双手悄然结印,低喝出声:"不灭守护!"

那片金光弥漫之地,金光忽然荡漾起来,只见得那金光之中,一枚古老的枯叶,静静悬浮,旋即枯叶碎裂而开,化为细微的光点扩散开来。

这些光点,犹如拥有一种神奇的复原能力一般,波动之间,只见得铺天盖地的金光汇聚而来,而随着金光的汇聚,隐隐间,仿佛有一座巨大无比的金身巨影,再度一点点凝炼成形。

短短不过十数息的时间,那金光弥漫之地,一座至尊法身,便凝聚成形。

而且,这一次凝炼而成的至尊法身,通体金光更为耀眼,鎏金般的躯体,犹如世间最坚固之物,不可摧毁。

而且,在那金色的至尊法身表面,还能够见到一些暗紫色的图纹,图纹古朴而大气,竟是一颗颗烈日升腾之像。

犹如万日当空。

这座至尊法身静静盘坐在天空上,不言不语,金光流转间,一股无法形容的古老磅礴之感弥漫,令牧尘心生震撼之意。

"不破不立……破而后立吗……"

牧尘喃喃道,现在成形的至尊法身,比起先前他凝炼出来的那一座,无疑更为完美,浑身上下,都寻不出丝毫瑕疵。

显然,真正的大日不灭身,正是要经历先前的毁灭,最后才能在不灭神叶的力量下,变得更为完美与强大。

"这就是……"

牧尘抬头,眼中满是震撼道:"大日不灭身吗?"

金光一点点消散而去,那一座磅礴的金色法身,彻底变得清晰,至尊法身的面目,与牧尘一般无二,只是远远看去,仿佛一尊金色大佛,拥有着镇压天地的力量。

而且，在那一尊至尊法身的脑后，竟然有一轮巨大无比的金色烈日悬浮，烈日周围，金色火炎悄然涌动，神秘而威压。

大日不灭身，终是成功！

牧尘的眼中有着无法遏制的狂喜涌了出来，费尽千辛万苦，他终于成功将这大日不灭身修炼成功！

这一刻，他等待了许多年了。

牧尘深吸一口气，神魄一动，便出现在大日不灭身天灵盖上，然后缓缓沉入其中。

神魄融入，大日不灭身的双目也陡然睁开，金光弥漫，充满着无尽的威严与神秘。

修炼室中，牧尘紧闭的双目，在此时猛然睁开，他霍然起身，金光从他体内绽放出来，一道巨大的金色身影，浮现而出。

轰隆隆！

修炼室疯狂颤抖起来，金色的至尊法身顶住了修炼室上方，顿时修炼室崩裂开巨大的裂缝，最后直接在轰然巨响声中，崩塌而下。

在修炼室之外，一座石台上，正在闭目修炼中的九幽突然睁开双目，她猛的抬头，望向修炼室，那里金光弥漫，一股令人震动的灵力波动，冲天而起。

"修炼成功了吗？"

九幽心头一动，出现在天空上，她玉手结印，只见一道巨大的灵力光罩笼罩下来，将方圆数千丈都笼罩了进去。

而随着光罩笼罩下来，只见一座千丈庞大的金色法身，也从那修炼室中突破而出，最后矗立在了这天地之间。

九幽抬起美目，她望着那犹如金色大佛一般，脑后有一轮金色烈日悬浮的金色法身，俏脸之上，也忍不住有一抹震撼之色浮现出来。

她知道牧尘所修炼的至尊法身并不一般，但却没想到，竟然能够如此的巍峨壮观。

"这就是大日不灭身吗？"

她喃喃自语，心中满是震骇。

千丈庞大的金色至尊法身矗立天地，金光弥漫，天地间的灵力都在此时有暴动的迹象，一道道灵力汇聚而成的洪流缠绕在至尊法身周围，那一幕，巍然壮观。

九幽立于半空上，她望着那座至尊法身，美目中有着浓浓的震撼，虽然她因为神兽的体质，并不能修炼至尊法身，但毕竟她也算是见多识广，就算是那天地间九十九等至尊法身，都见过不少，但此时依旧免不了一些震动。

因为她发现，她所见过的绝大部分至尊法身，似乎都没有眼前这一座至尊法身的威势。

九幽环顾四周，所幸这片区域早就被她隔绝，不然这种动静必然会被很多人察觉到，那样的话，也会暴露出牧尘所隐藏的一些手段。

"这就是至尊法身的力量吗?"

那一座黄金所铸的至尊法身睁开金色双目，其中充满着无穷的威严，牧尘所化的至尊法身巨手缓缓握拢，空间仿佛都在此时扭曲了一下，一股无法形容的可怕力量，荡漾在四肢百骸，让人有仰天长啸的冲动。

天地间的灵力呼啸而来，化为光虹被至尊法身吸入，此时的至尊法身，吞吐之间，便是云雾缭绕，其中灵气十足。

此时此刻，牧尘才真正感觉到至尊法身的强大，那是一种高山仰止般的强悍力量，如果当日在与柳冥交手的时候，他没有灵阵师这一底牌的话，他想要击败后者，恐怕还真是一件极其困难的事情。

毕竟，那柳冥所修炼的天炎法身，也是颇为强悍。

不过，如果换作此时的话，牧尘有强烈的自信，能够生生将那天炎法身打爆。

虽然他并不知道他所修炼的"大日不灭身"究竟能媲美什么层次的至尊法身，但绝对比那天炎法身强悍无数倍。

嗡。

金色法身发出细微的嗡鸣之声，金光涌动间，庞大的身躯开始迅速缩小，短短数息之后，一道修长的人影，便立于天空之上。

现出身来的，自然便是牧尘，他低头望着自己的双手，脸上有掩饰不住的欣喜色彩，显然，这"大日不灭身"的力量，让他很满意。

这些年的期盼，终归是没有失望。

而在将"大日不灭身"修炼成功后，他才能真正算是一品至尊！

现在的他，倒是开始有点期待不久之后的那一场"大罗金池"的争夺了，因为借助那"大罗金池"的力量，他的"大日不灭身"，还能够变得更为完美。

而也就是在这"大日不灭身"消失的时候，这大罗天深处，数道目光，突然冲九幽宫所在的方向投射而去。

"这种波动……是九幽那妮子在捣鼓什么吗？"

这数道目光之一，便是大罗天域三皇之一的天鹫皇，他讶异地望着九幽宫的方向，虽然之前九幽手脚迅速地布置了灵力光罩隔绝牧尘的至尊法身，但类似天鹫皇这等实力的强者，自然还是隐隐有所察觉，虽然短短的一瞬没办法感应得太过清楚，但也能够察觉到那突然间暴起的异样灵力波动。

另外一道目光，便是那灵瞳皇，他双目微眯，眼前的空间微微波荡，视线犹如穿透了空间，直接射进了九幽宫内，不过此时的牧尘已是恢复过来，唯有天空中尚还未完全消散的金光，显露出不一般的灵力波动。

灵瞳皇收回目光，面庞平静，然后徐徐闭目，凭借着双目的神异，他能够知晓，先前的异样波动，应该是那个叫做牧尘的少年引起的，不过这并没有让他太过注意，毕竟一个刚刚踏入至尊境的少年，还不足以引起他的重视。

在他们收回目光时，那更深处的一座阁楼上，睡眼惺忪的男子眼睛却是猛的睁开，素来懒洋洋的面庞上，首次出现了惊疑之色。

"好强大的至尊法身……"

他低低的喃喃道。

"恭喜了，总算是得偿所愿。"

虽然及时布置了灵力光罩，但九幽也并不知晓在那短短一瞬，这里的动静还是引起了大罗天域三位顶尖强者的注意。她娇躯一动，便出现在牧尘的面前，美目中满是盈盈笑意。

牧尘笑道："你看我这'大日不灭身'，在那九十九等至尊法身中，算是什么层次？"

九幽闻言，沉吟道："不好说，毕竟没有真正较量过，而且很多强大的至尊法身都拥有特殊的力量，不过光从那等威势来看，这'大日不灭身'，最起码能排在五十等之前。"

"才五十等？"牧尘对于这个估计倒是有点不满足，不管怎么说，大日不灭身都算是"万古不朽身"的必要条件之一，而那"万古不朽身"，可是在那九十九等至尊法身中，名列第四！

"你就别不满足了，排名前五十等的至尊法身，就算是放在大罗天域这种势力之内，都绝对算是镇宗之宝，莫说是寻常人，就算是实力达到七八品的至尊强者，都会为之心动，甘愿委身为长老供奉，只求能够修炼。"九幽白了牧尘一眼，这个家伙，还真以为排名前五十等的至尊法身是大街货吗？

牧尘摸了摸鼻子，想想也对，就连柳暝那天玄殿的少殿主，也只不过修炼的是排名九十七等的天炎法身。

不过，他也能够感觉到，这"大日不灭身"似乎蕴含着诸多奥妙，如今的他只是刚刚将其修炼而成而已，所以也完全不可能将它的力量全部催动出来，不然的话，他相信九幽绝对不会只是给一个前五十等的评价。

九幽玉手一挥，将那笼罩开来的灵力光罩散去，不远处两道流光掠来，正是唐冰与唐柔，两女美目在牧尘身上流转一圈，都有些讶异，因为此时从牧尘身上散发出来的灵力压迫，显然比起一个月之前，强悍了许多。

"看来你至尊法身修炼成功了？"唐冰惊讶道。

牧尘笑着点点头，目光看了看唐冰，也惊讶道："你突破了？"

如今唐冰周身的灵力波动，比起一个月之前，强悍了太多，显然，在这一个月左右，她同样是成功完成突破，晋入了至尊境。

"这还要多谢你的至尊灵液。"此次突破到至尊境，令得唐冰也是颇为高兴，因此那平日里有些冰冷的俏脸，都在此时流露出了一抹动人的笑容。

牧尘笑了笑，旋即屈指一弹，一道光芒射向唐冰，后者连忙接过，只见得光芒内，有一卷赤红色的卷轴。

"这是天炎法身的修炼之法，我想对你应该很有帮助。"牧尘笑道，在将柳暝的须弥镯夺来之后，他在其中也搜寻到了天炎法身的修炼之法，这天炎法身以他现在的眼光自然是看不上，但不管如何，这都是榜上有名的至尊法身，寻常至尊强者也会为之眼热，所以用来送给唐冰，倒是最合适不过。

唐冰听到这竟然是那九十九等至尊法身中排名第九十七等的天炎法身修炼之法，也是一愣，旋即连连摇头："太贵重了，我不能要。"

毕竟不是什么人都拥有一来就能够修炼"大日不灭身"的机缘，原本唐冰只是想要先随意修炼一道至尊法身，以后等实力强大了，再去选择其他强大的至尊法身，但哪料到牧尘会送给她一卷榜上有名的至尊法身。

"嘻嘻，牧尘，你是不是想要追我姐姐啊？这么舍得，又是至尊灵液，又是至尊法身的。"唐柔在一旁俏皮笑道。

"死妮子！我撕了你的嘴！"唐冰俏脸顿时一红，银牙轻咬，作势欲怒，唐柔咯咯娇笑，连忙躲到九幽身后。

不过被唐柔这么一闹，唐冰倒是有些不知道该如何是好，拿着赤红卷轴，收也不是，退回去也不是，一时间只能恨恨地跺了跺脚。

"好啦。"九幽终于笑吟吟出声，她揽住唐冰纤细腰肢，笑道，"你就先收下吧，现在的你的确需要一部适合你的至尊法身。"

见九幽说话，唐冰这才点点头，然后对牧尘道："谢谢，这个人情，我以后会还给你的。"

牧尘刚欲摆手，但见到眼前女孩脸上满是认真，这个女孩，显然是有她的原则，于是他也就只是笑着点点头。

"小冰儿，现在咱们九幽宫的实力如何？"九幽突然问道。

"姐姐说的是九幽卫吗？"

唐冰见到九幽点头，才笑道："放心吧，在姐姐离开的这些年，我可没有半点放松，咱们的九幽卫，比您离开时，还要壮大呢。"

九幽欣慰地点点头："如今牧尘也是我们九幽宫的统领，按照规矩，他会统率九幽卫，你认为怎么样？"

九幽卫这些年毕竟是由唐冰在执掌，如今要让牧尘成为统领，自然也要唐冰的首肯才行。

唐冰闻言，倒是没有一点犹豫，点点头道："没问题。"

她话音一顿，突然笑吟吟地盯着牧尘，道："不过九幽卫里面可是强者云集,而且个个桀骜不驯,就怕牧尘驯服不了呢。"

原本还想拒绝此事,免得唐冰觉得他要插手她的事会不满的牧尘听到这句话,眉头顿时微微一挑,倒是有了一些兴致。

"那倒是要试试了。"

九幽宫,一座孤峰之上,牧尘静静盘坐,在他的双掌之间,一卷金色卷轴缓慢旋转着,一道道金色光波不断散发出来。

牧尘紧闭许久的双目,突然睁开,他低头凝视着手中的金色卷轴,眼中满是迷惑与茫然之色。

这金色卷轴,自然便是从柳暝手中夺来的九龙九象术。

而牧尘已经整整将它研习了三天时间,不过让人惊愕的是,这三天时间,他竟然没有取得丝毫成效,甚至,连如何修炼这九龙九象术的门都未曾摸到。

牧尘的面色变幻不定,旋即他突然双手结印,印法变幻间,磅礴的灵力席卷而出,竟是在其掌心处化为了一条紫色灵龙,紫龙咆哮,隐约有龙吟响起。

轰!

牧尘一掌拍出,那一条紫色灵龙便是呼啸而出,重重轰击在一座山峰上,顿时将那座山峰震裂出一条条巨大的裂缝。

牧尘盯着那一道道裂缝,眉头却皱得更紧了,先前凝炼紫龙,他完全是凭借着"九龙九象术"的修炼印法,然而也的确不出意料地成功凝炼出来了,但是……那种威力,却是相当之差……

以如今牧尘的实力,随手一掌,就能将眼前这座山峰抹平,然而在使用了这"九龙九象术"后,反而变得更弱了。

这九龙九象术,处处透着诡异。

"怎么会这样……"

牧尘喃喃自语,眼中满是迷惑,显然他还是第一次遇见如此诡异的神术,难怪会有人将这一卷准大圆满级别的神术拿出来拍卖,因为这玩意,的确很难修炼。

牧尘面露沉思,手掌紧握着金色卷轴,九龙九象术的威力,显然不是他所施展出来的这样,那么这样说来,就是他修炼的方式出错了。

可神术……不都是这样修炼的吗?

牧尘双目微闭,这九龙九象术的修炼之法,犹如流水一般自脑海中流淌而过,而他则是逐句沉吟,试图找出他所遗漏的地方。

牧尘这般状态,持续了约莫整整一个时辰,旋即他的神情一顿,敏锐的直觉,令他在一句修炼口诀之上停顿了下来。

"气蕴龙象……"

牧尘眉头微皱,黑色眸子中光芒闪烁,这是说要以灵力蕴龙象吗?可他也尝试过啊……

"莫非是蕴错地方了?"牧尘喃喃自语,旋即他心头突然一动,心神直接沉入至尊海内,在那紫意莹莹的至尊海中,磅礴浩瀚的灵力,不断呼啸。

牧尘的神魄自至尊海内缓缓浮上,然后立在海面上,神魄脸上也满是沉吟之色,半晌后,他双手突然结印,而且这种结印的速度越来越快,到得最后,竟是化出了一道道残影,令人眼花缭乱。

"起!"

低沉的喝声,猛的自牧尘神魄嘴中响彻而起。

轰!

整片至尊海顿时为之暴动,只见无数道灵力光柱冲天而起,这些光柱在半空交汇,在那交汇之点,灵力肆虐,隐隐间,竟是形成了一条庞大无比的紫色巨龙。

巨龙盘踞天际,强大的灵力波动席卷而开,犹如风暴咆哮。

这一条紫色巨龙,乃是以九龙九象术之中的化龙印凝炼而出,威势不凡,不过……这条巨龙,仿佛缺少了什么。

这就犹如神器无灵一般。

牧尘神魄手掌一挥,那紫色巨龙便凭空消散而去,磅礴的灵力回归于至尊海中,他再度闭目,陷入沉思。

而这一沉思,又是足足半日过去。

半日后,牧尘的双目陡然睁开,他低头望着这充满紫色的至尊海,在那海面上,有着丝丝紫色火苗,轻轻窜动着。

那是不死火。

牧尘脚掌猛的一跺，再度有灵力冲天而起，最后伴随着其印法的变化，在那半空中，凝炼成了紫色巨龙之形。

不过这一次，当紫色巨龙成形时，只见得那至尊海中，突然有紫色火炎席卷而出，直接将那紫色巨龙笼罩而进。

熊熊。

紫色火炎炙烤着紫色巨龙，顿时巨龙体形迅速缩小，而且紫龙的身躯，开始变得晶莹剔透，远远看去，犹如紫色水晶所化一般。

而且，在那紫色巨龙的龙目处，一缕缕紫炎悄悄跳动，那一瞬，犹如画龙点睛一般，令得这一条原本由灵力所化的死物，瞬间拥有了灵性一般。

吼！

当紫色巨龙的体形缩小到仅有不到百丈左右时，其身躯上已是彻底犹如宝石，光芒璀璨，紫龙则是仰天咆哮，龙吟之声，顿时响彻在这至尊海内，掀起万丈波涛。

紫龙飞腾在天空，龙吟阵阵，最后突然呼啸而下，直接冲进了至尊海内。

牧尘低头看去，只见得在那至尊海深处，紫龙盘踞，犹如陷入了沉睡，而在其沉睡间，有紫色火苗在其身躯上窜动，仿佛是在淬炼。

牧尘望着那盘踞在至尊海深处的紫龙，眼中掠过一丝明悟之色，原来这九龙九象术并不是如同寻常神术一般直接催动，而是要在至尊海内凝炼出来，并且将其蕴藏在至尊海中，任由它在灵力的涌动间，不断被淬炼着。

而且，想要真正将这紫龙凝炼出来，必须需要一种特殊之物，就犹如不死火，这将会起画龙点睛的作用，只有在凝炼中掺杂了这种特殊的能量，才能够真正激活这紫龙。

"气蕴龙象，龙象交汇，吞天纳地……"

牧尘喃喃自语，那眸子之中，却是越来越明亮，下一瞬，他双手再度闪电般结印，暴喝响彻："化象印！"

轰隆！

又有磅礴的灵力冲天而起，只不过这一次所凝炼而出的，却并非紫龙，而是一头巨大无比的紫色巨象。

巨象脚踏天空，犹如能够撑起天地一般，巍峨壮观。

牧尘再度催动不死火融入这巨象之内，顿时那巨象的眼中，也有火炎涌动，刹那间犹如拥有了灵性一般。

"龙象交汇！"

牧尘手掌一抬，只见那在至尊海深处盘踞的紫龙猛的呼啸而出，然后直接与天空上那紫色巨象冲撞在一起。

龙象碰撞，顿时紫色光波肆虐开来，一道紫光璀璨的光球出现在天空上，在那光球内，龙象犹如交汇在一起。

嗤嗤！

龙象交汇，然而还不待那恐怖的力量爆发开来，只见得紫光闪烁，那一颗酝酿着可怕力量的光球，竟直接在此时噗嗤黯淡下来，最后磅礴的灵力四散而开，光球瞬间化为漫天灵力光点，从天降落。

牧尘愕然地望着这一幕，面色顿时变得有些难看起来，明明都已经做到这一步了，为什么还是会失败？这九龙九象术，就真有这么诡异吗？

牧尘盯着那漫天光点，旋即狠狠一咬牙，若是常人，恐怕这屡次的失败，怕直接就心灰意冷了，但这对于牧尘而言，反而激起了他心中的倔强。

他还真不相信就搞不定这破神术！

牧尘印法再度变幻。

于是在这至尊海内，灵力开始呼啸，不断有紫龙紫象被凝炼出来，然后再度被交汇……

可是，那一次次的结果，依然以失败而告终。

呼。

牧尘的神魄，急促地喘着气，他已经不知道失败了多少次，但不知道为什么，总是会在最后一步失败，所谓的龙象交汇，根本就无法成功融合在一起，并且爆发出更为可怕的力量。

"根本不行啊……"牧尘咬着牙喃喃道，在他的感知中，似乎龙象一旦接触在一起，彼此间就会开始消融，犹如两团火碰撞在了一起，难以带来任何变化。

他能够感应到，如果这一步成功的话，那么他就将会令这九龙九象术爆发

出恐怖的威力……可是这一步，似乎并不简单。

牧尘的神魄仰面躺在海面上，他的目光不断闪烁着，脑海中念头犹如电光一般不断转动。

这九龙九象术真正的威力，便是来源于这最后一步，而两种相同属性的力量，就算成功相融，那也不过只是令它的威力，略微增加而已。

难道需要不同属性的力量？

牧尘的双目微微一眯，他体内的灵力，融合了不死火，所以使用这种灵力凝炼出来的龙象，都将会拥有着相同的属性。

他需要属性与不死火截然不同的特殊力量。

而那种力量，又从哪里去弄？

牧尘面色急速变幻，下一瞬，一道灵光掠过脑海中。

山峰上，牧尘双目陡然睁开，旋即他双手结印，只见雷光猛的闪烁起来，雷鸣从其体内传出，只见他的身体迅速雷化。

至尊海内，突然传来雷鸣之声，那天空之上，黑色的雷霆猛然降落下来。

牧尘神魄小手一挥，灵力汇聚而来，再度化为了巨象，只不过这一次，巨象仰天长啸，直接将那落下的黑色雷霆，吞噬而进。

嗤嗤。

原本呈现紫色的巨象颜色迅速变深，最后化为了一头黑色巨象，巨象之上，雷霆闪烁。

牧尘视线狂喜地望着那一头黑色雷象，手掌再度一挥，燃烧着紫炎的紫龙呼啸而出，最后悬浮在黑色雷象之前。

紫色火龙，黑色雷象。

两个截然不同的庞然大物悬浮天空，隐隐间，仿佛有一种毁灭般的波动，悄然荡漾。

牧尘的眼中有着夺目的光彩涌出来。

就是这种感觉！

这才是九龙九象术真正的力量！

第 **4** 章
大罗金池之争

山峰之上，牧尘紧闭的双目陡然睁开，他的一只眼睛被紫炎弥漫，另外一只眼睛，则是雷光闪烁，看上去显得格外的神秘诡异。

他霍然起身，袖袍一挥，只见两道光虹快若闪电般的自其掌心射出，最后在那天空上化为一条紫色巨龙以及一头黑色雷象。

两个庞然大物盘踞天空，顿时这片天地间的灵力波动便剧烈地沸腾起来。

"龙象交汇！"

牧尘双手结印，龙吟象啸之声顿时响彻天际，而后两个庞然大物暴掠而出，犹如陨石般划过天际，最后轰然相撞。

咚！

可怕的灵力冲击波肆虐开来，两股属性截然不同的力量狠狠碰撞在一起，顿时连空间都开始扭曲起来，紫炎黑雷疯狂窜动，一颗约莫丈许大小的光盘，缓缓凝聚而出。

光盘被紫色与黑色一分为二，紫龙盘踞，雷象矗立，犹如一道龙象神珠一般，两股可怕的力量汇聚在一起，引发了令人感到惊悚的变化。

咔嚓。

那一片空间，仿佛都无法承受这种力量，竟有一道道细微的裂纹蔓延出来……

牧尘的面色，也在此时变得极为凝重，因为这股力量，竟有点脱离他的掌控，这九龙九象术，果真可怕。

龙象光盘之上，狂暴的力量疯狂跳动着，竟是令其本身有着崩碎的迹象。

咻！

龙象光盘抖动的频率越来越大，最后猛的嗡鸣出声，牧尘见状，连忙屈指一弹，那一道龙象光盘便化为一道狂暴的虹光，对着远处疾掠而去。

"呃……"

牧尘刚刚将那失控的龙象光盘丢出去，嘴角顿时一抽，因为他发现那正是九幽宫所在的方向……

虹光掠过天际，快速对着九幽宫坠落而去。

唰！

一道流光突然自九幽宫内射出，出现在天空上，现出身来，正是九幽，她错愕地望着突如其来的攻击，旋即她看了一眼这道攻击的来源处，那俏丽的脸上，顿时好气又好笑。

"这个家伙。"

九幽埋怨了一声，旋即她伸出玉手，只见得磅礴灵力席卷而出，化为巨大的光芒羽翼，羽翼护拢，犹如盾牌一般，护在了前方。

咚！

龙象光盘狠狠轰击在那光芒羽翼上，顿时有可怕的灵力冲击波爆发开来，远远看去，犹如盛大的烟花。

九幽宫内，也有众多人抬头惊愕地望着这一幕。

那道由龙象光盘爆炸引动的灵力冲击，尽数被那光芒羽翼抵挡下来，不过当冲击波散去时，那光芒羽翼，也随之破碎开来，最后露出九幽那带着惊诧的美丽脸颊。

她的一次防御，竟然被牧尘的攻击给破了。

虽然这只是随意而为，但她毕竟是四品至尊的实力，这比起牧尘，可是足足高了三品，这等差距，可不是什么手段能够弥补的。

九幽美目微闪，玉足迈出，便出现在了远处山峰上牧尘的面前，牧尘冲她讪讪地笑了笑，连忙道："失误失误。"

"刚刚那是什么？"九幽倒没责怪牧尘，只是好奇问道。

"就是那拍卖会中的九龙九象术。"牧尘也没隐瞒，笑着说道。

"哦？你修炼成功了？"九幽柳眉轻挑，美目中的惊讶越来越浓，那一卷神术，她也看过，可却完全没有修炼的头绪，而眼下，牧尘竟然将它给修炼成功了？

"摸到了一些门路。"牧尘点点头，对于九幽他倒并没有藏私，将他所摸索出来的信息尽数告之于她。

九幽听完，柳眉微蹙道："原来这九龙九象术并不能直接施展，而是需要在至尊海内将其凝炼出来，而且……这样说来，龙与象，还必须使用两种特殊的力量改变它们的属性。"

牧尘点头，这一点尤为重要，也是最为困难的，如果不是他修炼过雷神体，体内拥有着雷霆之力，恐怕也没办法成功修炼出龙象。

"你的雷霆之力，毕竟只是依靠雷神体而来，所以你恐怕很难凭借着这种雷霆之力，来将这九龙九象术修炼到大成。"九幽虽然并未将九龙九象术修炼成功，但毕竟算是见多识广，当即沉吟道。

牧尘闻言也是点了点头，眉头皱起，现在他仅仅只是将这九龙九象术初步修炼而成，所以凭借着雷神体引动的雷霆之力，还能够勉强支撑，可一旦以后造诣越来越深，必然不是这点雷霆之力能够支撑的。

九龙九象术，极致是能够凝炼出九龙与九象，而现在的牧尘，只能凝炼出一龙一象而已……

"那该怎么办？"牧尘看向九幽，询问道。

九幽想了想，笑道："说难也难，说简单也简单……再融合一种雷霆属性的力量就行了。"

牧尘忍不住翻了翻白眼，这当初光是融合不死火，就将他弄得死去活来，如今若是还要再融合一种特殊力量，那困难与危险程度，可不是简单的一加一。很多至尊强者一辈子都不敢融合两种截然不同的属性力量，因为一旦两种力量起了

冲突，那所引起的反噬，可绝对不是小事。

"虽然这对于其他人来说的确极为困难，不过对于你而言倒是有几分可行，毕竟你修炼过雷神体，你的身体以及体内的灵力，对于雷霆之力都有一些适应性，所以只要能够寻得一道在质量上并不弱于不死火的雷霆力量，你倒是可以试上一试。"九幽认真道。

"不弱于不死火的雷霆力量……"牧尘苦笑一声，不死火可不是什么地摊货，想要找寻到能够与其媲美的雷霆力量，可并不简单。

"反正不急，先慢慢找呗，若是有缘，总会遇见的。"九幽玉手轻拍了拍牧尘的肩膀，安慰道。

牧尘点点头，如今也只能这么想了，不过所幸他也不急，现在的九龙九象术，足够他慢慢琢磨了。

"再有三天时间，就是大罗金池之争开始的时候了。"九幽美目明亮地盯着牧尘，抿嘴一笑，"这一次咱们九幽宫能不能挽回面子，就得看你的表现了。"

"谨遵宫主之命。"牧尘抱拳笑道。

……

当那一支黑云般的军队静静矗立在那第九座石台之上时，这片天地间原本的喧哗之声悄然减弱了一些，不少目光之中，都有一抹惊异之色掠过。

因为眼前这支军队给他们的感觉，竟是丝毫不比其他八王麾下的最强军队弱。

"那是九幽宫的九幽卫？"

"没想到这支九幽卫竟然还能有这等气势，不是说这九幽卫乃是大罗天域内最弱的军队吗？这种气势，可完全不像啊。"

"是啊，看来传闻不可信，这九幽宫看似低调，实则韬光养晦，据说那失踪多年的九幽宫之主已经归来，这九幽宫，怕是要崛起了。"

"哪有那么容易，九幽王即便当年在大罗天域时，九幽宫也难成大器，根本无法与其他八王相比，如今回来，恐怕也难以与其他八王争雄。"

"……"

天地间，众多目光望着那一支犹如磐石般纹丝不动的军队，顿时有一些窃窃私语声传开，九幽宫在大罗天域内的名声并不高，毕竟以往的九幽实力也并不是很强，当初成为一宫之主，还引来了一些非议，但碍于天鹫皇的支持，以及她所拥有的九幽雀一族的背景，倒是无人在明面上敢说什么，但显然暗中对于九幽的实力，也是颇为质疑。

"那个少年是谁？"而当众人在注意着那一支九幽卫时，目光也不免扫到了那站在最前方，身体修长，面色平静的少年。

"那似乎是九幽宫的新统领，名叫牧尘，是九幽王带回来的。"

"如此年轻的统领？呵，这九幽王果然还是一如既往的有点儿戏，真当这大罗天域内，是什么人都能够随随便便上位的吗？"有人忍不住冷笑道，显然是对于牧尘这般年龄就能够成为大罗天域的统领而感到眼红。

"这牧尘虽然年龄不大，可据说已是踏入了至尊境，前两个月，血鹰王麾下的一位统领对其出手，可是直接被他一招击败。"

"呵呵，击败了那赵统可不算什么，九幽王似乎是想要让这个牧尘去争夺金池名额，这难免会与四大统领相争，这个牧尘虽然有些本事，但想要与四大统领比肩，怕还差了几年的火候。"

"嗯……此话在理，这一次九幽王倒是显得急躁了一些，就怕是会耀武不成，反而丢了颜面……"

"……"

咻！

在九幽卫现身后，又有三道光芒掠来，其中一道，直接落在了第九座石台的王座上，顿时吸引了无数道目光。

那道倩影，窈窕而修长，她身披黑色战甲，贴身的战甲包裹着玲珑动人的娇躯，曲线动人，青丝被随意挽起，更显英姿飒爽。

这道倩影，自然便是九幽。

她美目扫过四周，旋即便在那王座上坐下，唐冰、唐柔立于她左右，相同的容颜，气质却截然不同，一时间，直接令得这里成为了最吸引人目光的所在。

"哈哈，九幽，你们九幽宫总算是来了，我原本还以为你们九幽宫放弃了呢，那样的话，也太不把辛辛苦苦拿回去的名额当回事了。"在九幽现身时，一道笑声也随之响起，只见得不远处的石台上，血鹰王正微笑地望着这边，笑声爽朗。

九幽闻言，美目冰冷地扫了血鹰王一眼，淡淡道："我九幽宫的事，就不劳烦血鹰王操心了。"

血鹰王笑了笑，他手掌轻轻摩挲着扶手，那有些猩红的眼中，却是寒意流露，显得阴狠之极。

九幽与血鹰王之间那不对路的气氛，任谁都能够清晰感觉到，其余诸王，也都是冷眼旁观，并没有插手的意思。

在这大罗天域内，九王地位不低，除了以往的九幽宫外，彼此的实力都差不多，所以谁都不会彻底服谁，为了争夺利益以及资源，也都彼此间交锋过，所以对于这种争斗再熟悉不过，自然也就不会蠢到无缘无故涉足其中，毕竟如今的九幽，也不再是以往的她，她的实力，足以让其余诸王都心生忌惮。

牧尘静立在九幽卫最前方，他那平淡的双目扫向了血鹰殿所在的方向，在那座辽阔的石台上，同样有一支身披血红甲胄的军队，这支军队浑身都缭绕着凶气，显然是一支善战的军队，这血鹰王虽然跋扈，但其麾下，的确堪称强者如云。

"牧统领，那是血鹰殿的血鹰卫，由吴天和曹锋共同执掌，这些年我们九幽宫原本所属的城市，基本被他们两人扫荡了个尽，很多城市都被迫改投了血鹰殿。"在牧尘身后，那丘山低声说道，语气中颇有些怨气。

"曹锋这个畜生，如果不是九幽大人的话，他早就如同死狗一般，如今却是帮着别人来对付我们九幽宫，这个杂碎，如果有机会的话，我们九幽卫绝对不会放过他！"丘山咬牙切齿地道，显然是对于曹锋的背叛恨到了极点。

牧尘轻轻点头，神色平静，刚欲说话，却感到两道有些冷意的目光，他微微抬头，便见到那站在血鹰卫最前方，吴天与曹锋的目光。

三人目光对碰了一下，那吴天的嘴角顿时掀起一抹残忍的笑意，而那曹锋的眼神，则是一片冷漠，那冷漠之中，蕴含着浓浓的敌意。

以前在九幽宫时，九幽卫便是由他掌控，现在牧尘的位置，与他当初一模一样，显然，九幽是打算用牧尘来顶替他。

虽说如今已经叛离了九幽宫，但曹锋对此还是感到有些不自在，因为如果现在牧尘做得比他好的话，岂不是会让人说，他曹锋远不如牧尘？

作为同样是由九幽带入大罗天域的人，这一点，是心胸狭隘的曹锋难以忍受的。

"如果有机会的话，我尽量让他下不了金池峰。"曹锋偏过头，对吴天轻声道。

"呵呵，看来你很讨厌这个家伙啊。"吴天笑眯眯地拍了拍曹锋的肩膀，"金池之争，本就有伤亡，出手再重都无所谓，不过我们的首要目标还是先登顶，至于这个家伙，大人已经吩咐了人专门对付他，我想，他应该连见到金池的机会都没有。"

曹锋闻言，倒是有些遗憾地笑了笑，不过这样也好，如果这家伙连见到金池的机会都没有，那正好突显出他的无能，到时候九幽宫，怕就真是要成为一个笑话了。

"牧统领，金池之争的时候，你可要多小心一些这两个家伙。"在曹锋与吴天不怀好意地打量着牧尘时，那丘山也对着牧尘低声道。

牧尘微微点头，他自然能见到吴天与曹锋眼中那猫戏老鼠般的神色，只是……他的嘴角轻勾了一下，谁是老鼠，可还真说不定呢。

一道香风突然袭来，唐冰慢悠悠地走到牧尘的身旁，她美目顾盼，颇为动人，旋即她对牧尘微微一笑，那般笑容，顿时引来了大片的炽热目光。

"唐大管家，有什么吩咐？"牧尘见状，不由得笑道。

唐冰白了牧尘一眼："九幽姐姐让我来告诉你，这一次参加金池之争的，共有将近百人，个个都不弱。"

"怎么会这么多？"牧尘惊讶道，不是说名额有限吗？

"这一次的金池之争，三位大人决定把名额放大，所以参加的人不仅是九王麾下，一些来自大罗天域的附属势力，也有一些名额。"

话到此处，唐冰美目看了一眼血鹰殿所在的方向，眸子中有一抹忧虑之色："这对于你而言并不算好消息，因为据我所知，这些附属势力中，有一些势力与血鹰殿交好，而他们为了讨好血鹰殿，很有可能会阻止你靠近金池。"

牧尘眉头微微一皱，他毕竟势单力薄，光是对付吴天与曹锋，就得竭尽全力，这若是再掺和一些捣乱的家伙进来，就真是有些麻烦了。

这血鹰殿，果然很讨厌啊。

唐冰见牧尘眉头皱起，不由得轻轻咬了咬红唇，她看了一眼远处的一座石台，轻咬银牙，就欲转身。

"唐冰姐，你干什么？"牧尘疑惑地看向她。

"我……"唐冰俏脸微红了一下，轻声道，"我去找周岳，请他到时候出手，把那些绊脚石清理一下，这样你就好节省一些体力。"

虽然她对周岳并没有多少感觉，但这种时候也只能请他帮忙了。

牧尘一怔，盯着唐冰看了半晌，才缓缓收回目光，语气淡漠道："这就不需要唐冰姑娘操心了。"

唐冰俏脸微变，她贝齿紧咬着红唇，紧紧盯着牧尘，显然是感受到了他语气之中的冷漠，自从认识以来，她还是第一次看见牧尘刺人的一面，因此那眸子中，一时间竟有水汽弥漫。

"咳，牧统领，唐姐也没其他的意思，她也是想要我们九幽宫这次表现好一些，免得九幽大人面上不好看。"一旁的丘山见状，连忙道。虽然他的年龄比唐冰大许多，但对于这个平日里冷冰冰的小姑娘，他却是颇为尊敬。

话音一顿，他又对着眼眶微红的唐冰道："唐姐，你如果真去找了那周岳，不仅我们九幽宫面子不好看，别人怕也会因此说牧统领连一个金池之争都要靠女人去说情……虽然我们都知道牧统领的实力，可毕竟人言可畏。"

唐冰眼眶泛红，她素来坚强，即便是在此时也不愿意显得柔弱，她美眸通红地盯着牧尘："我又没有看不起你，这次血鹰王请来了四位实力达到一品至尊顶峰的强者联手对付你，再加上吴天与曹锋，就算你再强，难道能够全身而退吗？"

牧尘双目微眯，他望着唐冰那红着眼眶，但依旧小脸倔强的模样，心头微软，淡漠的神色逐渐消散，轻声道："唐冰姐，放心吧，如果他们真的要出手的话，就算我走不出这座金池峰，他们所有人，也得留下来陪我。"

少年的声音平静温和，只是在那温和下，却蕴含着令人心悸的凶煞之气以及一种掩饰不住的自信，并不骄狂，但却丝毫不逞强。

唐冰美目微红看了牧尘一眼，少年那平静的语气，让她没了辩驳的勇气，于是她只能轻咬着红唇，那副俏美的模样，倒像是在被谁欺负了一样，很是可怜动人。

于是，牧尘很快就感觉到周围不少看向他的目光显得敌意很重起来，甚至连九幽卫中，都有不少人目光不善地看着他，由此可见，唐冰在九幽卫心中的受欢迎程度，可远比他这统领更来得重要。

"咳。"

面对着那越来越多的不善目光，牧尘只得干咳一声，低声道："唐冰姐，你就别这样了，放心吧，我骨头硬着呢，别人想打死我可没那么容易。"

唐冰这才破涕为笑，横了牧尘一眼，道："我才懒得管你会不会被人打死，就算我多事，自找不自在好了，真是活该被骂。"

唐冰说完，便是转身而去。

"唐冰姐，放心吧，有我在，没人能损得了我们九幽宫的颜面。"牧尘微笑道。

唐冰莲步轻顿，轻哼道："那就用你的表现来说话吧，不然的话，以后别想从我这里拿到一滴至尊灵液。"

"那就谨遵大管家之命了。"牧尘笑着抱拳。

唐冰红唇轻撇，不再理会牧尘，快步走回。

牧尘也是转过身，他远远地凝望着血鹰殿所在的石台，那一对黑色眸子中，一抹冰冷的寒意涌现出来。

既然你们想玩，那我就陪你们好好玩玩吧。

咚！咚！

当这天地间的昂扬战意浓郁到极点时，那悠扬的钟吟之声，终于在这天地之间响彻，经久不散。

在那天空上，光芒凝聚，空间扭曲，只见得三道光影缓缓浮现，那般模样，正是如今大罗天域中地位最高的存在。

天鹭皇、灵瞳皇以及那位深不可测的睡皇。

伴随着三人现身，下方顿时无数人敬畏地弯身行礼，甚至连九王都微微低头，天地间，唯有三皇淡然而立，显露出无人可及的地位。

天鹫皇袖袍一挥，所有人都感觉到一股柔力涌来，令得他们的身躯再度变得笔直。

"大罗金池的规矩，想来大家都是知晓，所以老夫也就不再多言，不论你使用任何手段登上山顶，皆不会有人理会，在这里，只看结果，不看手段。"

"而最终进入大罗金池的名额，仅有四个，如何争夺，全看各自本事。"

伴随着天鹫皇那苍老的声音缓缓传开，这片天地间的气氛仿佛变得肃杀起来，不少强者眼神逐渐凌厉，能够前来参加金池之争的人，都算是彼此所在势力中的佼佼者，面对着任何对手，他们都不会轻易恐惧，所以，想要从这么多强者之中夺得那屈指可数的四个名额，必然需要经历残酷的争夺。

"时辰已是差不多了。"那位灵瞳皇眼中灵光闪烁，淡淡道。

天鹫皇与灵瞳皇的目光，都看向了身旁那位一直睡眼惺忪的男子，笑道："梦兄，开启金池峰吧。"

虽然同为三皇之一，但两人对于这位素来不插手大罗天域内部事情的睡皇显然都颇为客气，因为他们知道，三人之中，后者才是大罗天域域主最为信任的人。

"嗯。"睡皇毫无形象地打了一个哈欠，慢悠悠地点点头。

嗡。

三道光束，在此时自三皇的手中射出，直接是射进了那座金池峰中，而后所有人都见到，金池峰之外的空间逐渐的扭曲，那座金池峰，仿佛是变得越来越清晰。

轰！

当那金池峰彻底变得清晰的时候，一股无法形容的磅礴灵力，顿时席卷开来，整个天地似乎都被染成了金色。

金色的洪流，从巍峨的山顶倾泻下来，令金池峰犹如黄金所铸一般。

"那是金池洪流，威力极为强大，犹如万浪冲刷，唯有踏入至尊境的强者才能够勉强抵御，而所有登山者，都必须承受住金池洪流的冲击，才能登顶。"在牧尘身旁，丘山为他解释道。

牧尘微微点头，面色有些凝重，显然也是察觉到了那金色洪流的厉害，这大罗金池果然玄异……

咚！

当那金池峰变得耀眼至极时，天空上，三皇也是齐齐挥手，空间荡漾，清脆悠扬的钟吟声回荡天际。

所有人的眼神都在此时变得灼热。

"大罗金池之争，现在开始。"

咻！咻！

当天鹜皇那淡淡的声音从天空上传下的刹那，只见一道道磅礴的灵力光柱冲天而起，一道道光影拔地而起，直接快若闪电般的对着那金池峰暴掠而去。

在那八座石台上，八王麾下的诸多统领，也立即动身，顿时天地间响彻连片的破风之声，仿佛连天地灵力都有沸腾的迹象。

"牧统领，这次就看你的了！"丘山、北墨、澜海三位九幽卫中实力最强的人，也都在此时对着牧尘郑重抱拳，他们九幽宫这些年几乎已经快被人忘记掉了，而这一次，能否有一个良好的开头，就必须全看牧尘这一次的金池之争了。

牧尘微笑着点点头，也没有多说什么，脚尖一点，便化为一道流光掠过天际，最后直接在那众多目光的注视下，落进了那巍峨的金池峰中。

在那石台的王座上，九幽美目凝视着牧尘的身影，玉手轻轻紧握了一下扶手，接下来，就只能看牧尘的表现了。

"九幽姐姐，牧尘能够得到金池名额吗？"唐柔俏丽的脸上，也满是紧张之色，她们都知道，这一次的金池之争，对于他们九幽宫而言，颇为重要。

"放心吧，牧尘不会让我们失望的。"九幽那漂亮的瓜子脸上，有一抹笑容浮现出来，对于牧尘，她显然有着不小的信心。

"若是失败了，看我怎么收拾他。"唐冰美目盯着那道身影，语气中有一点小小的恨恨的味道。

九幽闻言，不由得莞尔一笑。

半空中，三皇袖袍挥动，只见得空间荡漾，灵力凝聚而来，化为一面面巨大的灵力光镜，所有进入金池峰的人影，都显露在其上。

九座石台上，诸王都抬头，神色各有不一地盯着那些灵力光镜。

轰！

牧尘的身形刚刚落进金池峰，脚掌踩着大地，那金色的洪流顿时倾泻而来，那种奔腾姿态，连山岳都能碾压成粉末，声势骇人之极。

在这种冲击下，只要不是踏入了至尊境实力的人，几乎都会被撕裂成碎片。

金色洪流反射进牧尘的眸子，不过他的面庞却是颇为平静，屈指一弹，有着些许紫炎燃烧的灵力便席卷而出，犹如匹练，将那金色洪流撕裂而开。

唰！

在金色洪流被撕裂而开的瞬间，牧尘的身影，也犹如鬼魅般冲了进去，顺着那裂缝，迅速对着山顶疾掠而去。

在这同一时间，这座巍峨的山岳上，也不断有强悍的灵力波动此起彼伏地爆发而起，所有登山之人，皆将自身力量尽数爆发，撕裂金色洪流，直奔山顶。

而所有人都知道，不管他们登山的速度有多快，最后能够获得名额的人，仅仅只有四人，所有，几乎其他所有的人，都算是彼此的对手。

想要获得名额，那就必须让对手数量不断减少。

正因为如此，这登山之战，在最开始的时候，便显露出了残酷，当一些人在努力撕裂金色洪流，对着山顶而去时，在那暗处，却有凌厉而狠毒的攻势，陡然席卷而来。

巍峨的山中，顿时有狂暴的灵力肆虐而开，光影闪烁，杀伐之声，响彻而起。

咚。

牧尘的脚掌重重踏上一块岩石，岩石瞬间化为粉末，而他的身体，却犹如光影般掠出，不过，就在他身形刚刚掠出的瞬间，一道尖锐的破风声，突然从后方疾掠而来。

突如其来的攻击，并没有令牧尘有任何惊慌，他反手一掌拍出，磅礴灵力便化为灵力巨掌，与后方那一道灵力攻势硬撼在一起。

咚！

狂暴的灵力肆虐，那后方顿时有闷哼声响起，一道人影被震飞而去，最后被金色洪流席卷进去，显得狼狈不堪，急急后退，再也不敢去招惹牧尘。

牧尘也没有咄咄逼人，他只是随意地瞥了一眼，身形便是再度冲出。

这短短不过十分钟的时间，他已经遭遇了将近十波偷袭，不过这些偷袭显然并不是专门冲他而来，而是正巧遇见，毕竟进入这里的人，可没什么盟友，能够找机会减少一个对手，说不定自己就会多一点机会。

牧尘抬头，微眯着双目望着那金色的洪流中，隐隐间，能够见到将近十道身影犹如游龙般在最前方，那算是登金池峰的第一梯队，那些身影，个个都不是省油的灯，拥有着极强的实力。

牧尘并没有直接挤入那第一梯队，因为他知道，现在太过显露锋芒，并不算太好的事情，而且，经过唐冰的提醒，他可还知道那血鹰王已经安排了人对付他，如果不小心谨慎一些，必然会阴沟翻船。

咻！

在牧尘心思转动间，那不远处，两道光影陡然交错而过，其中一人一掌拍出，掌风直接撕裂金色洪流，快若闪电般地落在了对方胸膛之上。

噗嗤。

那被击中之人一口鲜血喷出，身体顿时倒飞了出去，而那得手之人也并没有穷追不舍，只是淡淡一扫，然后目光便扫见了与他距离不远的牧尘。

两人对视，身体都微微紧绷了一下。

牧尘面色平静，前方之人，模样倒是颇为普通，身体极为魁梧，铁塔一般，不过他体形虽然魁梧，可那一对眼中，却是透露着谨慎。

此人的实力很不一般。

牧尘心中掠过许些惊讶，从眼前之人的身上，他察觉到了一股相当不弱的灵力波动，而且最让他讶异的是，似乎此人并不属于九王麾下，那么想来应该就是来自于那些大罗天域的附属势力了。

那魁梧男子看了牧尘一眼，虽然牧尘年龄看似略小，可他却从其身上感觉到了一种浓浓的危险味道，眼前的少年，看似平静温和，但那骨子中，仿佛藏着猛虎，极具威胁。

所以，魁梧男子只是冲牧尘还算和善地点点头，身形对着另外一个方向而

去，这意思很明显，大家井水不犯河水。

牧尘目送那魁梧男子离去，他的步伐却缓缓停了下来，黑色眸子中，冷冽之色凝聚而起，因为他感觉到了四道阴冷的波动，正在朝他迅速靠近过来。

那血鹰王安排来对付他的人，终于开始动手了。

金色洪流铺天盖地地从巍峨的山巅处倾泻而下，整个天地仿佛都因此变得金光灿烂，天地间的灵力，也在此时随之变得躁动沸腾。

而在一片辽阔的林间空地上，牧尘的身形则是停顿了下来，那年轻的面庞上，一片平静，只是那黑色眸子中，有寒光流转。

他缓缓偏过头来，望向四周，金光充斥着眼球，也令得视线受到了阻碍，不过他还是清晰地感觉到了四道阴冷的波动悄然而来，在那之中，有杀意在弥漫。

"既然来了，那就滚出来吧，何必跟老鼠一样藏头露尾？"

牧尘嘴角噙着冷笑，讥讽的声音，已是在这片林间传开："已经是四打一了，难道你们还想保存点颜面不成？"

当牧尘声音传开时，这片林间依旧安静，不过这种安静持续了十数息时间，终于有细微的脚步声传出，只见那金光之中，四道人影缓缓走出，站在了离牧尘不远处。

那四人身着颜色不同的衣袍，袖口处的图纹，显示着他们来自不同的势力，不过显然，这些势力，都与血鹰殿有一些联系。

四人只是静静地往这里一站，便有磅礴的灵力威压弥漫而开，甚至连脚下的大地都微微塌陷，那略显阴冷的眼睛，犹如毒蛇般锁定着牧尘。

牧尘黑色眸子也凝聚在四人身上，从他们身上的灵力威压来看，这四人都处于一品至尊的层次，而且怕已达到了一品至尊的顶峰，如果要论起实力的话，就算是在大罗天域的诸多统领内，都能够算做是佼佼者。

而这血鹰王为了对付他，倒也花了不少心思。

看来这一次，想要登顶，果然不会太顺利。

而在牧尘被阻拦下脚步的时候，在那金池峰下，无数道视线都陡然转移向了他所在的那一块灵力光镜，显然也都察觉到了这里的情况。

而当他们在瞧到牧尘面前那四人时，不少人眼中都掠过一抹惊异之色，旋即窃窃私语声便悄然响起。

"那四个家伙……好像是北邙四谷的首领，看他们这模样，竟是要对付九幽宫那位新统领了……"

"嘿，北邙四谷似乎与血鹰殿关系不错，看来血鹰王这次是摆明了要打压九幽宫啊，连这点机会都不给他们。"

"是啊，这四位首领晋入一品至尊多年，这就算是放在咱们大罗天域的统领中，也算是拔尖的，如今四人联手，这牧尘，怕是不乐观了。"

"……"

这片天地间，随着众多窃窃私语声响起，也有不少的目光对着九幽宫所在的方向投射而去，不少人都有些同情与惋惜，当然也不乏幸灾乐祸之人。

而对于那众多的目光，九幽那俏丽的脸颊却是没有什么表情，只是眸子盯着那一片灵力光镜，眸子深处，冰冷之色流淌。

在其身旁，唐柔俏脸上则被紧张之色弥漫，唐冰也轻咬了咬红唇，玉手中满是汗水，她自然明白牧尘此时的险境有多严峻。

"是北邙四谷的首领，这四个混蛋！"唐冰轻咬着银牙，道。

"记住他们。"九幽美目微垂，语气平淡，但唐冰却从她的声音中，察觉到了隐藏的怒火与杀意，显然，这位九幽王，已经将这北邙四谷给记恨在心中了。

唐冰螓首轻点，看来以后如果有机会，第一个就不能放过这北邙四谷。

"九幽姐姐，牧尘他不会有事吧？"唐柔忍不住担忧地问道，虽然她知道牧尘本事不弱，可毕竟如今对方有四人啊，而且个个都不是省油的灯。

九幽狭长的美目凝视着那灵力光镜，少年神色依然平静，那种从容姿态，让她也微微一笑，现在的他，可不再是当年那个能够被她随便就吓倒的稚嫩家伙了啊……

"他会赢的。"

九幽坐在王座上，修长的玉腿优雅交叠，她微微偏过头，手肘抵着扶手，玉手则是轻撑着香腮，挽起的青丝垂落下来，那一对充满野性与不羁的美目中，却有浓浓的信心在涌动。

唐冰与唐柔对视一眼，虽然她们不太明白为什么九幽对牧尘这么有信心，但出于对她的信任，她们紧绷的心，也悄悄松了下来。

林间的空地上，五道人影显然已经成为了那无数人眼中瞩目的焦点，不过他们却犹如未闻，空气中，淡淡的杀意，悄然流淌。

四道人影，皆是颇为枯瘦，而这又要以四人中间的那名男子尤以为最，他枯瘦的模样，仿佛骷髅一般，那深陷的眼瞳中，阴森的光芒犹如毒蛇。

"你就是牧尘吧……"

他盯着牧尘，干枯的面庞微微扯了扯，露出一个极为狰狞的笑容，沙哑道："你的脚步就停在这里吧，有人不希望你上去。"

在其身旁，一名黑衣男子也森然地望着牧尘："我们不太想杀掉你，那样的话，难免会得罪九幽宫，不过……如果你真的冥顽不灵的话，这座金池峰，也是个不错的埋骨地。"

牧尘望着眼前的四人，眼目微垂："如果你们再不走的话，恐怕就走不了了。"

他这平静的声音在林间传开，让眼前四人都是微微一怔，旋即他们的脸上都有古怪的笑容浮现出来，那眼中的狰狞，则是愈发的浓郁。

"真是有趣的家伙……"

"那就杀了吧？"

"嗯……"

四人嘴角的残酷笑容越来越浓，下一瞬间，四人的身影陡然消失在了原地。

咻！

在他们消失的瞬间，牧尘周身的空间开始波动起来，四道鬼魅身影浮现而出，四只干枯的手掌，携带着死亡之气，快若闪电般地拍向了牧尘周身要害。

他们四人一出手，便是狠辣至极，他们不想要单打独斗，而是打算以最快的速度将牧尘解决掉。

嘭！

四人的掌风奔雷般地落在牧尘身体之上，不过，就在他们的掌风落到后者身体上时，他们那冷静的神色，却是微微一变。

因为他们的掌风，直接穿透了牧尘的身影。

"残影？"

四位至尊的眼瞳都是一缩，牧尘的速度，竟然比他们还快？！

轰！

低沉的雷鸣声，突然响彻，一道雷光似乎是划过了四人的眼角，再紧接着，雷光璀璨爆发，四道仿佛雷霆所化的巨掌，直接落向了四人后背心要害之处。

这一道反击，来得诡异之极，甚至连战斗经验丰富的四位至尊面色都是一沉，袖袍急震，磅礴灵力便在身后化为灵力光幕。

咚！

雷霆巨掌，直接一拳震爆灵力光幕，不过也是被阻拦了一瞬，而也就是这短短的一瞬间，四人身形疾射而出，避开了那凌厉一击。

四人倒射而退，那冷淡的神色，却是变得凝重了许多，眼中的杀意，越发浓郁。

"反应倒是挺快。"

雷光在半空中凝聚，化为牧尘的身影，此时的他，通体璀璨如银，显然是将雷神体催动到了极致，他盯着四人，诡异地笑了笑。

在催动了雷神体后，他的速度已经达到了一种相当惊人的地步，没想到眼前四人依旧能够躲避开来，这份战斗直觉，倒是极为不弱。

四位至尊眼神阴冷，他们盯着牧尘，旋即深吸一口气，双手陡然合十，顿时有着肉眼可见的灵力风暴爆发开来。

一圈圈的灵力疯狂震荡着，四道巨大的光影，迅速在四人周身成形。

"枯木法身！"

伴随着那阴冷的声音响起，只见四人周身光影陡然凝聚，竟是化为了四道一模一样的巨大光影，这四人所修炼的至尊法身，竟然也是同一法门。

四座至尊法身矗立在这天地间，犹如巨人，这四座至尊法身呈现灰黑之色，远远看去，犹如矗立天地间的枯木，散发着死亡般的气息。

四座至尊法身吞吐之间，灵力化为飓风呼啸天地，那等声势，引得整座金池峰上面的强者都侧目而来。

"敬酒不吃，那就把命交出来！"

四座至尊法身怒目看向牧尘，森然的声音，雷霆般响彻在天地之间，旋即巨掌直接拍来，遮天蔽日，笼罩了这片山林。

砰！

巨掌尚未落下，大地已是开始崩塌。

虽然这所谓的枯木法身并没有在那九十九等至尊法身之列，但四座法身同时出现，那种震慑力，依旧极为震撼。

可怕的灵力威压从天而降，牧尘的身体也被震落下地，他抬起头来，黑色眸子中倒映着笼罩而来的灰黑巨掌，嘴角，一抹冰冷之色浮现起来。

牧尘双掌一旋一握，只见得身后空间扭曲，至尊海呼啸而现，顿时天地间的温度都在此时暴涨起来，他那一对眸子，也开始逐渐变幻颜色。

"我的命，凭你们这些角色，恐怕还没资格来收！"

少年身躯如枪，那冰寒之声，响彻天宇。

第 5 章
宝剑出鞘

轰!

牧尘身后的空间剧烈扭曲着,扭曲的空间之内,能够见到浩瀚的至尊海在呼啸着,磅礴浩瀚的灵力席卷而出,将那笼罩而来的威压,尽数抵御而下。

牧尘抬头,盯着那四道拍来的巨掌,他的双手陡然结印,璀璨的灵光猛的自他体内席卷而出,在那光芒之内,仿佛有龙吟响彻而起。

咚!

四道巨掌,轰然落下,快若闪电般的拍在了牧尘所立之地,顿时大地颤抖,一道道巨大的裂缝蔓延而开,这片空地都在此时崩塌了下去。

无数目光紧紧盯着那一片灵力光镜,那个九幽宫的新统领,应该是被解决掉了吧?四名一品顶峰的至尊同时出手,威力可不容小觑。

九幽俏脸则是一片平静,唐冰与唐柔则是俏脸微白。

四座至尊法身矗立天地,他们望向那崩塌之地,面色却是微微一变,因为在那里,根本就没有牧尘的身影。

"小心!"低喝之声,自四人嘴中传出。

吼!

不过，就在他们喝声刚刚出口的瞬间，只见他们身后的空间陡然被撕裂而开，一条仿佛光芒所化的龙影竟自空间裂缝中掠出。

那四位至尊面色顿时一变，这牧尘不过才一品至尊的实力，怎么可能穿梭空间裂缝？那可是起码得超过五品的至尊，才有能力办到的啊。

不过他们的疑惑，牧尘显然不会给他们解释，那道龙影自空间裂缝中掠出，光芒闪烁，便化为了一道修长的身影，他面色冰冷，双手猛的结印，只见那至尊海中，顿时有龙啸象吟之声响彻而起。

轰！

一紫一黑，两道磅礴的光束，快若奔雷般的自至尊海内冲出，最后直接在牧尘的上空化为一条巨大的紫龙和雷象。

牧尘双手陡然合十，那燃烧着紫炎的紫龙以及缠绕着黑雷的雷象顿时狠狠冲撞在一起，一股可怕的灵力冲击爆发开来，竟将那四座巨大的至尊法身都震退而去。

嗤嗤！

牧尘面色凝重，双手微微颤抖，印法变幻速度令人眼花缭乱，而在那狂暴灵力之中，一道约莫丈许大小的龙象光盘，也在此时凝炼而出。

光盘呈现紫黑双色，其中犹如有龙象盘踞矗立，一股无法形容的可怕灵力波荡漾开来，空间顿时裂开了一道道细微的裂纹。

"杀了他！"

那邛山四位首领也在此时察觉到了那龙象光盘之中所蕴含的可怕力量，当即心头一震，厉声大喝。

"枯木指！"

四人几乎是同时暴喝出声，磅礴灵力呼啸，直接化为四根犹如枯木般的能量光柱，快若奔雷地对着牧尘暴射而去。

牧尘双目微抬，黑色眸子中，一抹冰冷之色浮现出来，变幻的印法，陡然凝固。

"龙象之盘！"

他修长手指凌空一点，只见那龙象光盘直接化为一道光束掠出，光盘掠过处，连空间都被撕裂出了一条长长的痕迹。

双方的攻势掠过天际，最后在那无数道目光的注视下，狠狠冲撞在了一起。

咚！

肉眼可见的灵力风暴疯狂肆虐开来，下方的林间瞬间被夷为平地，天空上，狂暴无匹的灵力，一波波的互相侵蚀。

"那牧尘竟然挡住了四位至尊的攻击？"有人惊讶出声，因为在那狂暴力量席卷处，那紫黑光芒，竟丝毫没有颓势。

"这牧尘好厉害的手段！"

"能够成为九幽宫的新统领，果然不简单啊。"

"……"

"牧尘挡住了！"唐冰与唐柔美目中也有惊喜之色流露出来。

"你们也太小瞧牧尘了。"

九幽只是微微一笑，她是亲自体验过牧尘那九龙九象术的威力的，而眼下那四个家伙以为这样就能够挡住牧尘的攻击，恐怕太异想天开了一些。

轰！

也就在这道念头掠过九幽心间时，那片天空上，突然有夺目的紫黑之色爆发开来，紫炎以及黑雷肆虐而开，所冲击过处，那四道枯木般的巨指，竟摧枯拉朽般爆碎而开。

无数人眼睛忍不住睁大了一些。

"退！"那邙山四位首领眼中也在此时有骇然之色涌出来，急忙厉声喝道。

四座至尊法身暴退而去，脚掌迈动下，千丈瞬息掠过。

牧尘望着暴退的四人，嘴角却有一抹冷笑浮现出来，若是九龙九象术的威力只是如此，恐怕也当不得那准大圆满级神术的评价。

咻！

牧尘屈指一弹，只见得那肆虐的紫炎与黑雷猛的凝聚而成，仿佛两条光束彼此缠绕，唰的一声，消失在了天地间，一瞬之下，便出现在了那最为枯瘦的至尊强者面前，后者的面色瞬间剧变，显然已是明白他成为了牧尘的目标。

伤其十指，不如断其一指，牧尘的九龙九象术威力虽然非凡，但毕竟修炼尚浅，根本不可能秒杀四位至尊，但若是取其一的话，却是足矣。

"枯木之法！"

那枯瘦至尊强者暴喝出声，只见得至尊法身上顿时有枯纹蔓延开来，远远看去，犹如一棵即将枯萎的枯木，矗立在天地间。

轰！

然而牧尘却是丝毫不管，那紫炎黑雷光束，瞬间化为紫龙雷象，以一种摧毁一切的姿态，狠狠轰击在了那庞大的至尊法身上。

咚！

撞击的瞬间，仿佛火山爆发一般，可怕的冲击肆虐而开，那枯木至尊法身直接被震得爆碎开来，一道狼狈的身影暴射而出，鲜血狂喷，最后狠狠坠落而下，将那地面射出一道巨大无比的深洞，而他的气息，则是萎靡黯淡，显然是重创近死。

嘶。

天地间无数倒吸冷气的声音响起，谁都没想到，这短短不过瞬息间，便有一位施展了至尊法身的至尊强者被牧尘所击败。

"枯大！"

剩下的三位至尊强者面色也为之剧变，旋即他们的眼中猛的有浓浓杀意涌出来，那望向牧尘的目光，犹如要将其吞了一般。

"我要把你碎尸万段！"

三人厉声暴喝，庞大的至尊法身再度对着牧尘爆轰而去，天地间的灵力都在他们的拳下震动沸腾。

"起！"

牧尘望着三人再度攻来，黑色眸子中依旧一片冰冷，他双手虚抬，只见得下方一片林间猛的崩碎开来，一道由三朵黑莲所形成的灵阵，浮现而出。

"妖莲屠灵阵！"

牧尘双手印法一变，只见得三朵黑莲暴冲而起，首尾相接，再度硬生生地轰击在了一座至尊法身之上。

咚！

黑色的光芒犹如墨迹一般侵染而开，那一座枯木般的至尊法身，瞬间化为幽黑之色，犹如冰冷的石块，最后咔嚓咔嚓爆裂开来。

噗嗤。

至尊法身被破，其中那至尊强者也是狼狈射出，鲜血狂喷，瞬间重伤。

那两道也随之暴冲而出的至尊法身猛的停顿下来，他们的眼中，终于有恐惧之色涌出来，他们实在是无法想象，为什么不过短短数分钟的时间，他们已是损失如此惨重。

当然，不仅他们想不通，甚至连那些正观摩着战斗的众人，也是面色发呆，眼神震动，这个牧尘，实力看上去也就顶多与这邙山四首领相当，为什么爆发出来的战斗力，却是如此的恐怖，两个回合，便秒杀了两人！

天空上，还剩下的两大至尊不敢上前，他们不知道眼前这个少年究竟还有没有隐藏的手段，如果再如同之前一般，恐怕先前的两人，就是他们的前车之鉴。

"撤！"

两人目光闪烁，旋即当机立断暴喝出声，牧尘先前两招秒杀两位至尊的手段，给他们的震慑实在是太大了。

两座至尊法身暴退，战意全失。

"现在才走，恐怕晚了点！"

牧尘见两人退走，却是冷笑一声，既然已经出手，那他自然是不会留情，而且这里可不再是北苍灵院，太过心慈手软，优柔寡断，恐怕是最为愚蠢的想法。

所以他双手再度结印，只见得一道光柱自其天灵盖暴冲而出，一座浮屠塔呼啸而出，迎风暴涨，直接镇压下来，将那第三座至尊法身也镇压在了其中。

浮屠塔上，金龙呼啸而出，金色火焰涌动，短短十数息间，只见得那第三座至尊法身，也被焚烧成虚无，一道黑炭般的身影无力地坠落而下，生机细微。

又是一位至尊被击败！

那邙山最后一位首领，此时已是吓得魂飞魄散，拼了命的逃窜而出，远远看去，一道巨人狼狈不堪地冲出了金池峰，不敢有丝毫停留。

牧尘望着那狼狈的身影，倒并没有再度追击，反而悄悄松了一口气，连续施展三道强大底牌，就算是他，也有些支撑不住，至尊海内的灵力，消耗了大半。

不过能够如此迅雷不及掩耳的解决掉三位一品至尊强者，已是让他极为满意。

他的身形从半空中徐徐落下，黑色的眸子扫了扫一些地方，顿时那些地方有人影急忙倒射而退，不敢展露出丝毫的敌意。

牧尘没有理会他们，转过身便对着金池峰山巅掠去，想来接下来，应该再没有人敢轻易对他出手了。

在那金池峰山下，无数人望着那灵力光镜中远去的身影，原本喧嚣的天地间，却在此时变得安静下来，所有人的脸上，都有震动之色浮现出来，他们此时才明白过来，这个九幽宫的新统领，究竟隐藏了多少可怕的实力……

天空上，三皇静静地望着灵力光幕，他们盯着那道少年身影，眼中都掠过了一抹惊异之色，即便是那位深不可测的睡皇，都睁开了眼睛。

这个少年……果然不简单。

"牧尘……赢了！"

九幽宫所在的那座石台上，唐冰唐柔两姐妹怔怔地望着那一片灵力光幕，那里少年的身影，已是逐渐远去，而她们此时才回过神来，当即眸子中顿时有惊喜的神采迸发出来，唐柔忍不住欢呼出声，甚至连定力不错的唐冰，都抿着小嘴轻笑起来。

牧尘展现出来的实力，让人极为意外。

那邙山四位首领在大罗天域中也算有些名气，实力也不错，四人联手，就算是面对二品至尊实力的强者都能抗衡，然而眼下，却在牧尘的手中折损得如此惨重。

那个少年的表现，让所有人都为之侧目。

在那九幽卫中，丘山等人眼中也满是惊叹，心中对于牧尘的佩服也更浓了一些，不管在哪里，力量才是最硬的道理，如果他们九幽卫能够拥有这样一位统领的话，那或许也不是什么坏事情。

"登山之战，现在才刚开始呢，如果不能夺得最终名额的话，之前表现得再出色，也是毫无作用。"九幽倒是最平静的一个，她看了一眼开心的两姐妹，微笑道。

"哪能是毫无作用，牧尘毕竟年龄要偏小一点，而且才来到大罗天域，若是失败也情有可原，就算这次失败了，但下一次，他必然能够轻易夺魁。"唐柔为牧尘打抱不平，毕竟他已经做得很好了。

一旁的唐冰倒是没有说话，比起唐柔，她自然是要成熟一点，虽然她也知道牧尘的确做得很不错了，但有时候现实就是这么残酷，不管你有多出色，可最终能够被万众瞩目的，始终都只有那站在最顶点的人。

而那些成为了踏脚石的累累失败者，却从不会有人去关注。

如果牧尘最终没有夺得名额，那先前所造成的震慑就会瞬间消失，顶多会有人为他感到惋惜，然后就将其忘却，因为那时候的他，也只是一个失败者而已。

九幽望着情绪一下子就低落下来的两女，红唇微弯，然后她凝视着那巨大的灵力光幕，喃喃道："不过……牧尘也没那么容易就输掉的……"

在九幽宫所在的区域一片欢腾时，那血鹰殿处，则显得有些安静，气氛流动间都有点诡异，不少血鹰殿中的强者面面相觑，旋即偷偷看向那坐在王座上，面无表情的血鹰王，不敢在此时有任何惊扰，因为他们能够感觉到，此时的后者，心中怕已是有了滔天怒火。

咔嚓。

王座上的血鹰王，手掌所握的扶手，悄然裂开细微的裂纹，他的胸膛似是深深起伏了一下，将心中的怒火，尽数压制下来。

"果然是四个废物……"

他喃喃自语，那盯着那一片灵力光幕的双目中，却有锐利的森寒之色涌动，旋即他靠着王座，神态漠然。

牧尘能够突破邙山四至尊的封堵虽然有些出乎他的意料，不过也无所谓了，只要牧尘得不到最终的名额，他这些努力，都只是白费力气而已。

这大罗金池的争斗，现在才开始。

巍峨的金池峰上，金色洪流依旧是铺天盖地的倾泻而下，那奔腾姿态，看得不少人心惊胆寒，这也所幸不是冲着某一个人而来，不然的话，别说他们这实力处于一品、二品层次的至尊了，就算是换作九王，恐怕都难以到达山巅。

斗破苍穹之
大主宰 11
DAZHUZAI
067

而此时，在那一片仿佛金色的林海上，两道人影脚踏林海，他们的目光，都望着遥远的后方，先前在那里，正是牧尘与邙山四位首领爆发了激烈的战斗。

"那牧尘竟然打败了邙山四至尊？"吴天微微蹙眉望着远方，先前他们也见到了那一场战斗，牧尘所施展出来的手段，的确极为强大，难怪能够秒杀一品至尊。

吴天眉头皱着，旋即又笑了起来："这下倒是有趣了。"

牧尘能够击败四名一品至尊的确让他很诧异，不过也仅此而已，凭他如今的实力，要做到这一点并不困难，那邙山四至尊在他的眼中，也没多少威慑力。

至尊之间的品阶，可并不是轻轻松松能够靠数量来弥补的。

"看来老天都要给我一次机会。"曹锋双目微眯，淡笑道。

"呵呵，正好也能让其他人见识一下，这九幽卫的新老统领之间的差距，究竟有多大。"吴天一笑，"不过暂时不用理会他，还是先登顶吧，这一次，我要试试能不能把位置提前一点。"

说着此话的时候，他转头望向金池峰更深处，舔了舔嘴巴，那模样，犹如盯着目标的饿狼一般，不达目标誓不罢休。

"哦？"

曹锋眉头一挑："你打算要对周岳出手？"

如今的吴天，在四大统领中排名第三，若是能够击败周岳的话，那么他的名次就能够上升一名，不过那周岳乃是裂山王麾下的大将，这些年来战功彪炳，算是大罗天域中的风云人物，乃是一个真正的劲敌。

虽然如今的曹锋借助着血鹰殿的资源，实力突飞猛进，但他也明白，短时间内，他恐怕很难撼动四大统领的排名，不过，若是换作吴天的话，或许有这个能力……

"这第三的位置，可不太爽。"

吴天咧嘴一笑，露出森白的牙齿，旋即他就不再多说，袖袍一挥，身形便暴掠而出，犹如鹰隼般掠过，将那金色洪流撕裂而开，快若闪电般的对着山巅而去。

曹锋见状，也是立即跟上，沿途遇见一些强者，这些人却是丝毫不敢招惹他们，毕竟四大统领中的两位都在此处，这撞上去无疑是自寻死路。

在吴天与曹锋再度开始登山时，那更深处两个不同的位置，也有两道人影凌空而立，那模样，正是如今四大统领之中，排名第一第二的徐青与周岳。

他们望着之前牧尘战斗的地方，眼中掠过一丝惊讶之色，不过却并没有说什么，只是稍稍露出了一点感兴趣的神色，看来这一次的大罗金池之争，倒是有一些变数了啊……

……

而在当所有人都因为先前牧尘的那一战而有所注目时，身为事件主角的他，却将速度催动到了极致，直奔山巅而去。

吼！

在那浩瀚的金色洪流中，隐约有龙吟声传来，只见得一条龙影自空间中穿梭而过，遨游在那金色洪流中，那等速度，直接将前方的一些强者尽数超越。

而那些被超越的强者见状，面色也是一变，犹豫了一番，最终都没有出手，因为他们并没有把握能够战胜一位能够击败邙山四至尊的强者。

而这道龙影，自然便是牧尘所化，当初他从白龙至尊手中得到了一部名为"龙腾术"的身法神诀，这部神诀在刚开始的时候给予了牧尘不小的帮助，但随着后来他实力的提升，"龙腾术"的效果也逐渐减弱，直到他成功晋入至尊境……

在晋入至尊境后，牧尘终是能够施展出这"龙腾术"的最高境界，那便是龙腾，到了这一步，能够化为龙影，借助着其神奇之力，可以短距离的撕裂空间，之前他能够躲避开那邙山四至尊天罗地网般的封堵，正是因为这"龙腾术"的力量。

现在的牧尘，有信心，如果他全力催动"龙腾术"的话，恐怕连二品至尊，都无法追赶上他。

而也正是凭借着这种速度，牧尘在接下来短短不到十分钟的时间，便脱离了第二梯队，直接追赶上了第一梯队。

经历了先前的一战，他也完全不再需要韬光养晦，他展现出来的实力，想来任何人要动他，都会掂量一下。

唰!

龙影掠过,空间扭曲间,一闪之下就出现在了千丈之外,龙影之内,牧尘目光扫视,这里已经开始接近金池峰的山巅。

在他的感知中,这片区域,似乎一共有二十多道灵力波动,每一道,都极为强悍,比起之前所遇见的那些至尊强者,都更为凌厉。

能够挤入这第一梯队的强者,自然是所有登山者中的佼佼者。

牧尘抬头,望向远处,那里有一座金光璀璨的平台,平台之上金光流转,仿佛黄金所铸一般,他知道,那是大罗金台,通往大罗金池的唯一通道。

也只有通过那里,才有资格登顶。

他脚尖一点,身形所化的龙影便暴掠而出,不过,就在他掠出百丈距离时,身形猛的停顿而下,龙影散去,化为人影。

牧尘凌空而立,他双目微眯,只见在这片辽阔的林海上,一道道身影,间隔着一段距离静静矗立着。

这些人影,个个眼神凌厉,如鹰如隼,磅礴的灵力鼓荡在他们周身,仿佛引来了狂风呼啸。

这些人都有前往那大罗金台的资格,不过,那里的位置不多,所以,想要过去,那就必须用绝对的力量冲过去。

牧尘望着那一道道衣袍鼓动,眼神凌厉的人影,也忍不住轻轻舔了舔嘴唇,黑色眸子中,炽热的战意爆发出来。

这是最后一步,谁都无法阻拦我!

金光弥漫的树海上,牧尘凌空而立,他黑色眸子凌厉地望向前方,在那里树海之上,隐约可见七道身影矗立。

这七道身影彼此都间隔着千丈距离,周身有磅礴的灵力波动席卷,引来狂风呼啸,他们望向对方的眼中,皆是充满了忌惮与戒备。

因为他们知道,想要登上大罗金台,那么对方便是彼此最大的阻碍。

这七道身影都是来自大罗天域各方势力中的佼佼者,其中任何人,单打独斗都不会弱于之前那邙山四首领,不然的话,他们也无法一直领跑在登山的第一梯队,而也正因为如此,当他们遇见的时候,必然会有一番龙争虎斗。

谁想要从这个方向登上大罗金台,必然都会引来七人的敌意和进攻。

所以,当牧尘也出现在这里的时候,顿时那七人的目光射来,旋即眼神都是一凝,想来是将牧尘认了出来,毕竟之前后者与邙山四首领的交手,动静着实不小。

牧尘展现出来的战斗力,让他们为之心惊。

七人眉头都皱了皱,没想到牧尘竟然会从他们这个方向而来,这样的话,倒是多了一个真正的大敌,经过之前牧尘的战斗,他们都明白,若是单独交手话,恐怕他们任何一个人都不会是牧尘的对手。

七人的目光,不约而同的交织了一下,眼神微微闪烁,倒是取得了一些共识,这牧尘虽然厉害,但想要从他们这里通过,恐怕也只得联手震慑他,让他明白,就算他实力强横,在这种地方,也得守规矩。

牧尘望着他们目光中的警惕感,心中已经知道了对方的意图,不过他并没有任何退缩,反而深吸了一口气,黑色眸子,渐渐凌厉。

七位至尊阻拦又如何? 他牧尘的脚步,连洛天神那等超级强者都无法阻拦,更何况眼前的这些角色?

前面的路布满棘刺,就算浴血而战,他也会毫无畏惧地闯过去!

咚!

牧尘脚步猛的踏出,其身后的空间顿时扭曲起来,至尊海若隐若现,仿佛有紫炎升腾,肉眼可见的灵力冲击波以他的身体为中心,陡然席卷而开,下方的林海,也被震得尽数塌陷了下去。

唰!

牧尘脚掌重重一跺,他的身形便化为一道流光笔直暴掠而出,直奔那大罗金台而去。

"给我止步!"

那七位至尊强者见牧尘竟然丝毫不理会,直接就要冲向大罗金台,顿时怒喝出声,这牧尘倒也太过嚣张,这是要视他们如无物吗?

七人眼中含怒,几乎是同时出手,磅礴的灵力匹练横扫而出,犹如怒龙一般,快若闪电般轰向牧尘。

天空上，牧尘所化的光影陡然一顿，他望着那席卷而来的灵力匹练，眸子中寒意涌动，他脚掌一顿，只见得一道幽黑光束自天灵盖冲天而起，一股无法言语的凶煞之气，也在此时随之爆发。

光柱之内，大须弥魔柱冲出，迎风暴涨，化为数百丈巨大，犹如擎天之柱。

牧尘双手虚抱，抡动着大须弥魔柱狠狠挥下，顿时前方空间碎裂，滔天般的凶煞之气，令得天地间都变得暗沉了下来。

咚！

大须弥魔柱重重落下，直接将那七道灵力匹练生生砸得爆裂开来，而且去势依旧不减，对着正前方的三名至尊强者砸下。

大须弥魔柱携带着阴影以及凶煞之气滚滚而来，下方的林海，瞬间被撕裂，而那三位被笼罩在攻势之中的至尊强者面色也是一变，显然是察觉到了牧尘这攻势的可怕。

轰！

三道至尊法身几乎是同时间出现在了他们身体之外，庞大的身躯，与大须弥魔柱碰撞在一起，顿时风暴席卷而开，方圆数千丈内的林海，被摧毁成平地。

三道至尊法身则是暴射而退，巨脚将大地踏得摇摇晃晃，留下巨大的深坑，待到他们稳下身躯时，眼中都有一抹骇然涌出来。

他们此时才明白先前那邙山四首领最后的恐惧，眼前的少年，一旦真正出手，必然是杀招，绝对不会有丝毫留情。

他们抬头，只见得牧尘凌空而立，那弥漫着凶煞之气的大须弥魔柱矗立在其身后，那股煞气，犹如远古魔神一般。

那身躯修长的少年黑色眸子中仿佛燃烧着火炎，俊逸的面庞却没有任何的情绪波动，只是他的眼神让他们心头微微一颤。

那是一种坚定得仿佛没有任何事情能够动摇的眼神。

为了能够一路走下去，眼前的少年，仿佛能够付出生命的代价，而任何阻拦在他面前的敌人，都将会在他的脚下，化为灰烬。

轰！

在他们心惊之间，牧尘身形一动，直接出现在了大须弥魔柱之上，而后魔柱化为一道幽光暴掠而出，他的速度特别快，若是七位至尊要出手阻拦的话，都能够轻易阻截下来。

不过，这一次，却并没有任何人轻易出手。

因为他们从牧尘的身上感受到了那股令人心悸的凶煞，后者那坚定的目光让他们明白，一旦他们出手，那么眼前的少年，或许就将会与他们展开不死不休的战斗。

他们为了修炼到这一步，付出了无数的努力，所以他们极为珍惜自己的性命，大罗金池名额固然宝贵，而与性命一比，却是不值一提。

而且，就算登上了大罗金台，也还要面对那更为强悍的四大统领，所以，若是在这里与一个心智如此坚定与凶狠的人搏杀的话，得不偿失。

七人的目光不断闪烁着，眼中挣扎涌动。

而牧尘却无视于他们，他站在大须弥魔柱上，狂风吹拂而来，撩动着衣袍，少年的眼神，犹如有火焰在涌动。

金池峰下，无数人都屏息静气地望着那一幕，牧尘这单枪匹马冲进七位至尊包围圈的举动，很是具有冲击力。

唐冰姐妹二人更是玉手紧握，心都提到了嗓子眼上，不过在感到无比紧张的时候，却都觉得此时的牧尘，帅气得让人连眼睛都移不开。

那个少年，年龄或许比她们都要小一点，然而那种气魄，却完全碾压了那些同等级的强者。

在那无数道目光的注视下，牧尘终是闯进了那七位至尊的包围圈中，但他依然没有丝毫的停顿，面色平静地催动着大须弥魔柱笔直而出，最后当着七位至尊的面，擦身而过。

至始至终，那七位至尊都没有出手。

甚至，当牧尘在与他们擦身而过的时候，他们心中还悄悄松了一口气，那个少年的眼神，让他们感觉到，如果他们真的出手，今天就算能够把牧尘给拦下来，那他们也必然会付出极为惨重的代价。

他们无法想象为什么一个少年会拥有着如此坚定凌厉的眼神，但多年的修炼让他们知晓，这个狠角色，并不好招惹。

所以，他们最后都只是无奈地撇撇嘴，感叹自己无能的同时，又觉得这个少年以后的成就必然不凡。

哗。

当牧尘就这样顺风顺水地闯过七位至尊的包围圈时，那金池峰下，也爆发出了些许震动的哗然声，不少强者都面色惊讶，显然是感到有些难以置信。

没有身处其中，他们自然无法理解七位至尊的举动。

高空上，三皇静静地望着那一道巨大的灵力光幕，他们望着那站在大须弥魔柱之上的少年，神色都微微闪烁了一下。

"这个牧尘，前途不凡，咱们大罗天域，总算是出了一个不错的人物。"

那一直睡眼惺忪的睡皇，竟也在此时睁开了双目，他的眼瞳犹如深邃的夜空，透着睿智，他凝视着那一道修长的身影，声音飘渺道。

天鹫皇与灵瞳皇听到睡皇此话，都是微惊，毕竟这些年来，他们还是第一次听见睡皇会如此称赞一位后辈，这种待遇，就算是如今的四大统领，都无人能够获得。

天鹫皇与九幽关系不错，当下倒是笑了笑，而灵瞳皇则是不咸不淡道："世上天才太多，惊才绝艳之人多如繁星，但最终能够脱颖而出的，还是太少了。"

睡皇闻言只是不置可否的一笑，然后那双目再度微闭上，小憩起来。

在那林海之上，穿过七位至尊包围圈的牧尘，袖袍一挥，大须弥魔柱便被其收入体内，旋即他脚尖一点虚空，身形暴掠而出，十数个呼吸后，那座金光璀璨的大罗金台就已出现在了他的前方。

他缓步踏出，脚掌落了上去，那坚硬的触感，让他嘴角有一抹弧度浮现起来，他终是走到了这大罗金台之上。

通过这里，那大罗金池，就唾手可得！

第 **6** 章
新旧统领之争

璀璨的金台，矗立在这通往山巅的唯一通道之处，金光弥漫，仿佛是黄金液体在流淌，异常的夺目。

牧尘脚掌踏上金台，目光扫视，这座金台约莫万丈，极为宽敞，而如今，在这空旷的黄金台上，却仅仅只有数道身影。

准确的说，那是五道人影。

而且这五道人影竟都是牧尘见过的，其中四位，不出意料便是如今大罗天域中的四大统领，而那第五位，赫然便是牧尘最初在进入金池峰时，所遇见的那魁梧男子。

没想到此人，竟然最终也能够登上大罗金台。

在牧尘打量着那大罗金台上的五道人影时，那五道目光，同样是汇聚在他的身上，除了那吴天和曹锋的目光有些阴寒之外，其余三人，则都有些惊讶，想来先前牧尘闯过七位至尊包围圈的那一幕，也被他们看在眼中了。

这一幕，让他们委实有点震动，因为他们明白，在那一刹那，牧尘能够震慑住七位至尊，依靠的并非是本身的实力，而是一种令人心悸的气魄。

这个世界上，天才很多，拥有超绝天赋的人也不少，可那些最终能够成为赫赫有名的超级强者的人，无不是拥有着无可撼动的意志，以及非凡的气魄。

那种气魄，可以理解为一种无畏无惧，不管是面对任何对手，都不曾退避，即便前方是无法逾越的擎天之山，也要毫无畏惧地撞过去。

在那九死一生间，拼得一丝生机，进而涅槃重生。

而先前牧尘所展现出来的平静，让他们有些震动，那种震动，甚至要比牧尘战胜邙山四至尊还要更为强烈。

所以，就算是那在四大统领中排名第一第二的徐青以及周岳，看向牧尘的目光中，都多了一丝凝重与正视。

"呵呵，真是有趣，没想到这一次竟然有两匹黑马出现，真是比以前强多了啊。"一道笑声响起，只见得那吴天正笑眯眯地打量着牧尘以及那名魁梧男子，嘴角的笑容有些戏谑与玩味。

牧尘面色平静，他缓步上前，行至偏北的角落，如今这大罗金台上，加上他的话，就还有六人存在，而大罗金池的名额，只有四个，那也就是说，他们这里，还有两人将会被淘汰。

而能够经过重重阻拦登上这大罗金台的，个个都算是这大罗天域年轻一辈中最为顶尖的人，想要打败其中两人，其困难度，恐怕比之前的任何一战，都还会更为困难。

牧尘的眼神微微变幻着，他的身体，看似放松，但体内灵力却犹如猛龙在咆哮，随时准备迸发出可怕的力量，应对任何攻势。

而在牧尘沉默间，这大罗金台上，其余五人也不再言语，但谁都能够感觉到，一股暗流，在金台之上流动。

六人之间，究竟是哪两人出局？

金池峰下，所有的目光都汇聚在那大罗金台上，不少人神色紧张，因为这里就算是最后一战了，只要有了结果，那么大罗金池的四个，就将会有归属。

而从眼前的情况来看，牧尘与那位魁梧男子显然出局率最高，毕竟他们虽然是黑马，但与早就声名远扬的四大统领相比起来，还是根基薄弱了一些。

在那万众瞩目中，大罗金台上，那吴天犹如毒蛇般的目光缓缓转动，最后在牧尘与那位魁梧男子身上转了转，笑道："你们两位都是新人，所以这最后一战，就由你们来选择对手吧，这算是我们这些前辈对你们优待，当然，选择彼此也是可以的哦，这样似乎会轻松一点。"

他的笑容有些阴狠，其中的潜在之意也是极为明显，他是要让牧尘与那魁梧男子先自相残杀，待得两人的对决有了结果，再来争夺最后的名额。

牧尘面无表情，并没有理会他，而吴天也是笑笑，并不在意，目光转向魁梧男子。

在吴天的目光下，那魁梧男子眼神也在变幻着，如果从眼前的情况来看，这五人之中，明显是牧尘要更容易对付一些，但他虽然看似粗直，却心细如发，他敏锐地感觉到，这个叫做牧尘的少年，似乎并不简单。

他那看似谦和的黑色眸子深处，犹如隐藏着猛虎，一旦爆发，必将会噬人，在他看来，如果真要在眼前的五人中选一个对手的话，他并不想选择牧尘。

魁梧男子眼神变幻，最终他深吸了一口气，冲牧尘露出一个善意的笑容，旋即他目光转向了吴天，抱拳一笑，道："大罗天域麾下，狮虎山方雷，还请吴天统领赐教。"

他的声音一出，那吴天的面色顿时阴沉了下来，那森冷如刀锋般的眼神盯着那魁梧男子，他没想到这个家伙不仅让他的算盘落空了，竟然还敢主动来挑衅他。

如今四大统领皆在此，这家伙谁都不去找，偏偏找上他来，这是觉得他是四大统领中最弱的人吗？

吴天有些无法忍受，他阴森地盯着那名为方雷的魁梧男子，最终咧嘴一笑，露出森白的牙齿："好，很好，你可真有胆魄。"

牧尘见魁梧男子的的选择，也是有些惊讶，毕竟从表面上来看，他与身为四大统领之一的魁梧男子比起来，威胁性要小许多，然而这方雷，却冒着得罪吴天的风险，放弃与他的对战，这种做法，还真是让人极为意外。

不过他的这种选择，倒是给了牧尘机会，因为这样，他就可以避免被车轮战来消耗力量了。

所以，他朝那方雷微微点头，然后步伐缓步踏出，那泛着冷冽的眸子，扫向了那四大统领，最后越过徐青和周岳，停在了一脸平静的曹锋身上。

"九幽宫新任统领牧尘，不知可否请曹锋统领，指教一番？"

当牧尘那平静的声音在大罗金台之上响起时，这里的空气仿佛是陡然凝固起来，而在那金池峰下，气氛却是瞬间被引爆。

阵阵惊哗之声冲天而起，无数人面带惊容，眼神放光，兴趣一下子就被提了起来，因为谁都知道曹锋与九幽宫以往的关系，而如今的牧尘，是九幽宫的新统领，眼下这新老统领碰在了一起，若是交锋起来，必然会极为有趣。

他们很想知道，究竟是这位叛离了九幽宫的老统领更为厉害，还是这位由九幽再度带回来的新统领，更胜一筹？

九幽已经看错了一次人，不知道这一次，还会不会再看错一次？

在那漫天哗然声中，九幽宫所在的方向，那九幽卫中，所有人都冰寒着脸，眼神恨恨地盯着那曹锋，这人当初叛离了九幽宫，同样也是抛弃了他们九幽卫。

对于他们而言，没有什么比统领叛离更让人受伤的了。

唐冰与唐柔也是紧握着小手，俏脸上有着掩饰不住的紧张，虽然她们知道，牧尘与曹锋的对决迟早会出现，可当这一幕真的出现的时候，她们也难掩心中的激动。

曹锋的叛离，算是她们九幽宫的痛，九幽心中也对此有一些疙瘩，毕竟任谁被曾经相信的人这般背叛，都难以释怀。

而这个疙瘩，她们谁都解不了，唯有依靠牧尘出手，因为他是九幽宫的新统领，他接替了曹锋的位置，所以他需要将曹锋曾经所留下来的印记，尽数抹除。

而这个抹除，也并不困难，只要他能够打败曹锋，那么他就能够正式告诉大罗天域中的所有人，以后在九幽宫，他牧尘，才是九幽卫真正的统领。

而以往九幽卫的任何人与名，都将会被他的光彩所掩盖。

曾经的背叛者，也将会逐渐黯淡下去，九幽宫，在迎来正确的人之后，将会散发出属于她的光彩。

当然，这一切的前提，都是牧尘有抹除掉曹锋所留下那些印记的实力，而眼下，他与曹锋的交锋，将会是揭晓的时候。

或许大罗天域内，无数人都在等待着那种结果。

九幽宫能否正名，或许就在此举了。

大主宰①

斗破苍穹之

DAZHUZAI

而在那金池峰下，无数惊哗声冲天而起时，在那大罗金台上，曹锋也是淡淡一笑，他凝视着牧尘，嘴角有一抹冰寒的弧度缓缓掀起来。

牧尘选择他来做对手，何尝不是中了他的心思？

他要让九幽知道，他的优秀，可绝对不是任何人能替代的。

曹锋缓缓吐出一团白气，一步踏出，手掌抬起，冲牧尘轻轻一弯，眼中的神色，冰寒如刀，他轻笑的声音，在这大罗金台上轻轻传开。

"挑战我吗？那就如你所愿吧，只是那份代价，希望你有勇气来承受！"

在那无数道目光的注视下，曹锋缓步而出，每伴随着他的步伐踏出，那自他体内弥漫而出的灵力波动，便以一种惊人的速度暴涨起来。

如此短短不过三步之下，他的灵力波动，已是超越了一品至尊的顶峰！

那种灵力强横程度，比之前在金池峰上牧尘所遇见的任何对手都要强悍！

在曹锋嘴角噙着戏谑笑意稳下步伐时，他的灵力波动，已是彻底稳固在了二品至尊，强大的灵力威压，犹如将整座大罗金台都笼罩了进去。

这曹锋，竟然已经晋入了二品至尊！

那金池峰下，再度有无数人惊呼出声，难怪这曹锋丝毫不惧怕牧尘的挑战，原来他也早就完成了突破，顺利晋入了二品至尊。

唐冰唐柔两姐妹俏脸倒是忍不住微变，因为她们都很清楚，至尊之境，每一品之间的差距都极为巨大，而想要弥补这之间的差距，并不是一件容易的事情。

"姐姐，牧尘不会输吧？"唐柔拉了拉唐冰的小手，悄悄问道。如果这次牧尘输了的话，那她们九幽宫名声怕是真的会一落千丈，到时候血鹰王必然会旧事重提，试图将她们九幽宫彻底解散。

唐冰微微犹豫，旋即轻咬着银牙道："牧尘那个家伙不是笨蛋，我想他应该也是早有所预料，如果他没应对的办法，也不会做出那副成竹在胸的模样。"

这个时候，她除了相信牧尘之外，同样没有任何办法。

九幽闻言，倒是忍不住一笑："小冰儿，你可总算是对他有点信心了。"

唐冰俏脸微红，嘴硬道："我这是为我们九幽宫着想啊，而且他刚才还在我面前那么猖狂，如果输了的话，看我怎么收拾他！"

九幽冷艳的俏脸上有浅浅的轻笑浮现，她凝视着那巨大的灵力光幕，狭长的眸子盯着那两道对峙的身影，轻声道："放心吧……一个曹锋，还拦不住他的。"

曹锋站立在大罗金台中央之处，他骄傲地俯视着牧尘，二品至尊的实力，让他拥有这等底气。

在血鹰殿内，他素来极为低调，平日里诸多事情都是由吴天做主，看上去不显山不露水，但恐怕除了血鹰王之外，很少有人会知道，其实他如今的实力，已并不比吴天弱多少，而且他比吴天更懂得隐忍，如果这一次不是因为牧尘的话，或许他还会将实力隐藏下来，直到某一日，他能够将排在他前面的三人尽数掀翻为止……

"原本不打算把实力尽数显露出来的……"曹锋周身磅礴灵力荡漾引得空气波荡，荡出一圈圈肉眼可见的涟漪，他淡漠地望着牧尘，"不过作为九幽卫曾经的统领，我想我有必要来试试你这位新统领是否够了火候。"

牧尘眉头微皱，他盯着曹锋，缓缓道："希望以后这句话不要再从你的嘴里说出来，你并没有资格再和九幽宫搭上一点关系。"

他话音顿了顿，接着道："另外，我想告诉你一句话。你这家伙，的确是个白眼狼的畜生，所以，这一次，我要你一只手，虽然我觉得有些脏手，但不管怎么样，你需要给九幽卫上千兄弟一个交代。"

牧尘那平静的声音在这大罗金台上传开，却是让其余的五人全部都愣了愣，甚至连那徐青与周岳都惊愕了。

他们怔怔地望着眼前那面色平静的少年，他们很难现象，那一番几乎算是猖狂到了极点的话语，竟然会由这么一个看似温和的少年说出来。

他这话，简直已经是将曹锋当成了刀板上的鱼肉，任由他宰割了吗？难道他没看出来，现在的曹锋，已经晋入了二品至尊了吗？

就算他先前展现出了不俗的战斗力，可在一位二品至尊面前，也绝对没这等大话的资格！

"呵，真是有趣了。"那吴天目光怪异地盯着牧尘，忍不住怪笑出声，这个九幽宫的新统领，难道蠢到了这种地步吗？

那曹锋也眼神极端阴冷地盯着牧尘，脸上的淡漠已是荡然无存，他的嘴角微微抖动着，神情渐渐有些狰狞起来。

"呵呵……"

曹锋牙缝中有冒着寒气的笑声传出来，牧尘的话，令他怒极反笑起来，这些年来，他还是第一次遇见如此猖狂的家伙。

他先前还只是想要言语羞辱牧尘一通，但哪料到这人的言语更为惊人，那样子，几乎没有将他当做任何威胁。

"看来九幽大人找回来的新统领，很让人失望啊。"曹锋森然道。

牧尘眉头再皱，他盯着曹锋："两只手。"

"不知死活的东西！"

听到牧尘如此嚣张，饶是以曹锋的定力都再也忍耐不住，面色狰狞地森然大笑，旋即猛的暴掠而出，他要先将这个臭小子先打成残废，再看看他还敢不敢说这种蠢话。

唰！

曹锋含怒出手，那速度犹如鬼魅般直接出现在了牧尘前方，他没有任何犹豫，直接一拳轰出，只见得滚滚灵力犹如大海奔腾一般席卷而出，铺天盖地地对着牧尘爆轰而去。

二品至尊所拥有的力量，被他一拳爆发出来。

这一拳，足以击败任何一品至尊的对手。

狂暴拳印携带着大海般的灵力呼啸而来，金台都因此而震动起来，显然，这曹锋出手并没有任何留情。

拳印在牧尘黑色眸子之中急速放大，但他却并没有任何退避的迹象，他双手虚抱，双目陡然变得猩红起来，滔天般的凶煞之气，席卷开来。

轰！

大须弥魔柱直接出现在了牧尘的双臂之间，然后被他陡然抡动，狠狠与那狂暴拳印硬生生的撼在一起。

咚！

两者相撞，那一道低沉的声音，顿时爆发而起，肉眼可见的冲击波疯狂肆虐开来，甚至连那金台之上，都出现了一道道细微的裂纹。

那种冲击，连徐青和周岳他们都微眯起了眼睛。

轰！

灵力冲击疯狂肆虐之地，两道身影猛的倒射而出。

大须弥魔柱在牧尘手中陡然一旋，旋即重重砸在大地上，他单手扶住魔柱，身体强行稳了下来，然后抬起头来，望着不远处一脸阴沉的曹锋。

"二品至尊，不过如此。"

牧尘平静道，虽然他仅仅只是一品至尊的实力，但他自身灵力融合过不死火，质量自然要强过曹锋，再加上大须弥魔柱的力量，即便是正面硬抗，他也不会落多少下风。

"现在说这话，也不怕待会没脸圆回来？"曹锋讥讽一笑，眼神却是越来越森寒，旋即他手掌猛的一握，只见得磅礴的灵光席卷而开，一柄暗红色的长枪出现在其手中，那长枪通体如血，仿佛被无尽鲜血侵染过一般，透着一种阴森之气，在那枪尖处，更有一只血红的鹰眼，显得极为诡异。

"那是血鹰殿的血鹰枪，这可是中品神器，乃是血鹰殿内的重宝，血鹰王还真是舍得，竟然把这种神器都给曹锋了。"唐冰瞧得这柄血红长枪，顿时心头一紧道。

一旁的唐柔小脸上，也满是担忧与紧张。

血鹰枪在手，那曹锋的气势也变得愈发的强横，枪身一震，顿时有尖锐的鹰啼之声响彻天宇，血光荡漾，犹如要撕裂天空。

唰！

曹锋身影暴掠而出，竟是化为道道残影，那枪影则是化为血红暴雨，铺天盖地的对着牧尘笼罩而去，一股肃杀之气，席卷而开。

牧尘退后半步，手中大须弥魔柱呼啸而开，庞大的柱体，横扫开来，将那铺天盖地的枪影尽数接下。

叮叮当当！

两者闪电般的接触，顿时有火花迸射，每一次的碰撞，都将会有惊人的灵力冲击爆发开来，空间也因此变得有些扭曲。

两人都没有采取任何防守，完全是一副以进攻对进攻的姿态，极为刺激人眼球。

无数人都睁大眼睛望着那两道模糊的身影，两人周身都有泾渭分明的空旷之地，任由对方的攻势如何凶猛，都难以将其攻破。

不少人的眼中，都有惊异之色浮现，因为他们发现，这番硬碰，实力原本胜于牧尘的曹锋，竟然没有取到丝毫上风。

而这一点，显然是被曹锋所察觉，当即他的眼神越发的森冷，他脚尖一点，身形掠上半空，手中血鹰枪爆发出万丈血光，一道尖锐刺耳的鹰啼之声，响彻天地。

"鹰枪，鹰裂空！"

血光喷薄，只见得一道百丈庞大的血鹰猛的自那长枪之中暴射而出，双翼展开，直接与那凌厉无匹的枪芒融合，以一种极端迅猛的姿态，快若闪电般的对着牧尘笼罩而去。

"给我死来！"曹锋森然喝声，响彻天际。

牧尘抬头，他望着那凌厉攻势，黑色眸子中，也有锐利之色凝聚，他深吸一口气，手中大须弥魔柱猛的重重跺地，只见得那古老的魔柱之上，仿佛有远古般的魔纹一点点明亮起来。

那一刹那，一股无法形容的凶煞之气，弥漫天地，仿佛远古魔物在此时苏醒，无数人为之色变。

牧尘眼中猩红暴涨，低沉之声，在其心中响彻而起。

"大须弥魔柱，荡魔纹！"

大须弥魔柱柱体之上，顿时有猩红的古老光纹浮现，那些光纹，犹如裂纹一般遍布在大须弥魔柱上，令它看上去犹如即将破碎一般。

不过，正是这种仿佛破碎般的姿态，却有着难以形容的煞气从那裂纹之中席卷而出，令得此时的大须弥魔柱犹如即将苏醒的魔神一般，极为可怕。

大须弥魔柱本就是上古凶器，在远古时代也是历经诸多超级强者之手，虽说如今受损，可伴随着牧尘实力的提升，它的威力也在一步步展露出来，这等凶威，寻常神器，根本难以企及。

轰！

携带着滔天煞气的大须弥魔柱重重挥下，顿时，那片空间扭曲，漫天空气直接爆炸开来，最后以一种极具震撼性的姿态，与那呼啸而来的血鹰硬撼在一起。

咚！

两者相撞，低沉得令人双耳刺痛的沉闷之声响彻而起，恐怖的灵力冲击犹如万丈涛浪一般，对着四面八方狂暴席卷而去。

轰隆隆。

狂暴的灵力冲击肆虐，仿佛带来了连绵不绝的雷鸣之声。

所有人都凝视着那灵力冲击最为狂暴之地，那里，一道修长少年身影笔直如枪的矗立着，他双手虚抱着那大须弥魔柱，脚掌擦着地面，缓缓后退。

每伴随着他脚步的后退，地面都将崩碎成齑粉。

牧尘眼中猩红涌动，喉咙间仿佛有低喝之声传出，旋即他脚掌猛的一跺，顿时脚下数十丈范围内的黄金地面，直接在此时爆裂而开。

"破！"

他双臂之上，青筋犹如虬龙般的耸动，一声暴喝，那大须弥魔柱上，煞气滔天涌动。

唳！

尖锐的鹰啼声响彻而起，那巨大的血鹰竟在此时崩裂出了一道道细密的裂纹，裂纹飞快蔓延出来，最后只听得嘭的一声脆响，那血鹰直接爆炸开来，化为漫天血红光点，徐徐飘落。

天空上，一道闷声也随之响起，那磅礴的灵力冲击之内，一道人影仿佛踉跄了一下，牧尘强势破了曹锋的攻势，显然也令他本身受到了波及。

唰！

牧尘面色冰冷，脚掌一跺，身形拔地而起，犹如大鹏展翅般的掠至高空，那大须弥魔柱顿时化为阴影狠狠对着那狂暴灵力弥漫之处挥下去。

牧尘的攻势格外凌厉，既然占到了先机，那就绝对不给对方丝毫喘息的机会。

大须弥魔柱蛮横地撕裂开那狂暴灵力，对着其中那道人影所在的方向重重砸下。

咚!

大须弥魔柱冲进弥漫的灵力之内,牧尘的眼神,却是陡然一凝。

狂暴的冲击爆发开来,那弥漫的灵力顿时被冲散而开,无数道视线投射而去,瞳孔都猛的一缩……

只见得在那灵力光芒弥漫之地,一尊数百丈庞大的光影,傲然矗立,这道光影通体血红,犹如鲜血凝固而成,在那庞大身躯的表面,甚至还有由鲜血凝炼而成的诡异符文,一波波可怕的灵力波动,自那光影中传出,直接令得这片空间都随之变得震荡扭曲。

而此时,那尊巨影,泛着血光的巨手,正一把挡住轰下来的大须弥魔柱,血光涌动间,犹如鲜血不断在流淌下来。

这尊巨影,赫然便是曹锋所修炼的至尊法身!

"这道至尊法身……"

牧尘也盯着那一道血红的至尊法身,在这一道至尊法身上,他感受到了极为强大的灵力波动,他目光微闪,轻声道:"竟然是排名第九十九等的血影法身……"

虽说这血影法身只是排名第九十九等,但毕竟是榜上有名,自然比寻常至尊法身更为强大,看来这曹锋在血鹰殿的确极受重视,不然的话,也难以获得这血影法身的修炼之法,难怪他当初要背叛九幽宫,投靠血鹰殿。

"你既然能将我逼得动用血影法身,也算是你的能耐了!"曹锋所化的血影法身,猩红的眼睛犹如野兽一般盯着牧尘,阴寒的声音,轰隆隆回荡在天地间。

他的声音中,蕴含着一丝极怒,原本他以为凭借他二品至尊的实力,足以碾压牧尘,然而交手之后他发现他竟然丝毫占不到上风,反而还因为那煞气滔天的古怪魔柱,受到了一些压制,这一点,如何能够让他忍受得了?

如今整个大罗天域的人都在看着这里,如果他输给了牧尘,那以后他基本就没有多少立足之地。

所以,他无论如何,都绝对必须把眼前的牧尘抹杀!

浓浓的杀意,自那血影法身血瞳中掠过,旋即他血掌猛的拍在大须弥魔柱上,可怕的灵力爆炸开来,直接将魔柱震飞而去。

牧尘身形暴退，袖袍一挥，大须弥魔柱便呼啸而来，笔直地矗立在大地上，而他则站在柱顶之上，眼神冰冷地盯着那一道巨大的血影法身。

"血爆之术！"

曹锋心中杀意暴涌，只见得他血掌陡然变幻印法，旋即犹如鹰爪一般，对着牧尘遥遥一抓。

轰！

他爪风呼啸，天空仿佛都变得猩红起来，远处的牧尘身体猛的一僵，体内的血液竟有些沸腾并且爆炸的迹象。

这曹锋的血影法身，竟然隔着如此距离，都能够引爆人体内的血液，这般手段，着实诡异。

轰！

牧尘脚掌猛的一跺，璀璨雷光爆发开来，他的身体迅速被雷化，银光灿灿，犹如雷神降临，而后他一拳轰出，怒雷滚滚，仿佛千百条雷蟒呼啸而过，将那血光震碎而去。

"血影！"

曹锋见状，却是森然一笑，只见得无数道鲜血匹练从其体内暴射而出，仿佛万影掠过，铺天盖地的对着牧尘缠绕而去。

那些血影，尖啸阵阵，音波扩散出来，令得人脑海中刺痛无比，脑袋都要炸裂一般。

牧尘眉头微皱，他脚尖一点，身形暴退，雷声在其耳边回响，抵御着那尖啸音波的干扰，而后双拳陡然爆轰而出。

轰！轰！

铺天盖地的雷霆拳印呼啸而出，与那无数道血影硬撼，顿时天地间轰隆声响个不停，不过每伴随着一次这样的冲击，牧尘的身形便会被震飞数百丈。

谁都看得出来，这一次是牧尘被彻底压入了下风。

九幽宫处，唐冰唐柔她们都看得心惊肉跳，不过却再没说什么，因为她们都知道此时的曹锋究竟有多强悍。

"现在的你，可就真是犹如丧家之犬，哪还有刚才的威风？"

曹锋森然冷笑，攻势更甚，他望着只是退避的牧尘，眼中杀意陡然强盛到极致，双手突然变幻出一道诡异印法。

"以为一直逃就行了吗？"

"魔血钟，蚀天化地！"

轰！

天地在此时陡然间变得暗沉起来，仿佛连天空的云彩都变成了血红色，铺天盖地的血雨从天而降，笼罩这片天地。

牧尘身形稳住，他眉头微微一皱，因为他感觉到了天地间一股不寻常的灵力波动，显然，这曹锋在开始施展真正的杀招了。

"应该也差不多了……"

牧尘低头，喃喃自语，袖中的手掌，也在此时悄然凝结出了最后一道印法。

嗡！

牧尘周身的空间突然变得血红，只见无数道血影犹如蔓藤般从空间中渗透出来，短短数息间，便凝结了他的周身。

血影缠绕，一座巨大无比的血钟凭空出现，然后诡异地将牧尘笼罩而进。

嗡嗡。

血钟矗立天空，在那血钟的表面，仿佛有无数道狰狞的面庞，尖锐的嘶啸声，在天空上响个不停，让人脑袋刺痛，犹如要炸掉一般。

而在那座血钟出现，并且将牧尘笼罩进去后，天地间无数人面色都是一变，旋即暗暗摇头，曹锋这般杀招，就算是同为二品实力的至尊被困进去，都绝对会狼狈之极。

这个牧尘，此次凶多吉少了。

血鹰殿处，血鹰王那一直阴沉的脸上，这才流露出一抹淡淡的笑容，眼神阴冷如毒蛇，令人不寒而栗。

这下子，看九幽宫还有什么颜面。

"给我去死吧！"

天空上，曹锋森然一笑，杀意涌动，旋即其印法一变，只见得那血钟陡然震动，血光爆发开来，只要他将其引爆，那么身处其中的牧尘，必死无疑！

"魔血钟，爆！"

轰！

巨大的血钟，终是彻底爆炸开来，在爆炸的那一瞬间，仿佛有无穷血海席卷而开，血腥之气，弥漫天地。

那一片空间，都在此时出现了碎裂的迹象，一道道空间裂纹，飞快的蔓延……

无数道目光投射而去。

唐冰唐柔两姐妹俏脸都微微发白，娇躯轻轻颤抖，九幽卫众人，也是一脸的苍白，神情黯淡。

唯有九幽，一直平静。

血海弥漫在天地，突然间，仿佛有无尽光明从血海中迸射而出，光明所过处，血海瞬间被蒸发，短短数息间，那弥漫了天地的血海，消失得干干净净。

曹锋的面色猛的一变，陡然抬头。

天地间诸多强者也有所感应，眼神震动地望向远处的天空，旋即无数人瞳孔骤缩。

在那天地间，一尊巨大无比的光影，静静矗立着，在那光影脑后，一道烈日悬浮，散发着无尽光明，滚滚光明之火席卷而开，整个天地间的灵力，都在此时沸腾燃烧。

一股令人心悸的灵力威压，笼罩开来。

天空上，一直注视着战斗的三皇，眼神也在此时猛的一凝，惊异之色涌现而出。

耀眼的光明之炎，从那天边滚滚而来，光明之炎所过处，那弥漫着滔天血腥的血光，犹如残雪遇见熔岩一般，以一种摧枯拉朽般的速度被摧毁得干干净净。

短短数息的时间，那暗沉的天际，却瞬间变得明亮无比，而在那光明天空的远处，那一道巨影踏空而来，一轮烈日，在其脑后显得极为壮观。

无数人都瞠目结舌地望着这一幕。

"那是……那是牧尘的至尊法身？"

"这是什么法身？如此波动，必然不是寻常至尊法身，不过这般模样，也不太像是那九十九等至尊法身啊……"

"真是古怪……"

天地间诸多窃窃私语声响起,那声音之中,掺杂着震动与疑惑,想来眼前那神秘的至尊法身让他们摸不清楚来路。

在那天空上,三皇同样是眼神惊异地望着那一尊神秘的至尊法身,眼中神采闪烁。

"这一道至尊法身,似乎并不在那九十九等至尊法身之列。"天鹫皇惊讶道。

那灵瞳皇眉头微微皱了皱,淡淡道:"九十九等至尊法身虽然权威,但天地何其辽阔浩瀚,其中不乏一些强大的至尊法身并未进入那九十九等之列,而且一些人天赋异禀,也能因为一些机缘巧合,凝练出一些特殊的至尊法身。"

那睡皇闻言,也点了点头,笑道:"此话倒是没错,天地间神奇之事太多,九十九等至尊法身也并不能代表所有,不过至尊法身虽然强大,但终归也是取决本身的实力,若是差距太大的话,修炼再强的至尊法身,也难以弥补。"

他话音顿了顿,看了一眼天空上那两尊对峙的至尊法身,笑道:"不过看眼下这模样,这尊神秘的至尊法身,足以定局了。"

牧尘虽然只是一品至尊,但他的战斗力却并不比晋入二品至尊的曹锋弱,如今两人皆是祭出了至尊法身,以睡皇的眼力,自然是瞧得出来,牧尘占据了绝对的上风。

天鹫皇闻言也是一笑,而那灵瞳皇则微皱了一下眉头,但也没多说什么,这种层次的争斗,对于他而言,根本提不起太大的兴趣,虽然那曹锋是血鹰王的人,不过他若是如此没用的话,那也没什么利用的价值了,该抛弃那就抛弃掉好了。

天空上,那曹锋骇然地望着那踏空而来的神秘巨影,心中仿佛翻起了滔天骇浪,因为他能够感觉到那弥漫而来的压迫感。

那种程度的压迫,足以说明牧尘所修炼的这一道至尊法身,绝对比他这血影法身更为强悍。

"怎么可能……"

曹锋在心中咆哮着,他自然知晓如此强大的至尊法身是何等的珍贵,就连他这些年来为血鹰殿出生入死，也不过只是获得了这血影法身的修炼之法，然而眼下这牧尘修炼的至尊法身，竟然比他的血影法身还要强大！

"一定是九幽给他的！"曹锋的心中，有着浓浓妒火涌出来，他对九幽的感情极为复杂，既有爱慕，又有自卑，当初会背叛九幽宫，其中自然也有他清楚他根本不可能配得上九幽，所以他想要搏上一搏，正因为如此，当他在见到九幽竟然会再找一个人来代替他在九幽宫的地位时，才会忍耐不住心中的狂暴杀意。

他要向九幽证明，他是绝对无法替代的！

"你以为凭借着这座至尊法身就能胜我？痴人说梦！"曹锋眼中杀意如潮水般涌动，他猛的暴喝出声，双手闪电般的结印。

轰！

滔天般的血光，再度疯狂席卷，只见一道道巨大的血红光柱，陡然从那血影法身之内喷薄而出，那黏稠之色，犹如鲜血。

"血影之剑，斩灵！"

那一道道犹如黏稠鲜血般的光柱疯狂融合起来，竟是化为一道约莫百丈庞大的鲜血巨剑，那巨剑之上，鲜血犹如溪流般的滚滚流淌而下。

咻！

那鲜血巨剑，显得扭曲不定，犹如影子一般，透着一股诡异阴冷的波动，下一刹，血剑唰的一声，竟是凭空消失而去。

远处天空，牧尘所化的大日不灭身之后，空间突然裂开，一道血光犹如影子般遁出，没有带起丝毫波动，直接对着大日不灭身的天灵盖悄然斩下。

嗡！

然而，就在那犹如影子般的血剑即将斩中的瞬间，一只仿佛燃烧着大日之炎的巨手探空而来，一把便将那血剑抓在手中。

嗤嗤。

巨手抓住血剑，猛然一握，那血剑瞬间爆碎开来，鲜血迸射间，立即被融化成了虚无。

哗。

天地间无数人哗然失声，谁都没料到，曹锋如此诡异的攻击，竟会被牧尘这般轻易抵挡下来。

"不可能!"

曹锋更是忍不住咆哮出声,他那血剑,乃是以诸多强者之血以及灵兽之血凝炼而成,其坚硬程度,不逊色寻常神器,如今却直接被牧尘的至尊法身一手捏爆。

牧尘所化的大日不灭身,双目之中有光明之炎涌动,其中充斥着漠然之色,他望向曹锋,犹如俯视蝼蚁一般。

在真正催动了大日不灭身之后,他能够感觉到体内疯狂暴涨的力量,那种程度,已是远远超越了此时的曹锋。

大日不灭身毕竟是修炼万古不朽身的基础法身之一,那种可怕程度,远非寻常人可以预料。

轰!

牧尘眼神漠然,巨手紧握,而后一拳轰出,只见得光明绽放,一道犹如烈日般的拳印呼啸而出,一闪之下就已洞穿了空间,出现在了曹锋前方,然后狠狠轰下。

而面对着这般奔雷攻势,这曹锋只来得及将双臂交叉护在身前,再然后,他便感受到了一股可怕的力量自双臂上爆发开来。

咚!

低沉之声响彻天际,只见得那一座巨大的血影法身竟是被震得步步后退,每一步落下,都会在下方的地面上,留下一道深深的脚印。

轰!

血影法身猛然一蹿,大地崩裂,他这才将身躯稳下来,而那曹锋的眼中,已是被狰狞与暴怒所充满,这节节败退的姿态,令他心中的杀意浓郁到了极致。

"一定要杀了他!"

咆哮声在曹锋心中响起,他无法忍受败在牧尘的手中,这些年为了追求力量,他甚至宁愿背叛,若是失败在这里,那他这些年付出,还有什么价值?

所以,他一定要杀了牧尘!

曹锋双目血红,他双臂陡然高举,血红色的灵力犹如潮水般从其掌心涌出

来，那些灵力之中，这一次，竟是真正有鲜血汇聚而进。

那是来自曹锋体内的血液。

哗啦啦。

黏稠的水声响起，只见到一颗约莫百丈大小的血红之球，迅速在那血影法身双掌之间汇聚而成，那血球表面不断蠕动着，一道道血刺伸展出来，又缩回去……

一股极为可怕的狂暴波动，悄然蔓延在这天地间。

那大罗金台上，如今已是变得满脸凝重的徐青和周岳等人，他们瞧到曹锋掌心间那血红光球，面色忍不住微微一变。

"这个家伙，疯了！"

他们忍不住低骂一声，他们自然是感应得出来，这曹锋竟是将体内的血液尽数抽调了出来，他要将牧尘彻底抹杀！

不过他这样代价太大，就算他赢了，也必然需要大半年的时间才能渐渐恢复。

在那九幽宫所在处，唐冰唐柔她们皆是紧握着小手，俏脸上满是紧张，甚至于连九幽柳眉都是微微一蹙，神色冰寒，她显然是小觑了曹锋对牧尘的杀意。

她娇躯轻轻挺直，蓄势待发，一旦牧尘出现危险，她就会出手。

"魔血之球！"

曹锋暴怒的咆哮猛的响彻，只见得滔天血光爆发，那一颗巨大的血液之球顿时化为一道血色光虹，快若闪电般的轰向牧尘。

那血红光球所过处，空间都崩裂出一道道裂纹，下方的大地，也被蛮横地撕裂出一道犹如深渊般的痕迹。

牧尘望着那以一种惊人速度掠来的魔血光球，面对着如此惊人的攻击，他依旧没有采取任何躲避，巨手，也是缓缓握拢。

"那就让你看看，这大日不灭身的真正力量吧。"

喃喃的声音，在牧尘的心中响起，他的眼睛陡然变得凌厉无比，无尽光明，从他的掌心之中爆发而出，在那掌心之内，似乎有一颗烈日若隐若现。

"大日之掌！"

低沉的声音,猛的自牧尘心中响彻,那仿佛是含着一轮太阳般的巨掌猛的拍出,直接穿透了空间,毫无畏惧地轰在了那一颗蕴含了曹锋体内所有血液的光球之上。

　　轰!

　　两者对撞,顿时光明笼罩了天地,无数人都在此时睁大了眼睛。

　　这般以命相搏,究竟孰强孰弱?

轰!

可怕的对碰在天空上陡然爆发,无尽光明与那血红之色各自占据半壁天空,两股凶悍的灵力疯狂冲击着,试图将对方抹除。

在那对碰之处,空间不断崩裂出一道道裂纹,这般对碰,看得无数人神色凝重,甚至一些来自大罗天域麾下其他势力的强大首领,面色都有所变化。

所有人的目光都凝视在那对碰之地,他们都知道,这次的对碰,应该就会分出胜负。

九幽宫处,唐冰唐柔两姐妹紧张得漂亮眼睛睁得大大的,玉手也因为紧张而有些发白,都已经到这步了,距胜利也仅有一步之遥,如果在这里失败的话,那真是一件让人极为惋惜的事情。

唐柔不断地小声祈祷着,唐冰也是贝齿轻咬红唇,美目眨也不眨。

而在那无数道目光的汇聚下,天空中,那可怕的冲击仿佛还在僵持着,而曹锋见到这种情况,面色也是越来越难看。

他已经拼到了这种程度,竟然还不能摧枯拉朽般的击败牧尘。

"这个混蛋!"

曹锋红着眼睛，犹如赌输了一切的赌徒，他怨毒地盯着牧尘，脚掌再度猛的一跺，将体内所有的灵力毫无保留的倾泻而出，随之而出的，还有体内残留的血液。

若是此时能够看见隐藏在至尊法身内他的身躯的话，则会发现，此时的曹锋，犹如干尸一般，极为可怖。

轰！

而受到曹锋这拼命般的反扑，只见得那血红色光芒顿时暴涨，一时间，竟是连那无尽光明都隐隐有被压制下来的迹象。

天地间惊呼一片。

在那无尽光明之后，牧尘所化的大日不灭身则是眼神毫无波动地望着曹锋的拼命反扑，旋即他双手突然结印。

轰！

那光明掌印之内，一轮太阳仿佛膨胀开来，耀眼的光芒一波波地席卷而开，只见得夺目的光明之炎猛的自那光明掌印之上升腾而起。

"大日灭魔！"

牧尘那低沉的声音，陡然响彻天际，只见那含着一轮大日的掌印猛的呼啸而下，光明之炎蔓延，那原本暴涨起来的滔天血光，竟在瞬间就被那大日之炎焚烧殆尽。

大日掌印摧枯拉朽般地落下，最后直接一把将那蕴含着曹锋身体血液的血红光球握在巨掌之内，猛然紧握！

砰！

一道破碎之声猛的响彻，只见那颗血球直接被牧尘一把捏爆，还不待那狂暴的力量爆发出来，光明之炎便席卷而出，将其焚烧得干干净净。

天空上，血光顷刻间被抹除。

曹锋的眼中此时有浓浓的恐惧涌出来，那开始急速黯淡下来的血影法身掉头便暴掠而出，他已经明白，现在的他，根本无法战胜牧尘。

牧尘眼神漠然地望着掉头就逃的曹锋，袖袍一挥，那光明掌印便洞穿了虚空，一掌直接落在了那血影法身之上。

咚!

令人心惊肉跳的声音响起,只见那曹锋所化的血影法身竟在此时直接爆裂开来,化为黏稠的血雨从天而降,大地瞬间血红。

而在那血雨漫天降落时,一道有些黯淡的血光疯狂遁出。

牧尘眼中寒芒一闪,那光明大手狠狠拍出,对着那一道黯淡的血光抓去,显然,他可并不打算就这么轻易的饶过这曹锋。

那曹锋化为的血光急窜而出,不过重创下的他,速度远不及牧尘,因此眨眼间,那光明大手便出现在了他的上空,然后无情拍下。

曹锋的眼中,顿时有着浓浓的恐惧涌出来。

天地间,无数人望着这一幕,心头都是微震,这个九幽宫的新统领,年龄不大,手段却是相当狠辣,看这模样,显然是要痛打落水狗。

"住手!"

不过,就在牧尘那光明大手即将拍中曹锋时,那血鹰殿处,一直关注着战局,面色极为阴沉的血鹰王突然怒喝出声。

听到他的喝声,牧尘丝毫不理会,下手反而更为迅猛。

"放肆!"

血鹰王的面色彻底阴沉下来,虽然曹锋让他极为失望,但他毕竟是血鹰殿的人,如果当着他的面被牧尘给废了,那简直就是在打他们血鹰殿的脸,这是他绝对无法忍受的,特别是牧尘对他的喝声竟然无动于衷时,血鹰王的怒火更是蹭蹭地冒了出来。

"目中无人的小子!本王来教你什么叫做谦逊!"

血鹰王手掌一拍扶手,只见得王座都化为粉末,他身形一动,直接出现在天空上,凌空一点,只见得一道血红光羽凭空浮现,唰的一声就已洞穿了虚空,快若奔雷般对着牧尘所化的至尊法身暴掠而去。

咻!

那一道血红光羽洞穿虚空,顿时让牧尘心中泛起了一股寒意,那道血羽虽然看似声势不强,但其中所蕴含的可怕灵力波动,却是远远超越了他。

一位五品至尊,就算牧尘拥有大日不灭身,也是难以抗衡。

牧尘目光微微闪烁，旋即他再度做出惊人举动，他竟然完全不理会血鹰王围魏救赵的攻击，光明大手依旧凶悍地对着曹锋拍去。

那血鹰王见状，眼神顿时一冷，既然如此，那你就和曹锋一起废掉吧。

嗡！

血羽洞穿虚空，直接出现在了牧尘的后方，不过，就在即将击中后者的瞬间，只见得一道燃烧着紫炎的羽毛突然撕裂空间出现，直接与其撞击在一起。

嘭！

两支羽毛碰撞在一起，倒并没有太过狂暴的灵力爆炸，只是在彼此侵蚀间，迅速黯淡下去，最后化为虚无。

"我九幽宫的人，还轮不到你血鹰殿来教训！"

在两道攻击湮灭而去时，一道冰冷的清脆声音，也在这天地间响起，无数人转头望去，只见得九幽在那王座之前孑然而立，冷艳的容颜，飘动的青丝，以及那缭绕在其周身的紫炎，都令得此时的她充满了一种令人惊艳的美感和威严。

血鹰王脚踏天空，他眼神阴寒地望着九幽，怒极反笑："真是好大的口气，几年不见，九幽你脾气倒是越来越不好了。

"若是顺不下这口气，那就动手好了，我也看你不顺眼许久了，若是解决掉你的话，正好将你血鹰殿并入我九幽宫。"九幽唇角微掀，道。

"并了我血鹰殿？好啊，那就拿出你的本事给我看看，看看你究竟有几斤几两，竟然敢说这话？！"血鹰王怒笑道。

"啊！"

不过，血鹰王话音刚落，一道惨叫声陡然响起，只见得牧尘的大手已是毫不留情地狠狠拍在了那曹锋身体之上，后者胸膛直接塌陷了下去，鲜血狂喷，身体犹如断翅的鸟儿直线坠落。

嗤嗤！

而在其坠落时，两道劲风掠过，然后那曹锋的双臂便被切断而去，当即又是凄厉惨叫声响彻而起。

嘭！

曹锋重重坠地，大地都塌陷了下去，他的身体躺在其中，鲜血流淌，气息微弱，不知死活。

嘶。

无数人悄悄吸了一口凉气，眼神微凛地望着天空上的牧尘，后者这展现出来的狠辣手段，让他们这些身经百战的人都心头发寒。

这个少年，年龄不大，手段可不小。

天空上，牧尘所化的大日不灭身散去，他露出本体，眼神冰冷地望着那不知死活的曹锋，淡淡道："这是你欠九幽宫的，以后你与九幽宫，将不会再有任何关系。"

噗嗤。

那本就虚弱至极的曹锋，听到此话，更是一口鲜血喷出，眼前一黑，终是晕死了过去。

天地间一片安静。

紧接着九幽宫所在的方向，突然有惊天般的欢呼声响彻而起，那九幽卫所有的人都是面色激动，眼睛通红，这些年来，曹锋的背叛是他们心中的痛，大罗天域内，很多人以此嘲讽他们，而他们却是只能忍受，然而今日，这种恩恩怨怨，终是伴随着牧尘这新统领的到来，被彻底了清了。

而到了此时，他们也终于彻底心悦诚服，九幽大人带回来的新统领，的确远比曹锋更强，也更加令人信服。

"姐姐，牧尘赢了！"唐柔抓住唐冰的玉臂，欢喜道。

唐冰红润小嘴也噙着笑容，那漂亮眸子中满是欣喜之色，她凝视着天空上那一道修长的少年身影，红唇微撇，还好这家伙没让人失望，不然才不会轻易将他放过。

而在那九幽宫这边欢呼震天时，天空上的血鹰王，却是面色阴沉得犹如要滴出水来一般，他森森地盯着牧尘："真是好狠辣的小子！"

恐怖的杀意从他体内席卷而出，犹如山岳般压迫向牧尘，感受着那排山倒海般涌来的杀意，牧尘面色也微变了变，五品至尊，的确极为强悍。

唰。

在那杀意涌来时，一道香风也随之而来，九幽那纤细曼妙的娇躯出现在了牧尘面前,青丝飘动间,便帮他将那杀意尽数挡了下来。

九幽俏脸冰冷,玉手轻握,紫炎在其掌心如蛇般穿梭涌动,她缓缓抬起那狭长的眸子,冰寒地注视着血鹰王,冰冷的声音,响彻天空。

"你若是还不服气的话,就让我来陪你斗斗吧。"

这片天地间,所有人都抬头望着天空,那里有浓郁的杀气弥漫开来,在那种杀气的影响下,天地间的温度,骤然降低。

那是来自两位王的杀气。

天空上,九幽与血鹰王对立,彼此眼神都格外冰寒,两人的恩怨由来已久,谁都看不顺眼对方,若不是各自身为大罗天域中的王,恐怕早就已经忍耐不住要血拼起来了。

不过看今日这模样,两人似乎都有些忍耐不住心中的杀意了。

"早就想领教一下九幽雀一族的厉害,今日我倒真是想要来见识一下了。"血鹰王阴沉道,那血瞳之中,凶残之色浮现。

在说这话时,他周身有血红色的风暴席卷而开,那风暴之中弥漫着狂暴而浩瀚的灵力波动,犹如刀刃一般,肆虐着天地。

"那你就来试试。"九幽也是回以冷笑,周身缭绕的紫炎陡然膨胀开来,青丝在紫炎的席卷间飞舞起来,一股恐怖的温度弥漫而开。

众人见两人这阵仗,面色都忍不住变了一下,如果九幽与血鹰王真的动起手来,那影响可远非统领之间的争斗可比。

统领级别的人物,在大罗天域内,还无法算做中流砥柱,可类似血鹰王、九幽他们这种实力的人,就真是中坚力量了。

"够了!"

而也正因为如此,就在两人对峙间,一道喝声响彻而起,一股犹如轻风般的波动席卷而来,波动过处,九幽与血鹰王周身那狂暴之极的灵力波动,竟直接被压制回了两人体内。

无数人顺着声音望去,只见得天鹭皇正眉头微皱的看向两人,沉声道:"你们莫非忘了我大罗天域的规矩不成?"

大罗天域内,派系之间的争斗,王不能直接动手,只能任由麾下争斗,这样既能够保持竞争，也能够最大的保存王的存在。

血鹰王见天鹜皇出手，知道今日是无法再对付九幽了，他看了一眼几乎被废的曹锋，心中却是无法咽下这口气，当即眼神阴冷地看向牧尘，道："曹锋已是落败，这牧尘却还是如此狠辣，我觉得应该剥夺掉他的资格。"

牧尘闻言，眼神也是一冷。

"做梦！"九幽冷笑出声，"血鹰王你莫非是老糊涂了？这般争斗，只要没人认输，战斗就会一直持续下去，莫说曹锋重创，就算真是被杀了，那也只是咎由自取，怪不得旁人！"

"那你想要我血鹰殿咽下这口恶气，不可能！"血鹰王丝毫不让，针锋相对。

天鹜皇见争吵的两人，眉头皱了皱，一旁的灵瞳皇则是淡淡一笑，道："我看要不暂时先将牧尘换下来，平息一下血鹰王的怒火，事后再找机会给予他补偿吧。"

牧尘面色微变，他的目的便是大罗金池，如今好不容易走到这里，怎么能轻易放弃，而且所谓的日后补偿，这种虚无缥缈的东西，他可信不过。

不过虽然心中有些怒意，可牧尘却并没有表现出什么，如今他在大罗天域内地位太低，没必要为了一时之气，为九幽招惹一些不必要的麻烦。

天鹜皇皱着眉头道："若是这样做了，以后还有谁敢来参加大罗金池之争？"

"呵呵，想要进大罗金池的人难道还少了吗？"灵瞳皇笑道。

听得两人的争执，那一直极少言语的睡皇突然微微一笑，道："老规矩，还是继续吧。"

天鹜皇与灵瞳皇都是一怔，毕竟这些年来，睡皇极少参与他们的争执，类似这种主动出言的事，还是相当罕见。

而且，睡皇此言，显然是在帮牧尘。

灵瞳皇眼神深处划过一抹晦暗之色，不过虽然同为三皇之一，他却知道睡皇的深不可测，而且最关键的是，睡皇始终都是域主最信任的人，所以一旦睡皇说话了，他也不好反对，当即笑了笑道："既然连梦兄都这么说了，那就按照规矩继续吧。"

血鹰王面色铁青，但也不敢再说什么，只能冲牧尘阴冷地哼了一声，袖袍一挥，转身掠下天空。

九幽也讶异地看了一眼睡皇，先是冲着他感谢地点点头，然后看向牧尘，笑道："表现得还算不错，接下来能在大罗金池中获得什么机缘，就看你自己的了。"

牧尘笑着点点头，九幽见状也就不再多说什么，转身掠下。

牧尘望着九幽转身而去的倩影，然后偏过头，对着天鹭皇与睡皇恭敬地抱了抱拳，最后身形一动，直接对着大罗金台落下。

大罗金台上，数道人影的目光，都紧紧地盯着牧尘落下的身影。

那徐青与周岳的视线中，满是惊异之色，想来先前牧尘展现出来的实力，令他们也有些心惊，他们虽说要比曹锋更强，但牧尘如果拼起命来，也能给他们造成不小的麻烦。

而牧尘却能够承受下来，光是这一点，就足以让徐青他们将牧尘拉到平等的层次。

当牧尘落上大罗金台时，那不远处也有狂暴的灵力波动爆发开来，紧接着一道人影狼狈地倒射而出，擦着地面急急后退。

牧尘的身形出现在那道身影之后，手掌搭上其肩膀，助他将力道化去。

那道人影回过头来，正是方雷，他见到牧尘，面色苍白地苦笑了一声，在先前牧尘与曹锋激斗的时候，他也与吴天交上了手，不过显然，他最后输了。

在那前方，光影凝聚，吴天也现出身来，他眼神阴沉地望向牧尘，不过这一次，他的眼神深处，多了一些忌惮。

虽然先前在与方雷交手，但对于曹锋那边的战局，吴天显然也是有所关注，而牧尘展现出来的惊人战斗力，也足以让他心惊。

吴天并不是蠢货，不然也不会成为血鹰王器重的统领，所以现在的他收敛了对牧尘的小觑，真正将其视为能够与他匹敌的对手。

"我输了，牧尘兄弟，希望你能够在大罗金池中有所收获。"方雷倒也是干脆，他冲牧尘笑了笑，然后便退出了大罗金台。

虽然他很不爽吴天，但他也明白，输在后者手中是他技不如人，所以倒也没请求牧尘帮忙。

牧尘目送着他离去，然后也平静地走回所立之处，虽然他对那吴天也看不顺眼，不过他也明白，现在不是继续动手的好时候，先前他在对付曹锋时已消耗了不少的灵力，如今状态不佳，没必要再去冒险，毕竟如今的四个名额，已经出现了。

而吴天同样是没有再出言嘲讽牧尘，只是面色有些阴沉地走回，他原本是想要趁着此次的机会，挑战周岳，以此来令他的排名更前一位，但谁想到牧尘突然蹿了出来，所以他也不敢再胡乱出手，免得到时候被牧尘捡了便宜。

四人静立在大罗金台的四角，彼此都沉默不言，井水不犯河水。

那无数道视线望着大罗金台上这四道身影，都是有些感慨，他们知晓，眼下四人，大罗天域中的四大统领，除了牧尘这匹新的黑马外，其余三人，都是老将。

随着大罗金台上的气氛安静下来，天空上，天鹭皇三人对视一眼，而后天鹭皇那苍老低沉的声音，便响彻在了这天地之间。

"大罗金池最后的四个名额已经出现，而现在，接受金符吧。"

"修罗殿，徐青！"

听得天鹭皇的喝声，只见那徐青面色平静地上前一步，一道金光从天而降，最后化为一道金符，落在了徐青的手中。

"裂山宫，周岳！"

"血鹰殿，吴天！"

两人上前一步，金光笼罩而来，金符落下。

天鹭皇的目光落向最后的牧尘，他那苍老的脸上似是笑了笑："九幽宫，牧尘。"

牧尘上前，金光汇聚而来，最后也在其掌心化为一道金符，金符之中，仿佛有一种奇特的波动散发出来，而且那种波动的源头，似乎正是在山顶之上。

那里是大罗金池所在的地方。

"从现在开始，他们四人，将会是我们大罗天域新的四大统领！"

当天鹭皇的声音落下时，这天地间顿时爆发出排山倒海般的欢呼声，不管如何，眼前的四人，的确算是他们大罗天域年轻一辈之中的佼佼者。

他们的实力, 取得了所有人的认可。

天鹭皇听得那欢呼声, 也是淡淡一笑, 旋即他的目光望向金池峰的山巅, 那里的金光, 依旧还在不停地倾泻而下, 不过这一次, 所有的金光洪流, 都绕开了手持金符的牧尘四人。

"现在, 登顶吧。"

伴随着天鹭皇大手一挥, 牧尘四人的眼光几乎在瞬间变得炽热起来, 旋即他们脚掌猛的一跺, 身形暴冲而起, 直接在那无数道羡慕的目光中, 冲过了金光洪流, 化为虹芒, 冲上了那巍峨的金池之巅!

金池峰顶。

金光弥漫, 视线望去, 仿佛连眼球都是被渲染成了黄金之瞳, 金色的洪流铺天盖地的倾泻而开, 散发着一种极为可怕的威压之感。

牧尘的身影自山巅落下, 脚掌落处, 有一种极端坚硬之感, 犹如脚踏金刚石头一般, 他惊讶地望着前方, 在那最中央的地带, 璀璨的金光仿佛强盛到了极致, 甚至令得人眼睛刺痛。

而弥漫整座金池峰的金色洪流, 正是从这里弥漫出来。

金色洪流在冲刷而过时, 绕开了牧尘的身体, 旋即他脚尖一点, 身形掠出千丈, 然后一座极为辽阔的金色湖泊, 便出现在了他的视野之中。

金色湖泊犹如被黄金液体所充斥, 黏稠的湖水翻滚着, 偶尔有金色水泡缓缓升起, 随后爆裂, 而在其爆裂时, 顿时有金色的洪流席卷开来。

"这就是大罗金池吗?"

牧尘震动地望着这座金色湖泊, 虽然这湖泊看上去略显平静, 但不知道为何, 牧尘却感觉到浓浓的危险, 仿佛眼前的金池, 犹如绝世凶兽一般。

这座大罗金池能够拥有淬炼至尊法身的神力, 想来也必然不是凡物。

咻。

三道破风声也在此时响起, 只见得徐青、周岳、吴天三人也落在了四周, 眼神炽热地望着眼前这座散发着金光的湖泊。

至尊法身乃是至尊强者极为重要的手段, 而眼下这大罗金池却能够淬炼至尊法身, 令得法身愈发的凝炼强横, 这一点所带来的诱惑, 对于他们这种初入至尊境的人来说，无疑拥有着致命的吸引力。

"大罗金池已是开启，你们四人各自进入其中，大罗金池之内池水重如千万斤，越往下，压力就越可怕，所以不得强行硬闯，否则苦果自尝。"

"而至于能否在其中修炼成那传说中的大罗金身，就看各自造化，切莫强求。"

当牧尘四人出现在大罗金池旁时，那天空上，天鹫皇雄浑低沉的声音，犹如闷雷般，滚滚响彻而来。

四人闻言，皆是点头应是。

"呵呵，三位这次就看我们谁的机缘更好吧。"那徐青冲牧尘三人微微一笑，旋即他脚尖一点，身体化为一道流光投射进了那大罗金池内。

他的身体冲进却没有令湖面溅起丝毫浪花，那般模样，犹如沉入了不见底的泥潭，令人心悸。

在继徐青之后，那周岳与吴天也没有丝毫犹豫，立即跟上。

牧尘见到三人消失在大罗金池中，也深吸了一口气，体内灵力悄然涌动，然后化为光影，笔直冲进大罗金池。

噗通。

在冲进大罗金池时，一道细微的噗通声在牧尘耳中响起，旋即金色的光芒，充斥了眼球，紧接着，一股可怕的力量，顿时从四面八方涌来，仿佛试图将其碾压成碎片。

轰！

牧尘的身体表面，雷光瞬间绽放开来，整个身体都在此时雷化，他显然是将雷神体催动到了极致，旋即脚掌一点，身形犹如游鱼一般，飞快地对着大罗金池之下游去。

在这大罗金池中，显然越往下，所获得的好处就越多，当然了，在那下方的压力，也更为可怕，若是没有足够的能力，轻易往下，只能是找死。

哗啦啦。

牧尘的身体，迅速划过黏稠的金色液体，带起细微的水声，他的身形，不断往下方而去。

金光充斥着四周，在这大罗金池内，仿佛连感知都被压制到了最低的范围，在那外界，牧尘可以轻易感知到百里之内的诸多气息，然而在这里，却是连十丈范围都难以达到。

嗤嗤。

雷光缠绕在牧尘的身体表面，他下潜的速度却在开始逐渐变得缓慢起来，因为周围的压力越来越强，即便他将雷神体催动到极致，也依旧感觉到皮肤在散发着阵阵的刺痛。

而在那种压力涌来的时候，牧尘也是能够见到，一缕缕的金色光芒，也是在源源不断的涌入他的身体，那是一种极为特殊的力量，金色光芒所过处，牧尘能够感觉到，他浑身的肌肉，骨骼，甚至血液，都在逐渐变得灼热，犹如是在火炉之中受到淬炼。

"好神奇好可怕的大罗金池。"

牧尘心中啧啧赞叹，他凭借着雷神体，竟然仅仅只能下潜两百丈左右，这种压力，真是有些恐怖。

"只能祭出至尊法身了。"

牧尘双手结印，只见一股灵力风暴顿时从其体内爆发出来，周围的黄金液体都在此时被挤压而开，一尊巨大的光影，出现在了牧尘身躯之外，将他笼罩。

而随着大日不灭身的出现，那笼罩牧尘的压力顿时消散而去，他微微一笑，心神一动，大日不灭身便再度飞快下潜。

在将大日不灭身祭出后，牧尘的下潜速度立即加快了许多，而随着下潜深度的增加，牧尘能够感觉到，那对着他涌来的金色能量，也是越来越浓郁。

而当这些金色能量在与至尊法身接触到的时候，牧尘顿时惊异地察觉到，至尊法身竟是发出了嗡鸣的颤抖声，那种模样，仿佛是饥饿的人见到美食一般，以一种贪婪的姿态，疯狂吞食汲取着。

一缕缕的金色光丝，则是在至尊法身的疯狂汲取下，游离在至尊法身庞大的身躯表面。

牧尘依旧在不断下潜。

而这种下潜，在达到了约莫八百丈左右的深度时，终于逐渐停了下来，因为在这里，就算是以大日不灭身之强，都隐隐感觉到了一些压力。

牧尘环顾四望，金光依旧充斥眼球，他心神微动，大日不灭身便盘坐下来，这里的金色能量，已是极端浓郁，想来足够他修炼所用。

先前天鹫皇的提醒，他可是记在心中，这大罗金池显然不同寻常，若是单纯想要更往深处而去，恐怕并不算太过理智。

"便在这里修炼吧。"

大日不灭身巨大的双手缓缓结印，呼吸吞吐之间，仿佛有雷鸣响彻，而随着牧尘进入修炼状态，只见得大日不灭身脑后那一轮光明之日，竟也在此时悄然转动起来。

轰轰！

当那一轮大日转动起来时，这片区域的金色湖水仿佛沸腾起来一般，只见源源不断的金色光芒化为洪流般凝聚而来，最后在被那大日之炎炼化之后，直接被大日不灭身汲取而去。

这大罗金池内的湖水，重如山岳，其中蕴含的能量虽然神异，但想要将其分离出来，却并不容易，很多人进入其中，都只能凭借灵力一点点炼化，而类似牧尘这种近乎鲸吞般的速度，恐怕足以将很多人直接吓傻掉。

而在这种速度之下，牧尘那庞大的至尊法身表面，仿佛也笼罩了一层淡淡的金光，在其身躯上，那一丝丝游动的金色光丝，也在一点点膨胀起来。

金池峰外，所有人都抬头望着那金光弥漫的山巅，不少人眼中都有浓浓的羡慕，毕竟大罗金池的力量，对于大多数至尊而言，都拥有着强大的吸引力。

在半空中，三皇凌空而立，在他们的面前，有四道金符在悬浮，这四道金符，联系着牧尘四人手中的金符，彼此也能够互相感应。

而此时，四道金符都在绽放着金光，而且那种金光都在一点点增强。

三皇都凝视着四道金符，一般说来，越是深入大罗金池以及所吸收的金池力量越强，这金符绽放的金光就越强烈，而显然，也只有在更深处，获得的好处，才越大。

"看来这一任的四大统领，要比以往强上一点，他们现在所处的位置，应该在五百到一千丈之间。"天鹫皇望着那四道金符上的光芒，不由得一笑。

睡皇也微微睁开一丝眼睛，旋即再度闭上，喃喃道："看来又是无人能够染指金身。"

天鹜皇与灵瞳皇都是无奈一笑，这要求也太高了一些，按照他们这些年的估计，想要这大罗金池中修炼出大罗金身，起码都得深入到两千丈的深度，借助着那种压力以及纯粹到极点的金池力量，才有可能修炼出大罗金身。

然而可惜的是，这些年来，能够达到那种深度的统领，屈指可数。

"再看看吧，毕竟还没结束。"天鹜皇道。

睡皇不置可否地点点头。

灵瞳皇倒是突然看向天鹜皇，道："梦兄，不知道域主最近有什么消息没？大狩猎的时间似乎快要接近了……"

睡皇笑着摇了摇头，道："灵瞳兄放心吧，若是到了该出现的时候，域主自然会出现。"

灵瞳皇闻言，也只能一笑，不再多问。

三皇皆是沉默下来，他们的目光，盯着面前的四道金符，不过显然那都有些意兴阑珊，这次似乎依旧没有什么让人眼前一亮的事情发生。

这一任的四大统领，还是无人能够达到那种程度吗？

哗啦啦。

大罗金池深处。

巨大的光影静静盘坐，周围那黏稠犹如黄金浆液般的湖水，正在缓缓流淌着，然后源源不断地涌向那道光影。

光影脑后，那一轮大日旋转，一波波光明之炎散发出来，将那些涌来的金色浆液尽数炼化，然后将其化为一缕缕金色的光流，最后尽数汲取而去。

而随着越来越多的金色浆液被炼化，只见那一道巨大光影身躯上，那缓慢游动的金色光线，也一点点变得粗大。

隐隐的，这些金色光线，看上去有点像是一条条小蛇，攀附在这巨影身躯上。

而这些金色小蛇在游动过处，都有淡淡的金色痕迹留下，一股神异的力量散发出来，仿佛令这一道至尊法身，愈发凝实。

这一道至尊法身，自然便是牧尘的大日不灭身。

而此时的牧尘，则是盘坐在大日不灭身之内，他微闭的双目缓缓睁开，他望着笼罩在其身躯之外的至尊法身，视线停留在那金蛇游动之处。

在他的感应中，他所吸收的金池力量，一共化为了八条金蛇，这八条金蛇缠绕在至尊法身周身，每当其游动起来时，都会带来灼热之感，那里的灵力，仿佛都变得格外的活跃甚至沸腾。

牧尘知晓，当他将这八条金蛇炼化后，他这大日不灭身，应该将会变得更为强横，不过……牧尘的眉头微微皱了皱，这种变强，并没有达到他的预期。

那所谓的大罗金身，他还差得太远。

"在这里所吸收的金池力量根本远远不够。"

牧尘面露沉吟之色，虽然这个深度所蕴含的金池力量已是格外的雄浑，但想要在这里修炼出大罗金身，显然是不可能的事情。

牧尘目光微微闪烁，旋即他的目光开始转下，望向了大罗金池更深处的地方，那里依旧是璀璨的金色，根本看不见底，那种深邃之感，令人心生恐惧。

在进入了这大罗金池后，牧尘很明白这里拥有的压力有多恐怖，如果不是凭借着大日不灭身的话，牧尘这一品至尊的实力，根本就到不了现在的位置。

而现在，就连这个位置，也满足不了牧尘，因为他知道，他进入这大罗金池，所为的，可不仅仅只是简单地将至尊法身淬炼一番。

他的野心比其他人更强。

因为他需要力量，

牧尘目光闪烁，旋即他深吸了一口气，眼神渐渐变得冷冽，他坚信这个世界上没有平白而来的力量，既然想要获得那种力量，那么就必须付出相应的代价。

如果现在连这么一道大罗金身他都束手无策，那么日后，面临着那更为险峻的困境时，他又该怎么办？继续退缩吗？

那样的话，或许他永远都无法完成他对那个女孩的承诺。

牧尘不再犹豫，双手猛然结印，只见那至尊法身猛的一颤，竟是再度开始飞快地对着大罗金池更深处沉去。

哗啦。

庞大的至尊法身蛮横地撕裂开黏稠的金色湖水，强悍的灵力荡漾着，抵御着那从四面八方犹如潮水般涌来的可怕压力。

一百丈……两百丈……

短短不过十数息的时间，牧尘已是再度下潜了四百丈左右，而此时的他，约莫已经处于这大罗金池一千两百丈的深度。

而随着这般不断的下潜，牧尘也能感觉到那涌来的压力几乎是在成倍成倍的翻涨着，那种压力，犹如一重重山岳不断叠加而来。

但面对着这种压力，牧尘依旧没有半点犹豫，继续深入！

至尊法身之上的灵光，已是因为那种可怕的压力而尽数被压回体内，那种压力，即便是牧尘本体身处至尊法身保护之内，都隐隐感觉到了一些刺痛。

"一千五百丈了……"

牧尘轻咬着牙，他的皮肤逐渐泛红，但那黑色眸子中，不仅没有退缩之意，反而变得越来越炽热与执着，因为他能够感觉到，这大罗金池的深处，所蕴含的金池力量，浓郁到了一种可怕的程度。

只有在这极深处的地方，才有可能修炼出大罗金身。

还不够！

牧尘眼睛微红，再度控制着大日不灭身下潜，而到了这种深度，再往下十丈，压力都在疯狂叠加着。

即便牧尘拥有着大日不灭身，但那下潜的速度，也越来越慢，犹如陷入了泥沼。

这一次，整整半个小时的时间，牧尘竟然都未能再度下潜一百丈。

而且这短短百丈所带来的可怕压力，竟是直接令大日不灭身体积都缩小了一圈，那原本璀璨的灵光，甚至变得有些黯淡下来。

然而牧尘依旧不曾放弃，他黑色眸子凝视着更深处的地方，任由那泛红的皮肤上，一滴滴鲜血渗透出来。

黏稠的金色湖水，被蛮横地撕开，至尊法身不断下潜。

又是一百丈……一百五十丈……两百丈……

金池峰外。

天地间所有的目光都凝视着那四道金符，不过三皇的神色则是一片平淡，这些年来大罗金池开启了数次，而类似的平静情况，他们见了太多，所以很难再有什么心情的变化。

毕竟在他们的眼中，只要没能在这大罗金池中修炼出大罗金身，其余层次，其实全部都是一样的，并没有什么高低之分，顶多是五十步与百步的差距而已。

嗡。

而在三皇漫不经心时，突然间，那四道金符之中，突然有一道金符陡然间变得璀璨起来，金光弥漫开来，竟是将另外三道金符的光芒都遮掩了过去。

虽然那三道金符的光芒也在不断增强，但这与第四道金符的增强速度比起来，简直就不值一提。

天地间所有人都因为这一幕出现了些许的惊异，而后猛的有惊呼声传出，想来他们也明白这四道金符的光芒强度代表着什么。

显然是有人在对大罗金池深处突破。

金光涌入三皇的眼中，三人的眼神陡然一凝，甚至连那睡皇都是双目微眯，目光紧紧地盯着那一道耀眼的金符。

"有人在冲刺大罗金池的深处。"天鹫皇惊讶道。

"这种亮度，应该已经快接近两千丈了。"灵瞳皇也有些吃惊，他可是很清楚那大罗金池两千丈深度的压力，在那里，就算是实力达到三品实力的至尊，都根本无法承受，而眼下进入其中的四人，显然都还没达到这种程度。

"究竟是谁？"他们满脸的惊色，因为有大罗金池的遮掩，即便以他们的实力，也无法探明究竟是谁这么胆大，竟然敢冲击那两千丈的深度。

"看来此人野心倒是不小。"睡皇终于是饶有兴致的笑了笑，看这模样，此人显然是冲着大罗金身而去的，而他们大罗天域这么多年来，能够做到这一步的人，可是屈指可数。

"就怕心比天高。"灵瞳皇沉默了一下，道。

天鹫皇也皱了皱眉头，有野心固然是好事，但有时候也得量力而行，大罗金池中蕴含的危险，足以将四人中的任何人毁灭，如果有时候太过顽固的话，恐怕会将自己也陷在其中。

"好久没出现这种事了，就看看这次会不会有让我们惊讶的事情发生吧。"睡皇微微一笑，目光盯着那越来越璀璨的金符。

在那下方，唐冰唐柔她们也紧张地望着那璀璨金符，对九幽悄悄道："九幽姐姐，那不会是牧尘做的吧？"

虽然牧尘的实力只是一品至尊，从表面上来看，他似乎不可能做到这一步，但出于女孩子的直觉，她们觉得这恐怕和牧尘脱不了关系。

九幽美目凝视着那一道金符，冷艳的脸上，一抹动人的笑颜浮现出来，她轻轻点头，道："应该就是他了。"

她的声音虽轻，却有着极大的自信。

在那四人之中，徐青他们实力虽强，但还没到能够深入两千丈的程度，而唯有牧尘这个家伙，隐藏着诸多手段，所以，也只有他才能做出这种让人意外之极的事情。

"就让我来看看，你这次究竟能够达到什么程度吧……"九幽红唇微弯，喃喃自语。

在那天地间无数道目光的汇聚下，那一道金符的光芒，则是越来越璀璨，如此约莫半个小时后，光芒已是犹如一轮金色烈日。

那种光芒，彻底掩盖了其他三道金符。

所有的目光，都在此时涌上了一抹震撼之色。

三皇的神色，也从最开始的漫不经心，渐渐变得凝重与惊异。

嗡！

金符之中，突然有嗡鸣之声传出，旋即那金符仿佛再也无法承受一般，竟是爆发出万丈金光，笼罩了这方圆百里。

三皇的身体都在此时一震，瞳孔忍不住一缩。

那个家伙，竟然真的冲进两千丈的深度了！

而在所有人都为那璀璨金光震惊时，在那大罗金池最深处，仿佛也在此时传出了一道异样的波动。

第 8 章
曼荼罗

大罗金池，两千丈深处。

呼呼。

原本大罗金池这种深度，应该是极为寂静的，然而在此时，却犹如骇浪翻滚，黏稠的金色湖水疯狂呼啸着，仿佛形成了一道巨大的金色漩涡。

而在那漩涡最中心，竟是一道盘坐的巨影。

这一道巨影，正是牧尘的大日不灭身，不过此时这一道至尊法身原本数百丈庞大的体积，此时竟仅有数十丈大小。

而这全是因为这大罗金池可怕的压力所致。

在那至尊法身之内，牧尘静坐，此时的他身体微微颤抖着，他身体表面，覆盖着一层薄薄的血痂，在这大罗金池两千丈的深度，压力几乎是一点点的渗透进了至尊法身，最后压迫在他本体之上。

如果不是他在肉身上也有着不俗的造诣，恐怕此时早就被那渗透而进的至尊法身给挤压成了碎片。

但绕是如此，那弥漫身体的剧痛，依旧是令他身体忍不住颤动，不过这些剧痛最终都被他咬牙坚持了下来。

呼。

血痂之下，牧尘似是轻吸了一口气，旋即双手缓慢结印。

轰！

在其印法结成时，只见那大日不灭身猛的爆发出万丈光芒，那光明之炎也是滚滚弥漫，将那神异而磅礴的金池力量，尽数吸引而来，最后被大日不灭身鲸吞而去。

牧尘将大日不灭身催动到了极致，所以这大罗金池之底，也不断有金色能量呼啸而来，源源不断地涌入那光影之内。

那种金色能量的浩瀚程度，比起之前，无疑是雄浑了百倍！

而在如此惊人的能量灌注下，牧尘那大日不灭身的庞大身躯表面，也迅速被金光弥漫，那八条金蛇飞快穿梭着，贪婪地吞食着那一波波涌来的金色能量。

八条金蛇，以一种肉眼可见的速度，飞快变得粗壮。

一种灼热之感，弥漫在至尊法身每一个角落，那种感觉，仿佛身处火炉之中，不过，伴随着这种灼烧的感觉越来越强烈，牧尘能够感觉到，那来自外部的恐怖压力，仿佛在一点点减弱，显然，这是因为至尊法身在吸收了这些金池力量后，逐渐增强的缘故。

时间，在这金池之底，缓慢流逝。

而随着时间的推移，那笼罩在大日不灭身之外的金光也是越来越强烈，远远看去，仿佛是在至尊法身表面，镀上了一层金膜。

至尊法身内部，牧尘紧闭的双目突然睁开，他目光望向至尊法身之外，只见在至尊法身庞大的身躯上，一条巨大的金蛇飞快游过，那金蛇蠕动着，蛇身下，竟有金爪探出，在蛇的脑袋位置，也有金色的疙瘩一点点升起。

这是蛇进化时的表现。

牧尘见到这一幕，眼中若有所思，旋即看向另外七条金蛇，发现它们也在缓慢蜕变，而随着它们的蜕变，牧尘能够感觉到，似乎有一股神奇的力量在悄然从它们体内涌出来。

那种波动，令大日不灭身都在微微震动着，迫不及待一般。

"这大罗金身，原来是要以蛇化龙吗……"

牧尘目光闪烁，看来想要修炼出至尊法身，就得将这八条金蛇蜕变成龙形，不过显然，这之中需要极其庞大的金池力量，而这种力量，唯有在这极深处的地方，才能吸纳够。

"那就让你吸个够吧！"

牧尘咧嘴一笑，印法变换间，又有强悍的吸力从大日不灭身之内暴涌而出，将那源源不断涌来的金池力量，尽数吞食。

而在至尊法身全力吸纳着金池力量时，那八条金蛇也贪婪吞噬着，然后将那蜕变的速度，再度加快。

金池深处，时间流逝，眨眼间，便是三日时间过去。

至尊法身内，当牧尘再度睁开眼睛时，只听得嘶啸声陡然传开，他目光一抬，然后便见到至尊法身身躯表面，八条巨大的金蛇正在不断挣扎着，而随着金蛇的挣扎，只见金色的鳞片不断从它们身上脱落下来，金光闪动间，龙爪皆是缓缓探了出来。

而当龙角也从金蛇脑袋上生长出来时，八条金蛇的嘶啸之声，猛然变得低沉，竟是真正化为龙吟，龙吟浩浩荡荡响起，在这金池深处，掀起金色涛浪。

"成功了！"

牧尘惊喜地望着这一幕，总算是把这八条金蛇给喂饱了。

吼！

不过，就在这八条金蛇成功蜕变成金龙时，它们却并未直接融入至尊法身，反而缠绕在大日不灭身身躯上，对着那金池之底发出低沉的咆哮声。

那咆哮声中，仿佛有一种迫切之感。

八条金龙张开巨嘴，只见狂风呼啸而出，犹如龙卷一般对着大罗金池最深处席卷而去，那深处，金光弥漫，看上去似乎是一片片望不见尽头的淤泥。

这些淤泥，呈现金色，犹如融化了的黄金一般，璀璨夺目。

哗哗。

金色的淤泥被一片片的卷起，然后不断的对着至尊法身席卷而来。

嗤嗤！

而当这些金色淤泥覆盖而来，黏附在至尊法身身躯上时，只见至尊法身上顿时爆发出嗤嗤的白雾,那金色淤泥竟拥有一种极端可怕的温度。

牧尘的面色在此时瞬间变得难看起来。

因为他发现,在那些金色淤泥的黏附下,竟然连大日不灭身都在一点点融化,这些看似没有什么伤害的金色淤泥,才是这大罗金池中最恐怖的东西。

"该死的!"

牧尘咬牙骂了一声,这些金龙,倒是给他找了不小的麻烦,不过看眼下这模样,似乎这才是修炼大罗金身的最后一步。

所以,不管牧尘心中如何震动,这个时候,无论如何都是要坚持下去的。

哗哗。

铺天盖地的金色淤泥被金龙吸扯而来,最后犹如暴雨一般倾泻下来,而在这暴雨淤泥笼罩下,那大日不灭身也渐渐连带着八条金龙,都被覆盖在其中。

嗤嗤。

白雾还在不断升腾着,那盘坐在至尊法身之内的牧尘本尊,也在此时疯狂颤抖起来,他浑身赤红,鲜血不断地从毛孔中渗透出来,不过他却是死死咬着牙,一声不吭。

那种可怕的温度,不仅在灼烧着至尊法身,也直接传递到了他的身上,此时的他,犹如被投入了地底岩浆,顷刻间会被焚烧成灰烬。

牧尘跪伏下来,汗水与血液汇聚在一起,滚滚流下,他牙齿紧咬间,同样有血迹从牙缝间渗透出来,那黑色的眸子中,血丝攀爬出来,显得格外狰狞。

嗤嗤。

金色淤泥不断覆盖而来,最后几乎将至尊法身尽数笼罩,而在那金色淤泥的灼烧下,只见得那大日不灭身的身躯,也在开始一点点缩小。

犹如是在被融化。

剧痛疯狂冲击着牧尘的脑海,到后来,甚至连他这等毅力都有些无法忍受,鲜血流淌间,意识也开始一点点变得模糊。

他能够感觉到,在那金色淤泥覆盖下,那八条金龙,正在一点点被融化进入大日不灭身之内,只要他能够坚持下来,那么他将会将这大罗金身修炼成功。

所以,这个时候,他必须坚持下来!

呼啦啦。

在牧尘苦苦坚持时,那金池之底,金色的淤泥依旧在源源不断的席卷而出,一层层的淤泥被掀飞……

而伴随着那一层层金色淤泥的掀动,某一刻,牧尘仿佛感应到了什么,他忍着剧痛,勉强睁开眼睛,目光投射向下方。

再然后,他瞳孔便是陡然紧缩,一抹惊骇涌上眼中。

在那大罗金池最深处,金色淤泥飞舞,只见一座金色石台,正在一点点显露出来,那座金台不过丈许左右,而此时,在那金台上,似乎平静地躺着一道娇小的身影。

在这大罗金池之底,竟然还有人?

这突如其来的发现,让牧尘忍不住震骇起来,一时间连体内的剧痛都忍耐了下来,他目光急急投射而去,这才发现,那金色石台上的人影,似乎是一个赤裸的小女孩,小女孩看上去不过十一二岁,她有着长长及膝的乌黑长发,虽然模样有些看不太清楚,但那娇小的模样,却显得极为可爱。

"她是谁?怎么会出现在这里?"

此时的牧尘却是丝毫感觉不到她的可爱,因为用屁股想都知道,这个诡异的小女孩绝对不简单,在她的身上,牧尘也感觉到了一股极端危险的气息。

而就在牧尘心头因为这诡异出现的小女孩发寒时,大罗金池之底,小女孩修长的睫毛突然轻轻动了动,然后她便在牧尘惊骇的目光中,缓缓睁开了眼睛。

那是一对金色的眼瞳,然而其中的漠然,却是让牧尘头皮一下子炸开了,他几乎是没有任何犹豫,顶着体内的那股剧痛,便要催动起大日不灭身迅速离开这里。

不过,就在他刚刚有所行动时,那有着金色双瞳的小女孩那对漠然的目光,便看向了他,然后小女孩站起身来,小脚迈出。

唰。

牧尘的身体猛然僵硬,一抹惊骇涌上脸庞,身体再也不敢有丝毫动弹,因为那个小女孩,竟然已经出现在了他的面前。

她直接穿透了保护着牧尘的至尊法身,来到了他的本体之前。

牧尘身体不敢丝毫动弹，额头上冷汗滑落下来，在那一对金色眸子的注视下，他感觉到了死亡的味道。

他丝毫不怀疑眼前这神秘的小女孩，能够在举手投足间取他的性命。

而且，那一对金色的眸子中，仿佛并没有掺杂什么情感。

牧尘有些艰难地抬头，然后这才能够将小女孩看得清楚，她的皮肤极为白皙，小脸虽然没有什么表情，但却格外精致，娇小玲珑的身材，及膝的乌黑长发，若是在寻常时候遇见这般可爱的小女孩，牧尘自然是会心旷神怡，但此时，他却只能感觉到满心的寒意。

所以这令他的目光根本就不敢往小女孩那赤裸的娇小身躯上面扫。

小女孩眸子静静地望着牧尘，旋即她修长的眼睫毛突然动了动，然后那白皙的小手，便对着牧尘脑袋伸来。

牧尘见状，面色顿时一变，想要急退，但却惊骇地发现周身空间仿佛都在此时凝固，甚至，连他与大日不灭身之间的联系都被截断了。

这个小女孩所拥有的实力，极其可怕。

他身体僵硬，只能眼睁睁地看着小女孩那白皙小手缓缓伸来，最后按在了他的额头处，她似是轻声自语道："你很痛苦……"

她的小手中，突然有淡淡的赤光涌出来。

赤光包裹着牧尘的身体，他心头一颤，旋即便感觉到体内的剧痛，竟在此时犹如潮水般褪去……

短短数息的时间，体内的痛苦，便已消失得干干净净。

牧尘惊愕抬头，只见那包裹着他身体的赤光开始缩回，最后顺着他的眉心，钻进了小女孩小手之中。

在那一道赤光被收回时，小女孩的小手也抖了一下，那没有什么表情的小脸上，轻轻动了动，那种神情，似是痛苦。

牧尘见到这一幕，心中不由得涌起一抹难以置信的感觉，她竟然能够将人体之内的痛苦，直接给吸收走？只不过这种吸收会作用在她的身上……

也就是说，那先前将牧尘折磨得痛不欲生的痛苦，全部被她给承受了下来，而面对着这种痛苦，她却仅仅只是神色有着细微的变化。

这个小女孩，究竟是什么怪物啊？

小女孩将牧尘体内的痛苦吸取走后，便不再理会于他，反而仰起小脸，打量着这尊大日不灭身，她那金色眸子中，金色光芒涌出，仿佛要探测这一座至尊法身一般。

她的这种探测持续了片刻，眼中金光猛的凝聚起来，她那娇小的身躯也是陡然一颤，她贝齿轻咬着小嘴，喃喃的声音中，首次有了一些剧烈的波动："这是……大日不灭身？"

她的声音虽然轻微，但依旧被牧尘收入耳中，当即令他如遭雷击，震惊地望着眼前这神秘的小女孩，这还是他这些年来，第一次见到有人第一眼就将大日不灭身认出来的。

"你……你知道大日不灭身？！"牧尘忍不住问道。

小女孩依旧没有理会他，她纤细的眉尖轻轻蹙着，旋即突然转头盯着牧尘，那白皙小手犹如穿透了空间，落在了牧尘胸膛上。

牧尘心头一紧，旋即他便感觉到体内至尊海竟是震动起来，他心神一动，便感应到，在那至尊海内，那一页"不朽图纸"竟不断颤动，那模样似乎是有一股无形的力量要强行将其抓出一般。

这一发现，顿时将牧尘骇得面色剧变，旋即他心中也有怒火涌出来，眼前这小女孩，手段倒也太过霸道了。

这"不朽图纸"乃是牧尘最大的秘密，这关系到"万古不朽身"的线索，所以不论如何，他都绝对不会让人将其夺走。

牧尘脚掌一跺，大日不灭身猛的爆发出璀璨光芒，那束缚着牧尘的力量也被其挣脱，旋即其身形暴退。

唰！

不过他身形刚刚掠出，面前光芒凝聚，那小女孩犹如跗骨之蛆一般紧随而至，小手依然贴在牧尘的胸膛。

牧尘黑色眸子也在此时有凶光涌动起来，旋即他猛的一咬牙，印法变幻，至尊海内那一页"不朽图纸"便绽放着神秘紫光。

紫色光纹自那一页"不朽图纸"之上蔓延而出，旋即猛的冲出了至尊海，直接在牧尘头顶之上，化为了一朵巨大的暗紫色曼陀罗花。

曼陀罗花徐徐绽放，紫光照耀下来，犹如蔓藤一般，迅速缠绕上了小女孩的身体。

后者的身躯，这才被止住，牧尘则是借此暴退，脱离了小女孩的掌控，只是那眼中，依旧布满了浓浓的戒备与忌惮。

而在那紫光的萦绕下，小女孩却并没有挣扎，她抬起小脸，微蹙着眉头望着那徐徐绽放的曼荼罗花，再然后，她那没有什么表情的小脸上，竟是浮现出了一抹甜甜的笑容。

那般模样，仿佛是见到了什么极为喜爱的东西一般。

紫色的光芒从曼陀罗花中照耀下来，当落在小女孩身上时，仿佛是一点点渗透进了她的身体，而随着这些紫光的涌入，她小脸上的神色，也逐渐生动起来，金色眸子中的漠然也随之消退。

牧尘见到这一幕，也是满心的惊讶，他悄悄地看了一眼大日不灭身，发现那笼罩在至尊法身之外的金色淤泥开始一片片脱落。

淤泥脱落的速度开始迅速加快，只见得大片大片的璀璨金光，也在此时射了出来。

牧尘紧紧地盯着那大日不灭身，眼睛都不眨一下，他很想知道，他究竟是否成功将这大罗金身给修炼出来。

而在牧尘这般紧张的注视下，那些金色淤泥最终也彻底脱落下来。

耀眼而夺目的金光，在此时席卷开来。

牧尘凝神望去，只见在那金光之内，大日不灭身静静盘坐着，庞大的身躯呈现璀璨的金色，犹如黄金所铸，无可摧毁。

而且，在那身躯表面，还有八条金龙之纹，这龙纹犹如是被镶嵌进了至尊法身的皮肤中，张牙舞爪，栩栩如生，犹如巨龙护法，威严无比。

大日不灭身静静盘坐在这大罗金池之底，犹如一尊金色大佛，那种恐怖的压力，仿佛再也无法穿透这座至尊法身。

显然，现在的大日不灭身在拥有了大罗金身后，已是变得更为强悍，按照牧尘的估计，凭借着这尊拥有了大罗金身的至尊法身，恐怕就算是三品至尊的攻势，他都能够硬抗下来。

牧尘眼睛微微放光地望着如今这座大日不灭身，显然，后者的这种变化让他极为满意，不愧他为了这大罗金身苦苦煎熬。

牧尘因为这大罗金身的强悍而沉浸了一会，然后便很快回过神来，因为现在在他的面前，还有一位神秘而可怕的小姑娘……

牧尘转头望向那还沐浴在曼荼罗紫光之中的小女孩，眼中依旧布满忌惮，他知道，即便如今他将大罗金身修炼成功，恐怕这在眼前这拥有恐怖实力的小女孩手中，都犹如豆腐般的脆弱。

牧尘目光微微闪烁，旋即他印法悄悄变化，只见得那曼荼罗花顿时倒射而出，最后化为一道紫光射进了他的体内。

那笼罩着小女孩的紫光也在此时消散而去。

小女孩纤细的眉顿时竖了起来，她恼怒地望向牧尘，金色眸子中金光涌动。

"咳，这是我的东西……我得走了。"牧尘头皮一麻，干笑道。

小女孩眉尖一蹙，她微歪着头想了想，小脚迈出，竟是对着牧尘飞扑了过来，后者见状，近乎条件反射般的伸出手，将小女孩横抱在了怀中。

手掌搂住小女孩娇小的身躯，入手处一片娇嫩柔滑，牧尘有些呆滞，旋即猛的回过神来，几乎有种立刻把她丢出去的冲动，因为他可知道，眼前的小女孩，可并不是表面上这么可爱……

不过他最终还是忍耐了下来，他低头，只见得小女孩正安静地躺在他的怀中，将小脸贴在他的胸膛，牧尘能够感觉到，至尊海内的那一页"不朽图纸"中，紫光弥漫出来，最后穿透而出，涌入小女孩的身体。

牧尘望着小女孩那瓷娃娃般精致但却没有多少表情的脸，忌惮减弱了一些。

这个小女孩，似乎对他体内的"不朽图纸"极为喜欢。

牧尘搂着她娇小的身躯，最终苦笑了一声，取出一件黑衣遮掩住她赤裸的娇躯，犹豫了一下，小心翼翼道："你是谁啊？叫什么名字？"

小女孩依旧安静地闭着眼睛，过了半晌，才有低低的声音响起。

"曼荼罗。"

"曼荼罗？"

牧尘听到这个古怪的名字，不由得愣了一下，他低头小心翼翼地看了怀中小女孩一眼，但后者却是紧闭着双目，不再理会于他，当即他只能苦笑一声。

虽然他搞不清楚这个神秘的小女孩究竟是什么来路，但有一点毋庸置疑，她拥有着极端恐怖的实力，那种实力，甚至超越了大罗天域的三皇。

而且，她似乎对"不朽图纸"有些熟悉，不然的话，不会一语就道破牧尘所修炼的大日不灭身，毕竟这一道罕见的至尊法身，可并不在那九十九等至尊法身之列。

对于她，牧尘心中自然也是抱着十二分的戒备与忌惮，但看眼下这模样，她似乎并不打算离开，反而想要赖在他身边，而对此偏偏牧尘不敢有半点反抗，万一惹恼了她，恐怕翻手间就能将自己抹杀。

而牧尘可不想死得这么不明不白。

另外，她赖在他身边显然是因为牧尘体内那一页"不朽图纸"。

"唉……"

牧尘抱着这名叫"曼荼罗"的小女孩，心中无奈地叹了一口气，旋即单手结印，大日不灭身顿时冲雷而起，将那黏稠的金色湖水分裂而开，最后直冲而上。

眼下这大罗金身已是修炼成功，显然就没有再停留在此的必要了，而且他能够感觉到，这大罗金池再度封闭的时间也快要到了。

……

金池峰外。

这短短数天的时间，这里的气氛却是始终沸腾，而这种沸腾的来源，自然便是那一道绽放着金光，犹如一轮金色烈日般的金符。

那种光芒之强烈，在这些年的大罗金池开启中，当属首次。

这种情况谁都明白，这一次必然有人在修炼大罗金身，而且看这模样，似乎还真有几率被他修炼成功。

这一点，让不少人心头震撼，而在震撼之余，又极为好奇，他们很想知道，这四大统领中，究竟是哪一位天才，竟然拥有如此惊人的本事。

毕竟这些年折败在那大罗金身之前的天才人物，着实是太多了。

在那人声鼎沸的天空上，三皇依旧静静地凌空而立，他们的目光，同样盯着那金光夺目的金符，眼中的惊异之色越来越浓。

这金符的光芒依旧持续了将近四天的时间，这期间那光芒没有丝毫减弱的迹象，这也就是说，那深入到大罗金池最底处的家伙，真的一直坚持了下来。

"这倒是有趣了。"睡皇微微一笑，饶有兴致地道，以他这种淡薄性子，都因此提起了兴趣。

天鹫皇与灵瞳皇也面带惊讶，目光闪烁，都在猜测着究竟是何人能够取得如此惊人的成绩，毕竟，这些年来，恐怕这还是第一次有人做到这一步，所以他们也很想知道，究竟是谁，能够将这大罗金身修炼成功？

在那下方，除了九幽之外，其余八王同样是满脸惊色，特别是修罗王，裂山王以及血鹰王，他们都紧绷着身子，目光闪烁，如果是他们麾下的统领做到的这一步，那这次的大罗金池之争，他们倒真是要名声大振了。

"应该要差不多了，大罗金池开启的时间要到极限了。"睡皇双目微眯，突然说道。

轰！

而就在他声音刚刚落下的瞬间，只见得那巍峨山顶上，猛的有金光冲天而起，众人急忙抬头，只见得三道巨影撕裂漫天金光，直接出现在了天空上。

所有的视线都立即投射而去。

那三道巨影，正是三尊至尊法身，此时这三尊至尊法身周身都萦绕着璀璨的金光，显得坚不可摧，一种强悍之感散发出来，仿佛引来飓风呼啸。

然而，当众人见到这三尊至尊法身时，眼中却掠过了一道失望之色，因为他们感觉得出来，虽然这三尊至尊法身也是颇为强悍，但距离修炼出大罗金身，还有不小的差距。

咚！

就在不少人眼中掠过失望时，只见得那金池峰顶，一道巨大的金色光束冲天而起，那光束之内，只见得一尊金光巨影，踏空而出。

那一道巨影，通体璀璨如黄金，在其脑后，一轮大日悬浮，在那金光闪闪的庞大身躯上，八条龙纹仿佛在缓缓蠕动，隐隐有龙吟声响彻。

金光绽放，一种莫名的威压弥漫出来，直接令天空上另外三尊至尊法身在此时黯然失色，甚至连光芒都被压制了下来。

无数道目光瞬间投射而去，旋即便有浓浓的震撼之色涌上了那一张张面庞，不少人在此时轻轻倒吸着凉气。

"八龙纹……果然是大罗金身……"

在那漫天惊哗声中，天空上那三座至尊法身则是光芒收敛，至尊法身散去，露出了徐青、周岳、吴天三人的本体。

他们三人震动地望着那一尊犹如黄金所铸般的至尊法身，徐青与周岳眼神复杂，而吴天则满是不可思议，依旧隐藏得极深的嫉妒与阴暗。

显然，他们谁都未曾料到，牧尘竟然能够将大罗金身修炼成功！

他们都是深入过大罗金池的人，自然知道其中那种恐怖的压力，想要深入到两千丈以下去吸收金池力量，根本就不是他们这种实力能够做到的。

但现在，牧尘却是做到了，而且还只是以区区一品至尊的实力！

徐青与周岳看向牧尘，眼神凝重，甚至是首次有了一些忌惮，这个看上去平和的少年，看来隐藏的东西并不少。

吴天眼神阴郁，眼神深处甚至有阴冷的杀意掠过，牧尘展现出来的潜力越强悍，就令他心中的杀意越浓。

"果然是牧尘！"

九幽宫的方向，唐冰唐柔她们忍不住欣喜出声，九幽卫中更是无数人眼神炽热，甚至对牧尘有些崇拜了，毕竟这么多年了，能够在这大罗金池中修炼出大罗金身的统领，可就牧尘一人而已。

九幽冷艳的俏脸上，也忍不住浮现出一抹笑容，牧尘此举，算是让她们九幽宫名声大震，看以后在这大罗天域内，还有谁敢说她九幽宫无人。

而其余八座石台上，八王对于这种结果也都有些惊讶，大多都摇摇头，想来这结果太过出乎意料。

唯有血鹰王漠然地坐在石座上，那盯着璀璨金身的目光中，掠过一抹森然。

"呵呵，果然是这个小子。"天空上，睡皇笑吟吟地望着这一幕，出声说道。

"看来九幽倒是带回来了一个很有潜力的小家伙。"天鹭皇也是满意地笑道，这一次九幽的眼光显然是好了太多，这个叫做牧尘的少年，不论品性还是潜力，都远非那个曹锋可比。

灵瞳皇则是不咸不淡的一笑，眼神莫测。

在那无数道灼热的目光注视下，天空上那犹如黄金所铸般的至尊法身也逐渐消散，而牧尘的身形，也出现在了众人注视下。

而当他在现身时，也不出意外地引起了阵阵复杂的感叹声，虽然在见到至尊法身时已是能够确定，但当最终尘埃落定时，众人依旧免不了有些感慨。

这个结果，恐怕谁都未曾想到。

放眼大罗天域创建以来，能够以一品至尊实力将大罗金身修炼成功的，恐怕也就唯有牧尘一人而已。

天空中，牧尘正望着怀中有点茫然，因为他的手中空空荡荡，并没有半个人影，可他明明记得之前那个叫做"曼荼罗"的小女孩在他怀中来着……

"应该是躲起来了吧。"

牧尘苦笑，以那个小女孩可怕的实力，真要隐藏身形的话，恐怕连三皇都察觉不了，如今他招惹上了她，还真不知道是福还是祸。

"呵呵，恭喜了，牧尘，这近百年来，你还是第一个以一品至尊的实力将大罗金身修炼成功的。"在牧尘失神间，天鹫皇苍老的笑声随之传来。

"多谢三位大人。"

牧尘看向三皇，抱拳道。

"都是你自己的能耐。"那一直少言的睡皇也是一笑，他盯着牧尘，眉头突然皱了皱，眼中掠过一抹疑惑之色，旋即又是摇摇头，将那种错觉甩开。

"这一次的大罗金池之战，就到此结束。"天鹫皇目光扫视全场，旋即声音变得低沉下来，"这一次的大狩猎战即将到来，还望诸位多加磨练。"

当那"大狩猎战"四字一出时，这原本还喧哗的天地间顿时变得安静下来，隐隐间，仿佛还有一种冷冽的肃杀血腥之气弥漫。

"是！"

九王皆是沉声应道。

三皇见状，也就不再多言，袖袍一挥，只见那金池峰上，金光渐渐收敛，洪流被阻拦而下，这座金池峰，便再度被封闭起来。

天空上，牧尘也落向了九幽宫的方向，冲着惊喜无比的众人笑了笑，而众人喜悦地迎了上来。

"走吧。"

九幽冲牧尘一笑，然后也没有多留的打算，转身便带着众人离去。

而在走下石台时，则是不免与那率领着浩浩荡荡人马而来的血鹰殿正面相撞，两波人马皆是面无表情，血鹰王与九幽对视一眼，擦身而过，但那一刹那间的杀意，却是令得不少人心头微寒。

血鹰王与九幽擦身而过，然后步伐在牧尘身旁顿了顿，那对血瞳望来，一道淡淡的声音，传进后者耳中。

"这世界上天才太多了，小心夭折啊……"

牧尘双目微眯，旋即他嘴角也掀起一抹冰冷的笑容。

九幽宫。

当大罗金池之争落幕时，九幽宫内，无疑是彻底被欢腾声所弥漫，所有九幽宫的人脸上都有着难掩的激动，这些年来，因为九幽的失踪，九幽宫在大罗天域内地位日渐式微，其他派系也对他们诸多打压，而他们却只能忍气吞声，一退再退。

不过所幸，他们的等待，终归没有白费。

如今九幽强势归来，而且这新上任的统领，也展现出了不俗的实力与魄力，不仅强势击败曹锋，夺得金池名额，最终甚至还将那无人能够修炼的大罗金身修炼成功，引得大罗天域所有强者为之震动。

想来此事过后，这大罗天域中，将不会再有人敢如同以往那般小觑他们九幽宫。

在九幽宫的一座大殿前，九幽倚靠着柱子，她美目望着那到处充斥着欢呼声的九幽宫，红润小嘴也轻轻扬起一抹柔和的笑容。

"这次倒是真亏你了。"九幽偏过头，冲着站在她身旁的牧尘微微笑了笑，道。

虽然她的归来让九幽宫重新有了精气神，但碍于大罗天域中的规矩，她也没办法直接出手，所以牧尘此次的表现，算是让九幽宫重新焕发了勃勃生机，也让九幽宫的人逐渐有了自信。

"为宫主效命，义不容辞。"牧尘玩笑道。

九幽红唇翘起，冷艳的俏脸在此时显得颇为温柔，那狭长的美目仿佛有光晕流转，颇为动人。

"不过你这次出尽了风头，也得小心一些，血鹰王心胸狭窄，睚眦必报，我倒是不惧他，就担心他会下暗手。"九幽眸子微眯，突然道。

牧尘点点头，旋即他顿了顿，道："今天天鹫皇大人所说那个大狩猎战是什么？"

听到大狩猎战四个字，九幽美目也是一凝，俏脸变得肃然了许多，她沉默了一会，才缓缓道："一场很残酷的战争，关系到天罗大陆北界中的所有势力。"

牧尘也是微惊，如今的他已是知晓，这天罗大陆分为东南西北四界，而他们大罗天域，便处于北界之内。

而在这北界之中，拥有着无数大大小小的势力，甚至连他们大罗天域这等顶尖势力，都超过了一手之数，堪称强者如云。

而这所谓的大狩猎战，竟然恐怖到能够波及北界的所有势力？那规模将会是何等的惊人？

"每一次的狩猎大战，都将会有无数势力烟消云散，甚至连一些顶尖势力，说不定都会遭受到重创，在这千百年来，可不乏曾经的顶尖势力，在这狩猎大战中落败，最后被群强蚕食，最终化为历史尘埃。"九幽轻声道。

牧尘面色忍不住变了变，道："为什么？"

他问的，自然是为什么会出现这种可怕规模，结局残酷的战争。

"因为地盘，资源以及野心。"九幽淡淡道。

"北界这数千年来，皆是群雄并起，从未有人能够成为北界霸主，但这个野心，也从未有人将其放下过，而那所谓的大狩猎战，便是因此而生。"

"上一次大狩猎战的时候，北界有十大顶尖势力，而当大狩猎战结束后，有四大顶尖势力战败，之后被其余六大顶尖势力吞并。"

牧尘心头震动，四大顶尖势力战败……这短短几个字，他却能够感受到其中弥漫的血腥与残酷，那种规模的战争，不知道会有多少至尊强者陨落。

虽然他不知道那四大顶尖势力究竟有多强，不过从大罗天域来看，想来他们再弱也弱不到哪里去，不然的话，顶尖势力的头衔，还轮不到他们的头上。

以这天罗大陆北界的顶尖势力实力来看，如果将他们放在北苍大陆的话，恐怕足以称霸，但在这里，却依旧有覆灭之危。

由此可见，这北界的竞争，究竟是何等的残酷。

"每一次的大狩猎战，都会将北界的势力重新洗牌，胜者会更强，输者就将会一无所有，没有任何势力能够独立其外，因为这就是北界的规则，除非……真正等到有北界霸主出现的那一天。"

牧尘缓缓吐出一口鼓荡在胸口的冰寒气息，从九幽的话中，他算是首次感受到了这大千世界中的残酷，这里果然不再是北苍灵院，弱肉强食的规则，在这里演化得更为彻底。

连强如大罗天域这等顶尖势力，都面临着诸多的威胁，一旦展现出稍稍式微，恐怕便会被无数虎视眈眈的群狼，凶狠地撕碎吞食。

这北界的大狩猎战，显然就是一场物竞天择的残酷淘汰，而这种淘汰，一直会持续到这片辽阔的大陆上出现真正的霸主。

"所以在这天罗大陆，想要生存，背后就必须依靠着一方势力，不然的话，一旦被盯上，怕就是覆灭之灾。"九幽道。

牧尘点点头，的确，在这种缺少规则的地方，背后若是没有倚仗，怕是寸步难行，不过所幸如今他已经算是加入了大罗天域，只要大罗天域一天不灭，他就能够有依靠，所以他也得祈祷，大罗天域可不要在那大狩猎战上被灭了……

"不过你也不用太担心，距大狩猎战还有不短的时间，而且这种事情，担心也没用。"九幽笑道。

牧尘苦笑一声，那种层次的交锋，以他现在的实力，的确只能够仰望，真正能够取决定性力量的，还是唯有最顶层的存在。

比如他们大罗天域那位神秘的域主大人。

"现在的我们，还是先看眼前吧。"九幽微微一笑，只是那美目却泛着冷色，"血鹰王此次吃了亏，必然不会善罢甘休，而我们九幽宫，也应该开始把属于我们的东西，都给拿回来了，如果大狩猎战开启，我们九幽宫也必然会参战，所以我们也必须增强实力，不然的话，到时候会直接被人一口吃了。"

"我也想见识一下血鹰殿的能耐。"

牧尘点头，在九幽离开的这些年中，原本属于九幽宫的地盘大多数都被血鹰殿吞并占据，而这也是令得他们九幽宫成为了大罗天域的笑柄，毕竟一个连自己地盘都守不住的王，实在是让人感到可笑。

不过，牧尘会让他们笑不出来，因为接下来，他会将这些属于九幽宫的东西，全部都拿回来！

九幽螓首轻点，刚欲再度说话，她美目一凝，有些愕然地盯着牧尘后方，惊讶地问道："她是谁？"

牧尘闻言先是一愣，旋即头皮猛的一麻，他缓缓转过身来，只见得在身后那栏杆上，一个身着黑衣的小女孩正安静地坐在那里，纤细而雪白的小腿轻轻晃荡着，那一对金色的大眼睛，静静地望着牧尘。

这个小女孩，赫然便是牧尘在大罗金池下面遇见的那位，只不过在出了大罗金池后她便是消失不见，没想到此时又犹如鬼魅般的悄无声息现出身来了……

九幽望着牧尘那有些难看的神色，双目也是微微眯起，显然是察觉到了一些不对劲，眼前这个小女孩出现得太过诡异，甚至连她都没有丝毫察觉。

九幽体内灵力悄然涌动，修长玉手中，一缕紫炎浮现。

名叫曼荼罗的小女孩金色大眼睛淡淡地看了九幽一眼。

牧尘连忙站在九幽面前，将她给阻拦了下来，毕竟他可是知道眼前这个小女孩拥有多么恐怖的实力，九幽不会是她的对手。

"她叫曼荼罗……"牧尘道。

"你认识她？"九幽微微一怔，有些惊讶。

牧尘犹豫了一下，还是将这小女孩的来历说了出来。

九幽美目忍不住睁大起来，她震惊地望着黑衣小女孩，显然是无法想象，她竟然会在大罗金池最深处沉睡，而且这么多年，甚至连三皇以及他们大罗天域的域主都未曾发现她的存在。

这小女孩究竟是什么怪物？

九幽柳眉微蹙，戒备地看了小女孩一眼，心中考虑着是不是需要将此事和天鸷皇说一下。

　　"不要泄露我的事，不然凭那三个家伙，还保不住你。"不过她心中念头刚刚闪过，那名为曼荼罗的小女孩便是声音淡淡地道，她的声音略显稚嫩与清脆，但其中的淡漠，却让人心头一紧。

　　九幽俏脸微变，她盯着曼荼罗，缓缓道："你究竟是谁？"

　　小女孩在栏杆上站起，及膝乌黑长发被夜风吹得飘舞起来，她小脸上似是有一道弧度掀起："放心吧，真对你们有什么想法，你们也阻拦不了。"

　　牧尘无奈地耸耸肩，发现她说的还真是没错，以她这恐怖的实力，如果真要对他们有杀心的话，怕还真是谁都挡不住。

　　九幽深深地看了小女孩一眼，道："你为什么要跟着牧尘？"

　　小女孩微歪着头，她看一眼牧尘，旋即小脚一点，竟是对着牧尘飞扑过去，牧尘见状，只能苦笑着伸出双臂，将她接到怀中。

　　曼荼罗舒服地躺在牧尘怀中，将小脸贴在牧尘的胸膛，那让人有些心悸的金色眼睛缓缓闭上，连声音中的淡漠都减弱了下来。

　　"因为我要他抱着我睡觉。"

第 9 章

夺回地盘

　　九幽最终还是走了，只不过走的时候那看向牧尘的古怪目光，却是让牧尘嘴角忍不住抽搐了一下，因为她的目光，很像是在看一个欺凌小女孩的变态……

　　然而因为先前曼荼罗的那一句话，他偏偏无法辩解，所以他只能郁闷地叹了一口气，抱着闭目仿佛熟睡过去的曼荼罗回到房间。

　　"你是因为我体内的不朽图纸才接近我的吧？"牧尘将曼荼罗小心翼翼地放在床上，沉默了一下，问道。

　　曼荼罗眼睛睁开一丝，那犹如瓷娃娃般精致的小脸上有一抹懒洋洋的神色浮现出来："不然你以为我是因为你吗？"

　　"你知道不朽神典？"牧尘目光微微闪烁，道。

　　曼荼罗金色大眼睛倏然轻眯了一下，犹如小猫一般，她虽然没有回答，但牧尘却已经知道了答案，当即心脏都忍不住剧烈跳动了起来。

　　她果然是知道不朽神典的，那么她必然也知道万古不朽身！

　　这个小女孩，究竟是什么来历？

　　"不该问的就不要问，那对你没什么好处。"不过就在牧尘忍不住想要询问时，曼荼罗却是偏过身去，声音稚嫩，但却有一种莫名的威严。

牧尘一笑，目光微闪："那你能告诉我，我体内这一页不朽图纸，对你有什么好处吗？"

曼荼罗沉默了一会，道："你这一页不朽图纸中，隐藏着'上古曼陀罗花'的神纹，那是一种神花，拥有着封印万物的力量，而我需要借助这种力量压制我体内的一道诅咒。"

"诅咒？"牧尘一怔。

"一种会让人痛苦得生不如死的诅咒。"曼荼罗的声音异常平静，"它无时无刻都在散发着极端的痛苦，那种痛苦，可以将一名实力达到九品至尊实力的强者折磨得魂飞魄散。"

牧尘头皮一麻，将实力达到九品至尊实力的强者折磨得魂飞魄散的痛苦？

"想要试试吗？"曼荼罗金色大眼睛看向牧尘，突然一笑，她伸出纤细小手，只见得一抹赤光闪掠而出，快若闪电般地射中了牧尘的身体。

牧尘身体陡然僵硬，旋即剧烈颤抖起来，黑色眸子中血丝疯狂攀爬出来，一张俊逸的面庞，瞬间变得扭曲，喉咙间有嘶哑的声音传出。

一种无法遏制的剧痛，仿佛在此时渗透了他身体的每一个角落。

那种剧痛，足以让人发疯，不过好在这股剧痛来得快，消失得也快，不过短短数息的时间，便彻底褪去。

牧尘一屁股坐在椅子上，满头冷汗，他怒目看向曼荼罗："你干什么？！"

"这就受不了了？我时时刻刻都在承受这种痛苦。"曼荼罗小嘴微翘，道。

牧尘怔住，他望着那坐在床上，小手抱着双膝的小女孩，不知道为什么，心中却是突然的升起了一些怜悯，先前那种痛苦，他仅仅只是承受了数息便有些顶不住，反而眼前的她，却是时刻处于这种痛苦中，而且，在这种痛苦下，她还能显得如此平静，这般忍耐力，或许与她的实力有关，但也显露出了她那惊人的意志。

"这不朽图纸中的曼陀罗花神纹，能帮你解掉这种诅咒？"牧尘问道。

"解掉？怎么可能。"曼荼罗嘲讽一笑，"顶多只能压制吧，除非是真正的上古曼陀罗花，才能够将这诅咒破解掉。"

牧尘默然，这什么上古曼陀罗花，他听都没听说过，显然其稀罕程度，比他修炼大日不灭身所需要的那三种材料还要更甚。

"放心吧,我不会抢你的不朽图纸,它已经和你逐渐融合,强行动手的话,说不定还会损毁神纹。"曼荼罗见牧尘沉默,还以为他在担心自己强行抢夺不朽图纸,当即撇撇小嘴,道。

牧尘内心悄悄松了一口气,他看了一眼曼荼罗,道:"你的名字应该不叫曼荼罗吧?"

"名字而已。"曼荼罗不置可否。

"另外……"牧尘上下打量着曼荼罗,"你这个模样应该也是假的吧? 我可不相信一个实力如此恐怖的人,会真是一个小女孩。"

这小女孩的模样下面,多半是一个老妖怪,而一想到自己抱着一个老妖怪,牧尘就忍不住打了一个寒颤。

曼荼罗见到牧尘这模样,冷哼道:"不要拿人类的年龄测度别人,如果要说年龄的话,那只九幽雀,不也超过你许多了。"

"你不是人类?"牧尘惊讶道。

曼荼罗盯了牧尘一眼,却是懒得再回答,娇小的身躯滚进被窝,懒洋洋道:"你就修炼吧,只要靠近你,我就能够借助'上古曼陀罗花'神纹的力量压制诅咒。"

"那我有什么好处?"牧尘笑道。

曼荼罗从被窝中探出小脑袋,奇怪地看了牧尘一眼:"我不杀你,难道还不是最大的好处吗?"

牧尘嘴角抽搐了一下,旋即咬着牙道:"算你狠!"

牧尘在那床边盘坐下来,也不再理会于她,双目微闭,双手结印,逐渐进入了修炼状态。

而随着牧尘进入修炼状态,曼荼罗也钻出被子,她望着牧尘,金色大眼睛中掠过丝丝异光,喃喃自语:"大日不灭身,没想到又出现了呢……"

在接下来的数日时间中,九幽显然是想让经历了大罗金池之战的牧尘稍作休息,所以他倒是清闲了许多,只是在他清闲的时候,九幽宫却是连番动作起来。

因为大罗金池之战，牧尘给九幽宫挣回了不少颜面，而九幽也打算一鼓作气，彻底将九幽宫的声望挽回，毕竟如今的九幽宫在九王之中，基本算得上是底子最薄弱的，而如果九幽宫想要增强实力，那最起码也必须将原本属于九幽宫的地盘拿回来。

这些地盘每年都会上缴大量的至尊灵液，而现在的九幽宫，最缺少的，便是至尊灵液，特别还是在牧尘对九幽卫给了许诺之后，那至尊灵液，更是缺乏得紧。

没有足够的至尊灵液，九幽宫连生存下来都是困难，更何况壮大自身？而且现在恐怕整个大罗天域内的诸多派系，都在看着他们九幽宫，显然别人都想要看看，捣鼓出这么大动静的九幽宫，最后究竟会不会只是一个笑话。

而在那诸多目光的注视下，九幽当天便派出人马，直奔那些曾经归属于九幽宫的城市，而带去的话也是极为简单。

重新归顺九幽宫。

九幽的这种举动，倒是让不少人有些愕然，一些人更是暗中摇头失笑，女人终归是女人，行事太过柔弱，她以为这么一句轻飘飘的话，就能让这些已经归顺血鹰殿的城主改弦易辙吗？

而事实也的确不出其他人的预料，那被通报了消息的五十多座城市，除了屈指可数的几座被血鹰殿剥削得颇为厉害的城主表示愿意归顺九幽宫外，其余的城主皆未给予答复，甚至其中数座与血鹰殿走得极近的城主，不仅没有表示归顺之意，反而直接将九幽宫派来的人赶了回去，那般有所依靠的姿态，相当嚣张。

显然，依靠着血鹰殿这座靠山，他们并没有将这个在大罗天域中声势极弱的九幽宫放在眼中。

九幽宫的第一手，看起来似乎是略显狼狈，整个大罗天域中，不少人都暗暗摇头，而那血鹰殿中，更是充斥着嘲讽的冷笑，大有一泄之前被牧尘在大罗金池上压制的恶气。

而在整个大罗天域无数道异样的注视中，九幽宫内，依然平静。

九幽宫，一座大殿之外。

黑压压的九幽卫静静矗立，一种肃然的杀伐之气，悄然弥漫在这天地间，令温度都为之降低。

九幽站在大殿之前，她身披战甲，黑丝如瀑，修长玉腿笔直，她低头望着手中的卷轴，上面记载着那些通报消息的城市的各种回应。

九幽俏脸平静地望着那些回复，不仅不怒，红唇反而掀起一抹笑容，旋即她抬起头，望着下方身躯如枪的少年，屈指一弹，那卷轴便射进了后者手中。

"名单都在这里，接下来就看你的了。"

牧尘握住那卷轴，微微一笑，然后他转身，望着眼前那黑云般的军队，淡淡道："这些天大罗天域内的风声你们也听见了，有些人有了新主子，就忘了该有的敬畏，对于这种人，我们应该怎么办？"

"杀！"

整齐的喝声爆天际，所有九幽卫的眼中都有炽热在涌动，忍了这么多年，他们终于不需要继续忍下去。

"别人以为我们九幽宫的道理是靠嘴来说的……"

牧尘那泛着寒意的黑色眸子扫视全场，然后他的身体缓缓升起，下一刹，一股磅礴灵力犹如风暴一般席卷而开。

"但今天我们要让他们知道，我们九幽宫的道理，是靠拳头！"

"走！"

牧尘冷喝出声，他的身形率先化为一道流光暴掠而出，唐冰见状，玉手一挥，九幽卫仿佛黑云般腾飞而起。

那股冲天而起的煞气，引得整个大罗天，诸多派系心头一跳，这九幽宫，是要开始展现雷霆手段了啊……

当那自九幽宫的滔天煞气冲天而起时，也惊到了大罗天中诸多派系，当即便有无数目光对着九幽卫离去的方向投射而去，那些目光中，皆有深意。

九幽宫对那些曾经的归属城市传递通告，但附和者却是寥寥的事早已在大罗天中传开，这无疑也引来了一些笑谈，而这之中又以血鹰殿最甚。

不过嘲笑归嘲笑，但谁都明白，这口恶气九幽宫绝对咽不下去的，不然的话，以后大罗天域中，恐怕就真没九幽宫的立足之地了，一个颜面折损成这样的势力，想来就算九幽有天鹜皇的支持，也很难让九幽宫再保存下来。

而看眼下的模样，九幽宫显然是要开始有所动作了。

不过，九幽宫这些年来发展缓慢，底子的确算是九王势力中最为薄弱的，虽说如今九幽渡劫成功归来，但一个势力，并不能依靠她一个人就能壮大，其他的诸王势力，麾下都是强者如云，然而九幽手下，除了刚刚冒出来的牧尘之外，其他人都只能算寻常。

而大罗天域内的诸王争斗，所依靠的，却是麾下的人马，身为王，是无法出手的……所以，对于如今九幽宫的动作能否取得成效，很多人都抱着怀疑的心态。

牧尘固然在大罗金池之战上表现完美，但终归是单枪匹马，而那些城市之主，却个个都并非是寻常角色，其中的一些顶尖者，在大罗天域中，也有一些名气。

所以，这一次九幽宫的夺回威望之举，能否成功，现在还真是两说的事情。

血鹰殿。

一座大殿中，血鹰王坐于王座之上，他手掌轻轻摩挲着扶手，一对血红的眼瞳，却望向大殿之外，嘴角噙着一抹玩味的笑容。

"九幽宫终于开始动手了。"血鹰王淡淡一笑，他看向下方的吴天，漠然道："都准备好了？"

"所有城主都聚集在魔蟒城，只要他真敢去，那恐怕不把脸丢光是别想回来了。"吴天森然笑道。这些城主能够成为一城之主，自然也拥有不俗的实力，其中的顶尖者，更是拥有着不逊色四大统领的实力，只不过他们大多年龄偏大，在潜力上面无法与年轻一辈的四大统领相比而已。

而如今他们汇聚在一起，那也是一股极为强悍的力量，而九幽宫内除了九幽外，就唯有牧尘了，但如果他要凭借一人之力来抗衡这么多城主的话，只能说他蠢到家了。

"女人终归还是女人，难成大事。"血鹰王淡笑道。九幽归来，虽说实力大涨，但这所行之事还是显得太过急切，九幽宫底子毕竟太薄，她一回来就想将那些叛离的地盘尽数收拢回来，哪有那么容易，真当他这些年的威慑是白做的吗？

那个叫做牧尘的少年虽然潜力不错，但那些城主谁不是老奸巨猾，而且这背后还有他的支持，所以此次这牧尘，怕是要把在那大罗金池上好不容易挣回来的脸面，都给丢出去了。

而到时候，或许九幽那个年轻的女人，就应该知道九幽宫与血鹰殿之间的差距了吧。

魔蟒城。

这是一座规模极其庞大的城市，坐落在大罗天域西北之地，这座城市乃是大罗天域之中的一座重城，其繁华程度，在整个大罗天域内都能够算名列前茅。

当年九幽宫能够将这座城市纳入麾下，倒是让不少人红了眼睛，所以当她在失踪后，血鹰王第一个便出手，将这座城市吞并。

而今日的魔蟒城，显然是尤为热闹，庞大得看不见尽头的城市上空，铺天盖地的光影从四面八方掠来，最后落向城市。

城市之中的传送灵阵，也在不断闪烁起一道道光芒。

早在一天之前，便有消息传出，魔蟒城城主罗莽，招集了五十位城主云集魔蟒城，而一些消息灵通之人也知道其目的，显然是要用来对抗九幽宫的。

虽然严格说来，大家都算是大罗天域麾下，可这些年九幽宫式微，而这罗莽也是不小的野心，自然是不想轻易得罪血鹰殿。

而他之所以如此有胆子明目张胆地招集人马对抗九幽宫，这之后自然是少不了血鹰殿的支持。

魔蟒城中央地带，有一座辽阔的广场，广场之中，矗立着一座巨大的魔蟒雕像，高达千丈，俯视整座城市。

而此时，在这座广场周围，却早已是人海弥漫，人声鼎沸，整座城市不断有光影暴掠而来，最后悬浮在广场周围的天空上，那些建筑物上，也满是人影。

所有的目光，都望向那魔蟒雕像之下，那里有数十座石椅，数十道人影，依次而坐，隐隐间，有磅礴的灵力从他们体内荡漾而出。

这数十人皆是气息沉稳，眼中精芒涌动，显然并非寻常人物。

而在这些人中，又要以最居中的三人周身灵力最为雄浑，那居中之人，一身黑袍，他身躯魁梧，一头短发，看似粗犷的面庞上挂着一抹笑容，只是那深陷的双目，却犹如毒蛇在扫视，令人心生寒意。

在他的脖子处，有黑色的蟒蛇纹身探出来，狰狞蛇嘴刚好是呈噬咬之状，那狰狞的一幕，散发着一种诡异之感。

他笑眯眯地靠着石椅，手掌摩挲着扶手，仿佛丝毫不担心九幽宫即将爆发的怒火。

而此人正是这魔蟒城的城主，罗莽，他已经掌控魔蟒城多年，为人狡诈狠辣，而且其实力早已晋入二品至尊多年，如今算是达到了二品至尊的顶峰，其实力强悍程度，在大罗天域麾下诸多城主之中，也算有不小的名气。

在罗莽的两侧，则是两名略显枯瘦的中年男子，他们是血鹫城以及黑岩城的城主，实力同样达到了二品至尊，不过他们两人目光微微闪烁，显然没有罗莽那般镇定，毕竟不管怎么样，得罪了九幽宫就不是一件令人舒畅的事情，而且据说如今的九幽，已是渡劫成功，实力堪比五品至尊，并不比血鹰王弱。

"两位不用担心，九幽虽今非昔比，但九幽宫底子薄弱，那新任统领虽然有些能耐，但据说只是一个毛头小子，难成气候。"似是察觉到身旁两人的担心，那罗莽淡淡一笑道。

血鹫城与黑岩城的两位城主闻言，面色也松缓了一些。

"我们这里的阵仗一摆出来，那小子就算来了，怕也不敢说什么，到时候先压他一下，再给他好好说话，想来足够震住他。"

罗莽微笑道："而且，你们可别忘了血鹰王大人给我们承诺，只要我们将九幽宫挡了回去，以后我们就能够真正加入血鹰殿，那时候，还惧怕什么九幽？"

两位城主这才点头，若是能够真正进入大罗天，那自然要比当个苦力城主好一些，毕竟虽然这些城市收入不菲，可却几乎绝大部分都要上缴。

"不过我们人数虽然众多，但其中绝大部分都不太敢与九幽宫撕破脸皮……"血鹫城的城主轻声道。

罗莽嘴角一弯："所以还需要他们对九幽宫彻底失望，只要这次当着他们的面将九幽宫的人马挡回去，他们自然知道如何选择。"

两位城主再度点头，刚欲说话，神色突然一凛，猛的抬头望向这座城市的西北方向，那里突然有一道巨大的光柱冲天而起。

那是传送灵阵的光芒。

"果然来了，真是初生牛犊不怕虎。"罗莽见状，眼神一凝，旋即冷笑着低声道。

整座魔蟒城，无数目光都对着那光柱冲天而起的地方射去，再然后，他们便见到一片黑云，直接从其中铺天盖地地呼啸而出。

一股肃杀之气，弥漫开来，笼罩了全场。

这座城市中不少人面色都微微变了变，显然是被这支军队的肃杀所震慑，心中也是不免感慨，不愧是大罗天域，即便是底蕴最为薄弱的九幽宫，都拥有如此气势的军队。

那片黑云席卷而来，直接掠向那座广场，最后在半空中静静悬浮，上千人寂静无声，唯有那一道道冰冷而肃杀的眼睛，缓缓扫视着。

场中五十位城主面色都微微一变，那罗莽眼瞳也微缩，旋即一声冷笑，站起身来，抱拳笑道："九幽宫的大人大驾光临，真是让我魔蟒城颜面有光。"

"只是不知道哪一位才是如今九幽卫的新统领？"

伴随着罗莽雄浑声音传开，无数目光望向九幽卫，只见得那黑云之中，一道裂缝裂开，一道修长的人影，缓步走出。

他站定在九幽卫的最前方，幽黑的眸子缓缓扫视着那广场上气势不凡的数十位城主，旋即他微微一笑，轻声道："摆的阵势不错。"

他黑色眸子中，突然有冷冽的寒芒凝聚起来，声音陡然变得犹如刀锋般锋利。

"两个选择，重新归顺九幽宫，或者……让出城主之位！"

当他那冰冷之声响起时，满城气氛凝固，无数人都悄悄吸了一口冷气，这九幽宫的新统领，真是霸道到极点了！

当牧尘那略有些冰冷的声音在这座城市上空传开来时，直接令这片区域喧哗的声音都戛然而止，无数人眼神震动地望着那一道身着黑衣，身材修长的少年。

天地间的空气，仿佛都在此时凝固了许多。

谁都未曾想到，这个从九幽宫而来的新统领，竟然会如此果决，这才刚刚露面，几乎连脚跟都还没站稳，他就已经说出了这番话来，难道他就不怕引起反弹，直接撕破脸吗？

这里，可是足足有五十多位城主啊！

无数人面面相觑，显然都有点被眼前这九幽宫新任统领的不寻常举措给震慑到。

在那漫天无数人因为牧尘的声音而震动时，在那广场上，所有城主包括那罗莽等人，都同样是一脸的震惊。

他们摆出这种阵仗，就是为了想要在气势上面压一下九幽宫的来人，而罗莽也自认为面对着这种阵容，绝对足以让一个实力不过一品至尊的毛头小子感觉到压力，而只要后者被他们气势反震，那么接下来的谈判，他们也将会获得主动。

这些种种，罗莽都有所预料，所以准备也算充分，但这一刻，他依然是有瞬间的失措，因为他发现，他布下来的阵势，好像完全被眼前这个九幽宫的新统领给无视掉了。

而在失措之后，便陡然涌上来暴怒，罗莽的脸色几乎是顷刻间阴沉了下来，他盯着牧尘，冷笑道："这位新统领倒是好大的威风，凭你一言就能罢免我们的城主之位，你以为你是谁？！"

其他的一些城主，也是脸色隐隐有些怒意，不过大多数人反而目光在闪烁，因为牧尘的气势实在是太足了，他根本就不像是来拉拢他们的，那种语气，哪里会有什么商量的意思？

天空上，牧尘面色平静，那黑色的眸子中却满是冰寒之意，他自然看得出罗莽的打算，而且他也很清楚眼前之人的德行，面对着这种人，只要你稍稍有所退让，他便会立即得寸进尺。

你退一步，他会进一丈。

唯一的办法，那就是根本不用任何废话，直接一脚踏他脸上去，让他连让步的余地都没有！

"他的话就代表着我们九幽宫！"在牧尘身后，唐冰美目冰冷地望着这些城主，清冷道，"若是你们不服，那就尽管去找三皇反对！"

罗莽面色微微一变，眼神愈发阴沉。

牧尘冷冽的目光扫视着那一位城主，淡淡道："如果还有忠于九幽宫的城主，我九幽宫自然会将其留下，可若是有人以为可以借此要挟，那我也只能让他明白，这些城市的归属权，是属于我们九幽宫所有，他若是不爽的话，那我九幽宫将他废了便是，我想，城主这个美差，应该会有不少人感兴趣。"

诸多城主眼角忍不住抽搐了一下，这个九幽宫新来的统领莫非是疯子不成，一下子罢免这么多城主，九幽宫就不怕这些城市乱套了吗？

不过，如果九幽宫真的破罐子破摔，把他们全部都给罢免了……那他们的损失，也会极其之大，毕竟正如牧尘所说，不知道多少人在盯着这些城主的位置，大罗天域如此辽阔，其中强者如云，要找出替代他们的人，并不是一件不可能的事情。

一些城主心中忍不住打鼓，想着是不是他们做得太过分了，竟然把九幽宫给逼到这种两败俱伤的地步……

而且，九幽宫毕竟有后台，就算此次损失巨大，终归还能维持，而他们一旦失去城主之位，就将会失去所有的背景与资源，而失去了大罗天域的资源支持，他们的修炼之路，也将会变得艰难。

不少城主面色在此时变换，竟一时间有些被牧尘这毫不在乎后果的举动搞得心慌，那原本脸上的怒意，倒是变得迟疑起来。

那罗莽见到这一幕，眼神也是一寒，他果然还是小看了九幽宫这个新统领，这个臭小子，年龄不大，行事却是果断异常，这一手破罐子破摔的狠态，直接把不少城主蠢蠢欲动的心思都给镇压了下去。

"哼，胡说八道，这些城市如今已归血鹰殿管辖，城主的任命，也该由血鹰殿来掌控，何时轮到你来指手画脚了？！"罗莽厉声道。这个时候若是再不出言，恐怕这些城主都要心生退意了。

"大家不要被这小子吓唬住了，血鹰王大人可在看着我们呢！"

听到血鹰王三字，那些城主眼中掠过一抹惧色，与失踪许久的九幽相比，显然还是血鹰王的威慑力更为强大一些。

一些本就处于摇摆状态的城主，暗中对视，都心中苦笑，他们其实归顺谁都无所谓的，只是投靠一方，难免会得罪另外一方，而不论九幽宫还是血鹰殿，都不是他们所能够单独抗衡的。

天空上，唐冰见到那些原本已经被牧尘吓得有些摇摆不定的诸多城主，再度被罗莽所震住，顿时气得银牙紧咬。

罗莽见到这一幕，心中则是松了一口气，旋即他冷笑地望着天空上的牧尘："这位九幽宫的新统领，这件事我们都不想弄僵，想要我们归顺九幽宫，我觉得你最起码应该去问问血鹰王大人，如果他答应的话，那我们自然不会再有半句二话！"

天地间无数道目光望向牧尘，眼下的局面已是闹成了这样，如果这九幽宫的新统领真就这样退走了，那恐怕就真是会成为整个大罗天域的笑料了。

而在那无数道目光的注视中，牧尘俊逸的面庞上，似是有一抹笑容浮现出来，他望着罗莽，笑道："这样说来的话，罗莽城主是对我九幽宫的提议并不赞同了？"

"我并非不赞同，只是让你去问血鹰王大人。"罗莽冷笑道。

"这样说的话，那就没什么好谈的了啊。"牧尘无奈一笑，只是那黑色眸子中的寒意却在迅速堆积起来。

"看来是没什么好谈的了。"罗莽也站起身来，他双臂抱胸，魁梧的身材在此时显得格外有压迫力，他冷冷地盯着牧尘，这个毛头小子，还真以为三言两语就能将他给震慑下来？当他罗莽能够走到这一步，真是靠嘴巴不成？

这个小子，区区一品至尊的实力，就敢在这里放肆，真以为他打败了曹锋，就能肆无忌惮不成？

天空上，牧尘一笑，笑容中冷冽的杀意涌出，下一刹，他猛的一步跨出，顿时灵光涌动，一道龙吟之声响彻而起。

唰！

龙吟声响起时，他的身影直接消失在了原地。

而就在牧尘身影消失时，罗莽眼神也是一凛，他几乎是同时间暴掠而退，不过，就在他暴退的瞬间，其身后的空间仿佛被撕裂，一道龙影暴掠而出，一道仿佛缠绕着紫炎的掌风，瞬间对着罗莽后背心重重拍下。

嘭！

罗莽面色一寒，他没有任何闪避，反手便一掌拍出，磅礴浩瀚的灵力犹如洪水一般席卷而开。

咚!

两掌硬碰,狂暴的灵力顿时疯狂肆虐开来。

两人所立之地,直接塌陷下去,一道道裂缝,飞快蔓延,周围那些城主身形也是急忙暴退,生怕被波及而进。

嗤嗤!

两人硬撼,只见得牧尘身体上雷光猛然绽放开来,显然是瞬间将雷神体催动到极致,旋即他眼神冰寒,再度一拳狠狠轰出。

"你以为就你修炼过肉身?!"罗莽怒笑出声,他脚掌重重一跺,只见得身体之上那黑色蛇纹竟是蠕动起来,那狰狞的蛇嘴狠狠咬在他脖子上,顿时他的身体以一种惊人的速度变得黝黑,仿佛黑铁一般,坚固无比。

黝黑光芒闪烁,他五指紧握,再度直接与牧尘那闪烁着雷光的拳头,重重撼在一起。

咚!

这片大地,一层层崩塌下去,唯有两人所立之地,依旧完好无损,那种狂暴的力量,看得无数人眼皮急跳。

而一些对罗莽实力有所了解的人,总是眼神有些震动,这罗莽当年能够成为魔蟒城的城主,可是一拳拳打上去的,他所修炼的魔蟒之身,不仅力大无穷,而且还坚如金铁,那肉身强悍程度,在二品至尊中都算是顶尖,然而今日,他竟然被一个一品至尊实力的少年以同样强悍的肉身给挡了下来。

"好小子,果然是有些能耐!不过想要对付我,你还差了一点!"

双拳硬撼,空间波荡,罗莽有些狰狞地笑道,只是他那眼中,也有些震惊,因为他感觉到,在这种肉身的硬碰中,他竟然没有占到丝毫上风。

牧尘缓缓抬头,那嘴角掀起一抹冰寒笑容:"是吗?那你再来试试这金身之力?!"

他的双目,此时突然有金光涌起,原本呈现璀璨银色的皮肤,也在此时迅速化为璀璨金色,远远看去,犹如黄金所铸。

"滚!"

牧尘仿佛黄金般的拳头,再度轰出,直接轰在了罗莽拳头之上,这一次,一股恐怖的力量犹如火山一般喷发而出。

嘭!

巨声响彻,然后众人便见到,罗莽的身体,竟在此时倒射而出,最后在那地面上,撕裂出一条上千丈深深裂痕。

烟尘升腾,一地狼狈,无数人却在此时倒吸了一口冷气。

这个少年,竟然一拳轰飞了罗莽!

狰狞的裂缝自那幽黑的广场中蔓延出去，犹如一条巨蟒，天地间不少注视着这一幕的人眼皮都忍不住跳了跳。

一些对罗莽有所了解的强者，更是眼神凝重，因为这还是他们第一次见到罗莽在与一位实力不过一品至尊的少年比拼肉身时，被压制落入下风。

这个来自九幽宫的新任统领，果然不是省油的灯。

在那裂缝的一处尽头，黑衣少年保持着一拳轰出的姿态，他的身体闪烁着金光，犹如黄金所铸的身躯一般，弥漫着一种难以形容的强悍之感。

不少城主面色都在此时忍不住变了变，想来都是对于牧尘能够以肉身之力，一拳震飞罗莽感到不可思议。

而在那漫天目光注视中，牧尘也缓缓收拳，闪耀着金光的眸子却是颇为平静，他低头望着拳头，眉头却是微微一皱。

这罗莽能够成为魔蟒城的城主，并且当之无愧成为这么多城主之中的领头人，的确有不俗的能耐，在先前硬碰的时候，牧尘还是首次发现，在将雷神体催动到极致后，他竟依旧无法将罗莽压制。

自从牧尘修炼雷神体以来，他凭借着强悍的肉身，不仅在同级别的对手交战中能够取得优势，其至面对比他更强一些的，他同样能够不落下风。

然而先前，雷神体所取得的效果，却并没有牧尘想象的那么明显，显然，这罗莽所修炼的炼体神术，恐怕不比雷神体弱。

"看来有必要重新修炼更为强悍的炼体神术了。"

牧尘心中掠过这道念头，伴随着如今他实力的急速提升，曾经无往而不利的雷神体已是渐渐有些跟不上脚步，不过所幸的是，牧尘修炼雷神体最大的财富，并非是雷神体赋予的肉身强度，而是在修炼的过程中，那雷霆之力对于牧尘肉身最深层次的淬炼。

这为牧尘的肉身打下了无比坚实的基础，以后不论他修炼什么炼体神术，都能够取得事半功倍的效果，而这一点，显然是其他炼体神术无法媲美的，毕竟不管如何，这雷神体，可是当初连北溟龙鲲都为之称道的。

嘭！

而在牧尘心中闪过这道念头时，那裂缝另外一头，突然有漫天碎石暴射而出，旋即狂暴的灵力席卷而开，然后罗莽的身形，便再度出现。

此时的他，上身衣衫已是被震碎，露出犹如岩石般硬朗的身躯，在他的身躯上，有一道幽黑的巨蟒纹身，那巨蟒缠绕在他的身体上，幽黑之中，散发着一种阴森之感。

罗莽的面色颇为阴沉，他死死地盯着牧尘，森然道："真不愧是九幽宫的统领，区区一品实力，却拥有如此厉害的肉身力量。"

牧尘淡淡一笑。

"不过……"罗莽声音一顿，眼神变得阴冷起来，"今天你想要让我们归顺九幽宫，我魔蟒城第一个就不答应！"

他的话一出，无疑引来了一些哗然声，看来牧尘的确是激怒了罗莽，现在的他，竟连拖延的话都不再说了，而是直接明确的拒绝。

不过对于他的话，牧尘那泛着金光的眸子，倒是显得颇为平静，显然对此并不感到多少意外，他看了一眼罗莽："那我也明确告诉你，你已经被罢免了魔蟒城城主，所以，你已经没有资格再代表魔蟒城。"

"大言不惭！"

罗莽怒笑，眼中杀意暴涌，看来已是对牧尘起了杀心，他倒是没想到后者心思如此狠辣，不仅要夺回魔蟒城，而且还要将他城主之位罢免。

罗莽脚掌重重一跺，脚下大地直接崩裂开来，狂暴无匹的灵力犹如风暴一般席卷而开，只见得一座幽黑色巨影，缓缓自他身躯之外凝聚而成。

巨影庞大的身躯上，黑光流转，仿佛是一条巨大的魔蟒缠绕着，那尖锐的嘶鸣声，引动得天地灵力都在震动。

缠绕着魔蟒的巨影矗立天地，那一对阴寒的蛇瞳，死死地盯住牧尘，嘶啸声响起："我倒是要看看，你今日有什么资格来罢免我！"

"那是，魔蟒法身？据说这罗莽曾经斩杀过一条重伤的天魔蟒，吞其精血，融入自身，这才修炼出了这魔蟒法身，虽然这魔蟒法身并不在九十九等至尊法身之列，但其威力，却是足以排上去的。"这片天地间，众人见到这一道缠绕着魔蟒的巨影法身时，顿时有喧哗声响起。

一些人则是不免惊呼出声，毕竟罗莽这种修炼方式危险性极大，两种截然不同的血液融合在一起，必然会排斥，若是不慎的话，更会直接爆体，不过看来这罗莽倒是有一些机缘，竟然还真的承受了下来，并且修炼出了魔蟒法身。

"倒是有些门道。"

牧尘抬头望着那缠绕着魔蟒的巨影，眼中掠过一抹讶异，这罗莽，倒的确算是有些本事了，竟然能够修炼出如此古怪的至尊法身。

"想要靠至尊法身来挽回颜面吗。"牧尘微微一笑，只是那笑容中却并没有丝毫温度，他双掌相合，缓缓结出一道奇异印法。

"那我就让你明白，比肉身力量你不行，比至尊法身……"

"你更不行！"

当最后一句陡然落下时，璀璨的金光突然铺天盖地地爆发开来，一座金光巨影携带着可怕的压迫感，瞬间出现在了这天地之间。

巨影矗立天地，一轮大日在其脑后悬浮，耀眼的金光，弥漫在庞大身躯的每一处，犹如一座金色大佛，威严无比。

轰轰！

伴随着这座至尊法身的出现，周遭的天地灵力顿时犹如潮水一般滚滚蔓延而出，金色至尊法身倒映在所有人的眼瞳中，引起阵阵惊骇。

"装神弄鬼！"罗莽厉声咆哮，虽然他的心中也因为牧尘这座至尊法身散发而出的压迫感感到难以置信，但这种时候，若是退缩的话，恐怕想要扭转局面就将会变得极为艰难。

"魔蟒印！"

罗莽再不敢给牧尘展现更多震慑力量的时间，一声暴喝，只见得幽黑光芒冲天而起，那缠绕在其身躯之上的庞大魔蟒暴掠而出，庞大的身躯盘踞间，仿佛一座魔蟒光印，直接对着那座犹如黄金所铸的至尊法身镇压而下。

牧尘漠然地望着那镇压而来的魔蟒光印，却根本没有任何躲避的迹象，只见得那黄金巨掌直接一把探出。

金光在掌心爆发，犹如一轮金色的烈日。

砰！

金光巨掌一把便穿透了那狂暴的灵力阻碍，狠狠抓住那魔蟒庞大的身躯，璀璨的金光席卷，将那幽黑光芒尽数压制下来。

"一条烂蛇，也敢胡言镇压？！"

牧尘那雄浑的声音响彻天地，旋即一掌猛然拍下，那魔蟒便嘶啸着坠落而下，那一只金色巨掌，犹如一座黄金山岳，狠狠镇压在其庞大的身躯上。

轰。

大地崩裂，魔蟒嘶啸，直接被一掌狠狠拍进地底之中，支离破碎！

嘶。

周围天地间，无数人在心中吸了一口凉气，谁能想到，罗莽这势在必得般的凶悍攻势，竟直接被牧尘一掌给生生拍碎。

这家伙修炼的至尊法身，怎么会这么强？！

魔蟒被震碎，罗莽所化的至尊法身也是猛的一颤，心中难以置信，在先前肉身硬撼的时候，他至少能够维持下来，怎么如今将至尊法身召唤出来后，反而败得更为彻底？

"该死的，这个混蛋修炼的究竟是什么至尊法身，竟然如此强悍！"罗莽面目阴沉至极，心中却忍不住咆哮起来。

"现在我就让你来看看我的资格!"

一掌拍碎魔蟒光印,牧尘那金色巨目望向罗莽,庞大的身躯直接冲天而起,璀璨的金光一波波释放出来,方圆百里之内,都清晰可见。

狂暴至极的灵力波动在天空中暴动,犹如金色陨石坠落。

罗莽面色难看地望着那弥漫天际的金光,旋即猛的看向那血鹭城以及黑岩城的城主,厉声道:"你们随我一起出手!"

那血鹭城主和黑岩城主面面相觑,旋即只能一咬牙,脚掌一跺,也陡然冲天而起。

嗡!

然而就在两人冲天而起时,天空上突然有异样的灵力波动传开,无数人眼瞳一缩,只见得六朵黑莲从天而降,化为两道巨大的黑色光束,流星般坠落而下,狠狠轰在了那两位城主身体之上。

恐怖的灵力肆虐而开,那两位刚欲动手的城主直接被再度逼回地面。

轰!

金色的流星也在此时坠落下来,只见得那至尊法身从天而降,一只金色大手之中,犹如一轮金色大日镇压而下。

直指罗莽。

恐怖的压力笼罩而来,下方的大地寸寸崩裂,那罗莽的面色也在此时剧变,显然是察觉到了牧尘这一道攻势的可怕。

"想要败我,没那么容易!"

罗莽面色狰狞地咆哮出声,他双掌高举,体内灵力毫无保留的爆发出来,幽黑灵力犹如墨水一般令得天空都黑暗下来,天地间狂风大作。

他的至尊法身的确没有牧尘的强,但他毕竟是二品至尊顶峰的实力,凭借着那远比牧尘雄浑的灵力,他倒丝毫不惧怕对方的硬撼。

大不了两败俱伤!

只要能够挫下牧尘的锐气,今日这归顺之事,也就该不了了之!

轰!

金色大日坠落下来,最后直接在那无数道震撼的目光中,与那仿佛滔天魔蟒般的幽黑灵力，狠狠撞击在一起。

所有人的眼睛都在此时猛的睁大，这一拳，恐怕足以分出胜负！

金色的大日携带着璀璨夺目般的光芒镇压下来，然后在那无数道目光注视中，狠狠地与那仿佛魔蟒般的滔天灵力，疯狂对撞在一起。

咚！

在那撞击的刹那，肉眼可见的气浪犹如洪水般扩散开来，那坚硬的广场，更是如同波浪般，噼里啪啦的层层塌陷，崩溃。

狰狞的裂缝也不断蔓延着。

原本广场上的众多身影，也是急急倒射而出，生怕被如此可怕的冲击所波及。

"魔蟒噬天劲！"

在那魔蟒法身之中，罗莽面色狰狞，浩瀚灵力疯狂地从其体内涌出来，灌注进那魔蟒法身之内，而那幽黑的滔天灵力，竟也在此时发出了嘶啸的声音，灵力蠕动间，仿佛有一对猩红的巨瞳浮现其中。

一股凶戾之气，陡然爆发。

这罗莽因为吸收了天魔蟒的精血，所以也导致他的灵力之中掺杂着一种狂暴的凶戾之气，比起寻常灵力更为凶悍。

寻常时候与人对敌，罗莽凭借着这种优势，不知道挫败了多少对手，只不过这一次，他却再没有取得以往的成效。

牧尘的灵力，不仅融合了不死火，而且如今还有那大日之炎的增幅，其霸道程度，显然不是罗莽这种因为吸收了天魔蟒精血而拥有了戾气的灵力可比的。

所以，在那魔蟒嘶啸时，那镇压而下的金色大日，愈发的璀璨，一波波大日之炎席卷而来，只是一个接触间，那犹如魔蟒般凶戾的灵力便爆发出浓浓的白雾，然后以一种惊人的速度急速消融。

嘶！

那魔蟒般的灵力中，仿佛有凄厉的嘶鸣声响起，而那罗莽的面色，也在此时剧变起来，眼中掠过浓浓的难以置信，他没想到，他引以为傲的灵力，竟会在这种对碰中崩溃到这种程度。

轰！

不过此时的牧尘可没给他太多的反应时间，大日直接镇压而下，狠狠地轰击在了那魔蟒法身庞大的身躯之上。

咚！

大地塌陷，只见得那魔蟒法身竟直接被狠狠打进了大地之下，整座辽阔的广场，都在此时塌陷，那一座魔蟒雕像，更是被横扫得化为粉末消散。

天空上，金光消散，金色的巨影脚踏天空，那俯览姿态，犹如俯视着蝼蚁，漠然而威严。

下方的烟尘逐渐消散，无数道目光第一时间投射而去，当即连片倒吸冷气的声音响起，只见得那崩塌的深深巨坑之中，那一道魔蟒法身已是残破不堪，紊乱的灵力波动荡漾开来，最终法身一点点变得透明，直至彻底消散。

在魔蟒法身消散而去时，一道狼狈的身影也从中掉出，罗莽身形跟跄地落在废墟地面上，面色苍白，嘴角有一抹血迹浮现着。

显然，魔蟒法身被牧尘打破，他也受到了重创。

"罗莽的魔蟒法身被打破了！"这片天地间，顿时有着惊哗声响起，显然这一幕对他们也造成了震动。

以罗莽的实力，已算是达到了二品至尊的顶峰，再加上魔蟒法身的特殊，想来在二品至尊中也难遇见对手，但现在，他却是被一个一品至尊的少年，生生打破了魔蟒法身。

这一幕，想来谁都未曾想到过。

在那周围的天空，那些城主望着这一幕，眼皮忍不住一阵急跳，这个九幽宫的新统领，竟然凶悍到了这种程度，难道九幽宫真是要崛起了不成？

那先前出手的血鹫城主和黑岩城主面色也是有点难看，先前他们两人被牧尘打了一个措手不及，这才让牧尘集中力量对付罗莽。

天空上，大日不灭身矗立，那一对耀眼的金色眼目，淡漠地望着罗莽，漠然的声音响起："看来我还是有资格罢免你的。"

罗莽面色铁青，旋即他诡异一笑，看向血鹫城主和黑岩城主等人，喝道："血鹰王大人可是交代过的，如果你们以为今日让这小子得逞，你们还能有好日子的话，那就继续看着吧！"

血鸶城主和黑岩城主面色微变，旋即一咬牙，都站了出来。

而在后方那些城主中，一些人眼神变幻，最后也有四道身影踏空而出，那四名城主，都在以往的时候与血鹰殿走得极近，也算是血鹰殿的爪牙，他们知道，如果让九幽宫顺利收服这些城主的话，他们必然没好结果。

所以，他们绝不能放任牧尘继续下去。

虽说先前在见识了牧尘的实力后，他们已不敢有任何小觑，但他们毕竟人多，这么多人联手，这牧尘手段再多，也绝对不可能是他们的对手。

虽然那样联手对他们的名声不好，但这种时候，显然也顾不得这些了。

血鸶城主等六人，都悬浮半空，将牧尘所化的大日不灭身半包围住，磅礴灵力荡漾在他们周身，引来天地狂风呼啸。

而见到这一幕，这天地间顿时哗然声响起，这些城主竟然是要联手来对付牧尘一人吗？

"哈哈，牧尘你再厉害，今日难道还能以一敌七不成？"罗莽森然一笑，他也掠上半空，目光阴冷而得意地望着牧尘。

"卑鄙！"唐冰见到这一幕，顿时怒叱出声。

天空上，大日不灭身金光绽放，牧尘的身影则出现在了法身天灵盖处，他望着罗莽七人，眉头微微一皱。

以他现在的实力，能够与罗莽独斗已是要费不少手段，毕竟他现在还只是一品至尊，如果再加上另外六位实力同样不弱的城主，就算是他，也难以抗衡。

"牧尘，我也不想逼你，若你现在离去，我可以让你安稳离开。"罗莽沉声道。

牧尘闻言，倒是一笑，然后他看向其他那些并没有出手的城主："还有人吗？"

那些城主见牧尘面对这种局面依旧镇定，心中倒是有些佩服，面面相觑间，都没有接话，但也没有人再走出来。

他们与罗莽等人不同，虽然之前也算是投靠了血鹰殿，但当初毕竟是形势所迫，而且这些年也没少被血鹰殿压榨，所以好感也不多，只是因为九幽宫以往底子实在太过薄弱，所以他们也不敢轻易投靠，不过如今看这模样，似乎九幽宫真的有崛起的迹象啊

"那便是只有你们七人了。"牧尘见状，倒是还算满意，彻底被血鹰殿收服

的城主毕竟只是少数，而这些家伙，应该便是刺头了，只要把他们剔除了，这次的事情便能够顺利解决。

罗莽讥讽一笑，双臂抱胸，眼神冰寒地盯着牧尘："既然给了你台阶你不下，那就怪不得我了。"

"以多打少的话……"牧尘盯着罗莽，咧嘴一笑，"又不是只有你会这招。"

罗莽面色微变，然后他便看向了那犹如一片乌云般的九幽卫，后者那森严的阵势，令得他眼瞳微微一缩。

"哼，一群乌合之众而已。"不过最终罗莽还是冷笑一声。九幽卫在大罗天域诸多军队中，算是名气最小，而且以往他们总是缩在九幽宫，面对任何挑衅都无动于衷，这更是让人对他们有诸多小觑，并不认为他们有多强的战斗力。

"是吗？"

牧尘微微一笑，旋即他心神一动，大日不灭身便呼啸而出，最后盘踞在了九幽卫的上空。

"九幽卫！"牧尘那冷冽的喝声，响彻天际。

"在！"整齐如雷鸣般的声音陡然响起，只见得那一直沉寂的九幽卫猛的双目怒睁，一股无法形容的灵力涟漪席卷而开，竟直接将天际云层撕碎。

无数人心头一震，他们震动地望着那素来在大罗天域中不显山不露水的九幽卫，此时的他们，很像是一头逐渐苏醒过来的雄狮。

"九幽战意！"

当牧尘那低沉的声音响起时，只见得那些九幽卫的手中，猛的出现了一柄幽黑的重戟，旋即重戟猛然跺下。

轰隆！

天空上仿佛雷霆响起，只见得一股股滔天般的战意冲天而起，那些战意竟是呈现实质姿态，它们疯狂地凝聚、交缠，最后这支军队仿佛化为了一片幽黑的战意海洋。

其中不断有雷鸣声响起，仿佛阵阵怒吼。

"凝炼战意？！"那罗莽等人见到这一幕，面色顿时剧变起来，这九幽卫竟然能够将无形的战意实质化，这可是唯有那些经过诸多磨练的军队才有可能办到的事情啊!

"不要怕,这九幽卫虽然能够凝炼战意,但却没有人能够将其统率,这牧尘不过才执掌九幽卫,根本不可能与那种战意相融!"罗莽目光闪烁,旋即厉声道。

另外六位城主闻言也连连点头,没错,想要操控这种战意,那就起码必须与这种战意相融,而牧尘才来到大罗天域,执掌九幽卫更是时间短暂,无论如何,他也不可能操控九幽卫的战意!

不过,就在他们声音刚刚落下时,那盘坐在大日不灭身天灵盖上的牧尘却是冲他们微微一笑,旋即他修长手掌轻轻一抬。

轰!

伴随着牧尘手掌一抬,那罗莽七人脸上的神色顿时一点点凝固起来,眼神深处,浓浓的骇然涌出来。

因为他们见到,随着牧尘手掌的抬起,那片浩瀚的战意海洋,竟也犹如风暴一般,席卷起来。

他竟然真的将九幽卫的战意给操控了!

而操控了九幽卫战意的牧尘,此时几乎以一化千!

那也就是说,接下来,罗莽七人,将会面对上千人的恐怖攻势!

一想到此,就算是罗莽,面色都是猛的惨白下来。

战意犹如海洋一般在九幽卫上空汇聚,那种战意,呈现幽黑之色,翻滚之间,竟仿佛有无数充满了嗜战意味的咆哮与怒吼响起,令天地为之震动。

整座魔蟒城无数道目光,都盯着这一幕,眼中不免惊叹与震动,因为他们都知道,想要凝炼出实质的战意,需要对这支军队有着多么苛刻的要求。

这需要一支军队经过长年累月的磨合,在那无数次灵力交汇间,达到一种奇特的平衡点,而且这还需要军队之内的所有人,都保持着相同的心态,一往无前,无所畏惧。

唯有当这种意志加注到灵力之内时,最后这些单独的战意,才能够毫无阻碍地凝炼在一起,真正形成可怕的力量。

一支拥有战意的军队,才能够拥有可怕的震慑力。

另外,这种战意光是凝炼出来,也并不行,因为这还需要一个能够将其操控的

人，这种战意具有毁灭力量的神奇，而这种神奇，还得有人掌控，才能用以进攻。

而想要操控一支军队的战意，那就需要这支军队的核心统领也能够与那种战意形成呼应，这样才能够将其力量释放出来，只不过，想要与一支军队的战意取得呼应，那就必须与这支军队长时间的训练，彼此取得默契……

而且最为重要的是，操控者一旦催动这些战意，那也会被这些战意涌入体内，若是心智不坚定者，恐怕瞬间就会被那磅礴战意冲淡自身意志，甚至一个不慎，还会遭到战意反噬，后果极为严重。

正因为操控战意的这诸多条件限制，所以，当众人在见到那伴随着牧尘手掌的抬起，那犹如黑色海洋般的战意竟也升腾呼啸而起时，脸上也忍不住有惊愕之色浮现出来。

牧尘来到大罗天域才短短两三月的时间，掌控九幽卫的时间更为短暂，谁都想不到，他竟然能够在这短暂时间中，与九幽卫的战意达到这种契合的程度。

那罗莽七人，更是面色惨白地望着这一幕，因为他们知道，牧尘如果真的能够操控九幽战意的话，那他们将再没有任何胜算。

而在他们那绝望的目光中，牧尘依旧是静静地盘坐在大日不灭身天灵盖上，黑色眸子淡漠地望着他们，眸子深处，有淡淡的灼热在涌动。

那种磅礴浩瀚的战意，在牧尘操控的时候，也涌入了他的身体，不过这些年的苦修，同样也赋予了牧尘犹如磐石般的意志，这由千人军队汇聚而来的战意，虽然磅礴，但想要反噬他的意志，显然是一件不可能的事情。

澎湃的战意犹如洪水一般在牧尘体内呼啸，这令得牧尘眼中也有灼热战意涌起，他望着罗莽等人，手掌缓慢抬起，旋即凌空点下。

他的手指落得极慢，仿佛驮负着山岳一般，然而就在落下的瞬间，面前的空间，竟犹如破碎的玻璃一般，有肉眼可见的裂纹飞快延伸出来。

吼！

下方那战意海洋，猛的传出战意咆哮，只见得那幽黑战意冲天而起，直接化为一道巨大无比的黑色光束暴射而出。

那一道光束，凝炼了九幽卫的战意与灵力，再加上牧尘的催动，其威力，就算是三品至尊的强者，都唯有暂避锋芒！

轰!

罗莽七人望着那暴射而来的战意光束,面色也剧变起来,当即七人急急怒喝,体内灵力毫无保留地爆发出来,磅礴的灵力,在那前方化为七道庞大的灵力光幕。

光幕垂落下来,犹如罗生门一般,隔绝着生与死。

咚!

不过那战意光束却丝毫未曾因此停滞,狂暴的掠来,最后在那无数道目光的注视中,狠狠地轰击在那一道道矗立在天地间的灵力光幕之上。

砰! 砰! 砰!

光束冲击而来,那股可怕的力量释放出来,七道光幕几乎在顷刻间逐一被撕裂,那摧枯拉朽般的姿态,看得无数人目瞪口呆。

七位城主的联手防御,竟犹如纸糊一般脆弱。

噗嗤。

七道光幕瞬间破碎,而罗莽七人面色也涌上潮红,而后一口鲜血狂喷而出,身体狼狈的倒射而出,周身灵力波动紊乱之极。

轰!

七人狼狈倒退,眼中惊恐越来越浓,因为他们见到,那一道战意光束在撕裂了光幕后,竟然去势不减,直接朝他们狠狠轰来。

如此程度的攻击,如果真的被击中的话,想来他们七人,恐怕不死也得残了,这个牧尘,根本就不打算有丝毫留手!

罗莽七人心中有寒意涌起来,这个九幽宫的新统领,手段还真是狠辣,根本连投降认输的机会都不给他们,这摆明了是要杀鸡儆猴!

咻!

战意光束狠狠掠来,眨眼间便出现在了七人前方,那碎裂的空间纹路,令得七人眼中有着浓浓的恐惧浮现。

在那种可怕的压力下,他们已是连认输的话都无法喊出来。

这天地间也在此时响起一些震动的哗然声,后方那些观战的诸多城主面庞也忍不住抖了抖,这个九幽宫的新统领,是要杀人立威了!

"死定了！"

在罗莽七人那绝望的目光中，光束笼罩下来，不过，就在他们以为必死无疑时，突然这天地间仿佛有尖利的鹰鸣之声响彻而起。

唳！

在那鹰鸣响起的瞬间，只见得一道血红的光芒仿佛穿透空间而来，最后以一种惊人的速度，狠狠轰击在那黑色战意光束之上。

咚！

两股可怕的力量冲撞在一起，灵力风暴顿时肆虐开来，罗莽七人直接被那冲击波席卷而中，当即身体便犹如炮弹般倒射了出去，在那城市中一条条宽敞的街道上，撕裂出数千丈的深深痕迹……

牧尘望着那肆虐的灵力风暴，双目微微一眯，旋即他偏过头，看向了院方，那里的天空，突然呈现了血红之色。

那血红之色迅速掠来，一闪之下，便出现在了城市的上空。

当血光散去时，只见一支脚踏血云般的军队闪现出来，这支军队，皆是身披血红战甲，手持血枪，一股煞气，从他们体内散发出来，冲天而起。

而在这支血红军队的上方，竟也有血红的战意凝聚而成，这些战意化为血云，血云之中，一道人影负手而立。

"那是……血鹰殿的血鹰卫！"

"还有那四大统领之一的吴天，这血鹰殿的人终于出来了！"

"这下倒是好了，连血鹰卫都出动了！"

"……"

当这座城市之中无数道视线见到这一支血红军队时，顿时有哗然声响起，旋即不少人面色奇特，看来九幽宫与血鹰殿还真是撕破脸了，竟然连彼此阵营中的军队都给拉了出来……

唐冰也在此时见到了现身的血鹰卫，俏脸微微一变，娇躯一动，便出现在了牧尘身旁，轻声道："是吴天。"

牧尘点点头，他遥遥看向那支血红军队上方的身影，笑道："你们终于坐不住了。"

吴天面色冰寒地盯着牧尘，他们原本在这魔蟒城的准备，足以让牧尘丢尽颜面，但谁都没想到，牧尘不仅没丢人，还将他们血鹰殿的脸打得啪啪响，若是他们再不露面的话，恐怕他们血鹰殿的脸就丢光了。

　　"牧尘，带着你们九幽宫的人滚出魔蟒城，这是我们血鹰殿的地方，并不欢迎你们！"吴天语气森然道。

　　牧尘闻言，却是微微一笑，旋即他淡淡道："罗莽七人的城主之位已被罢免，而以后，这些城市也全由我九幽宫掌控，你们血鹰殿若是再胡乱插手，那也就不要怪我们九幽宫不讲情面了。"

　　吴天面庞一抽，怒极反笑道："真是好大的口气，想要夺走这些城市，就怕今天你没这能耐！"

　　"血鹰卫！"

　　伴随着吴天的厉喝声落下，只见得那犹如一片血云般的军队，整齐暴喝，顿时一股煞气冲天而起，磅礴的战意弥漫天地，仿佛有血腥的味道散发出来。

　　血鹰卫乃是血鹰殿的重要战力，人数约莫达到了五千，规模比起九幽卫强悍数倍，只不过眼下显然并没有全部跟随吴天而来，但即便如此，那数量，也算是仅有千人的九幽卫一倍之数。

　　这座城市中，无数道目光望着气势惊人的血鹰卫，面色忍不住一变，据说在血鹰殿开辟疆域的时候，可没少干出一些屠城的事，所以血鹰卫在这大罗天域内，算是凶名昭著，名气远非九幽卫可比。

　　吴天脚踏翻涌的血云，眼神阴冷如毒蛇般盯着牧尘，森然的声音，回荡在全城。

　　"我给你十息的时间，速速滚出魔蟒城，不然的话，你们九幽宫的这点家底，恐怕今日得全部落在这里了！"

　　牧尘望着眼神阴寒的吴天，却是微微一笑，黑色眸子中，寒意流动，他那清淡的声音，也在这漫天血腥中缓缓传开。

　　"抱歉，我拒绝。"

第 11 章
赌斗

"我拒绝……"

当牧尘那清淡的笑声在这魔蟒城上空响起时,却是令天地间的气氛都凝滞起来,无数人面面相觑,隐隐感觉到了空气中弥漫的火花。

"呵呵,真是有血性。"

对于牧尘的回答,吴天仿佛并没有意外,所以他嘴角的笑容愈发的森然,旋即他手掌缓缓紧握,那片仿佛血海般翻涌的磅礴战意,顿时散发出滔天血腥之气。

吴天笑眯眯地望着牧尘:"既然你们九幽宫选择动手,那后果也得自己承担,现在的话,你可别指望九幽王会来救你们了。"

他虽然在笑着,但那笑容中透出来的森森杀意,却是浓郁到了极点。

"这句话也得送给吴天统领了,到时候血鹰王大人,怕也只能眼睁睁地看着血鹰卫损失惨重了。"牧尘微笑道。

"哈哈,有胆魄!"

吴天仰天大笑,旋即他的笑声逐渐变得阴寒下来,手掌陡然一挥,冷笑道:"那我们倒要看看,今天究竟是谁能够灭得了谁!"

轰!

伴随着吴天手掌挥下,只见得那些身披血甲的血鹰卫陡然厉喝出声,喝声如雷,血红灵力伴随着嗜血般的战意冲天而起,整片天空都在此时变得猩红起来。

吴天脚下的那片血海,仿佛也变得越来越磅礴,一种强悍的压迫感,在这天地间席卷而开,引来狂风呼啸。

唐冰见到这一幕,俏脸微变,吴天掌控血鹰卫多年,对于血鹰卫凝炼的战意已是相当熟悉,如今一旦操控起来,威力也是极端强悍。

"牧尘……"唐冰美目望向牧尘,眸子中有些担忧。

牧尘冲她温和一笑,轻声道:"唐冰姐放心吧,九幽卫是你这些年的心血,他们可不会比任何人弱的,而且既然唐冰姐将他们交到了我的手上,那我就不会允许有人打败他们。"

虽说这些年九幽宫因为九幽的失踪而一落千丈,但九幽卫的训练却从未被唐冰放下,甚至为了这支九幽卫最后的力量,她宁愿将自己分配到的至尊灵液都给予九幽卫修炼,可以说,这九幽卫,是唐冰真正的心血。

而也正是唐冰这种付出,才令得九幽卫即便是在九幽宫地位一落千丈时,依旧未曾背离九幽宫,而且还将战力保存了下来。

九幽卫的数量虽然不及血鹰卫,但要论起质量,却是绝对不会有丝毫逊色!

唐冰望着牧尘那温和的笑容,俏鼻却忍不住微酸,眼眶红了一点,这些年她的坚持在外人看来极傻,但她却一直苦心孤诣,而如今这份坚持能够获得理解,无疑令她有些感动。

"那你小心。"唐冰红唇微启,那悦耳的声音比起以往,倒要显得格外柔软。

牧尘点点头,他低头望向那些身披黑甲的九幽卫,从他们的眼中,他并没有看见任何畏惧,反而有一种压抑了许久的战意,这一天,或许他们同样等待了许久。

"只要你们不惧的话,那我就能带领你们面对任何对手。"牧尘心中喃喃自语,旋即他那黑色眸子中,有冷冽凝聚起来,手掌陡然一挥。

"九幽战意!"

轰!

所有九幽卫手中的黑色重戟,猛的重重跺下,低沉的喝声,犹如雷鸣般整齐回荡天际,幽黑战意磅礴升起,犹如乌云盖顶一般,笼罩天际。

两股战意弥漫在天地间,将天空一分为二。

所有人都在此时逐渐退出了这两支军队的战意笼罩范围,他们都清楚,一旦双方动手,那种动静可就不再是先前可比,甚至,连这座城市都会保不住,双方似乎都有些不计后果了……

整座城市一片安静,唯有天空上,两股磅礴战意犹如洪水般呼啸,肆虐着天地,仿佛两头绝世凶兽,即将疯狂对扑。

而在那凝固的气氛中,牧尘与吴天的眼神陡然一寒。

轰!

两股磅礴战意,几乎是在同时呼啸而出,万浪奔腾,狂暴掠出。

所有人都紧紧地盯着天空,而就在他们提起心来,准备见证这一场大罗天域内两大军队之间的对阵时,只见得那两股战意对轰的天空处,空间突然扭曲起来,一道光影突然凭空浮现,旋即他手掌一翻,两股磅礴战意,竟直接被他一掌压下,然后生生摧毁成一片虚无。

哗。

突如其来的变故,让得无数人惊哗出声,目光射去,然后整座城市便沸腾起来。

"那是……大罗天域三皇之一的睡皇?!"

"没想到连这等大人物都惊动了。"

"……"

天空上,牧尘与吴天见到那一道光影也是一怔,旋即连忙抱拳,道:"见过大人。"

那道光影懒洋洋地摆了摆手,这显然并非睡皇本体降临,而是他灵力所化,不过光是一道灵体便能够轻易将九幽卫以及血鹰卫的战意摧毁,这般实力,当真是深不可测。

"虽然你们的争斗也算符合规矩，不过魔蟒城毕竟是重城，若是被摧毁，那损失可是不小。"睡皇淡淡道。

"此事倒非我血鹰殿所想，只是这牧尘咄咄逼人，不知天高地厚，所以在此还请大人罢免他统领的身份。"吴天沉声道。

"我九幽宫只是收回属于我们的城市，你血鹰殿从中阻扰，付出任何代价都是应该的。"牧尘语气平静，但却同样争锋相对。

睡皇摆了摆手，打断两人的争执："此地并非大启战端之地，你们也该适可而止，而且我大罗天域的征伐即将开启，那辽阔疆域随意征伐，而你们的目光，何必拘于这些？"

吴天眉头微皱，睡皇在大罗天域地位极高，他的话，以吴天的地位，自然不敢有过多辩驳，可若是今日之事这样放下，对他们血鹰殿却没有什么好处。

"呵呵，梦大人说得倒是在理，不过这些城市我血鹰殿经营多年，九幽宫想要轻松收回去，会不会太便宜他们了？"而在吴天沉默时，突然一道笑声在这天地间响起，而后一道若隐若现的光影，也出现在了血鹰卫的上空，那般模样，赫然便是血鹰王。

吴天见到血鹰王露面，这才松了一口气。

"哦？那你们血鹰殿想要如何？"

不过，就在这血鹰王现身时，一道噙着些许嘲讽的清冷声音响彻，只见得九幽的模糊光影，也闪现了出来。

看这模样，显然这两位都时刻在关注着这里，如今见到睡皇出面，这才一一现身。

这座城市中，无数人望着这一幕，都暗暗咂舌，没想到这次争夺，竟然连九幽王与血鹰王都出现了，这两方势力，果然是势同水火。

"想要如何？"

血鹰王目光微闪，冷笑一声："你们想要收回这些城市，倒也可以，既然梦大人说这里不适合动手，那我血鹰卫三日后，便在军斗场上等你们，只要你们能赢得了我血鹰卫，不仅这五十座城市尽数归还，而且我血鹰殿还再奉上五十座城市以及五颗至天丹。"

"哗。"

血鹰王此话一出，顿时引来无数震动哗然声，看来都被他的大手笔给震慑住了，这一来一去，就是一百座城市的归属权，而且那五颗至天丹价值极为昂贵，据说四品至尊以下的人吞服炼化的话，足以令得实力提升一品，无数至尊强者为了此，都趋之若鹜。

九幽也微微怔了怔，显然是没想到血鹰王竟然有这等魄力，看来为了对付九幽宫，他真是下了血本。

"不过嘛……若是你九幽宫输了的话，我也不要你们怎么样，只需要向我血鹰殿臣服即可，当然，我也不会插手你九幽宫之内的事。"血鹰王淡淡一笑，再度说道。

"你！"唐冰柳眉微竖，俏脸气得发白。这血鹰王倒是狼子野心，为了折辱他们九幽宫不择手段，一旦他们臣服，即便只是嘴上说说，但以后他们九幽宫也将会彻底失去士气，一蹶不振。

一旁的牧尘，双目也是微微一眯，眼中寒光涌动。

睡皇眉头皱了一下，但也没说什么，毕竟大罗天域之内竞争的确极为激烈，只有在竞争之中，才能够保存一个庞大势力之中的活力。

"怎么样？若是你们不敢应的话，我也不会笑话你们，只是这些城市，就别想再收回去了。"血鹰王戏谑地望向九幽，道。

九幽俏脸冰冷，她自然是知晓血鹰王那狠毒的心思，旋即她偏头，美目望向下方那一道修长的身影，血鹰王显然是想要两军对战，而如今的牧尘，才是九幽卫的统领。

所以对于这种挑战，还得看牧尘的决定。

漫天目光，也都在此时转移向牧尘，那昊天双臂抱胸，嘴角噙着玩味笑容望向牧尘，血鹰王这一手，倒是将九幽宫逼得陷入了绝路。

而在那无数目光的聚焦中，牧尘嘴角却是缓缓掀起一抹冷冽如刀锋般的弧度，他抬头，冲九幽轻轻点头。

九幽见到牧尘点头，也是怔了怔，旋即她银牙一咬，冰冷的声音便在这天地间响彻。

"好，这赌斗我九幽宫接了！"

"三天后，军斗场上，你血鹰殿就将一切东西都准备好吧！"

"哈哈，不愧是九幽王，真是让人佩服！"

听到九幽竟然真的应下了这赌斗，那血鹰王顿时忍不住大笑出声，只是那猩红的双目中，却有森然冷意与狡诈在涌动。

"既然如此，那今日你们大闹此地的事，我就既往不咎，三日之后，军斗场上，我血鹰殿静候佳音了。"

血鹰王见目的达到，也就再没有任何废话，直接大手一挥，一道磅礴光芒席卷而开，将那血鹰卫尽数包裹而进，旋即化为一道血光冲进了城中的传送灵阵，待得光芒涌动时，尽数消失不见。

天空上，睡皇见到这一幕，也是无奈一笑，虽然他身为三皇之一，但这种双方都同意的赌斗，他也没办法阻止，当即只能看了九幽与牧尘一眼，身形缓缓消散而去。

九幽则是落到牧尘身旁，道："辛苦了，先回九幽宫商议吧。"

牧尘点头，也没有再做停留，直接率领着九幽卫掠出，最后陆续消失在传送灵阵中。

而随着两波人马的离开，这座安静的城市顿时有喧哗的热潮爆发起来。

"这下子热闹了，血鹰卫与九幽卫真正要全力交锋了。"

"血鹰王摆明了是在挑衅九幽宫，血鹰卫不论是实力还是数量，都远非九幽卫可比，一旦如此大规模的开战，九幽卫恐怕很难是对手啊。"

"这倒也不至于，血鹰卫数量虽然不少，但平常都是由数个统领分散执掌，吴天顶多就只能掌控一半，如果强行全部掌控的话，怕是反而会受到反噬。"

"但就算是一半的血鹰卫，也足以碾压这不过千人的九幽卫了啊。"

"九幽宫敢答应，应该也算是有些底牌才是……"

"谁知道呢……"

……

九幽宫，大殿之内，九幽坐于最上首，柳眉微蹙，大殿内气氛略显凝重。

"看来血鹰王已是打算和我们做一次了结了。"九幽缓缓道。血鹰王眼睛倒是毒辣得很，知道九幽宫如今底子薄弱，急需要掌控这些城市获取足够的至尊灵液，所以许了这种他们无法拒绝的重利来诱使他们参加赌斗。

这对于他们九幽宫而言，是一个机会，也是一个极端危险的陷阱。

"血鹰卫数量远超我们九幽卫，这样正面交手，对我们九幽卫而言，并没有好处啊。"唐冰担忧道。

大殿内，丘山等人也是沉默，旋即他们的目光看向那一直没有说话的牧尘，今日牧尘的表现，已经赢得了他们的信赖。

"血鹰卫一共有多少人？"在他们的注视下，牧尘开口问道。

"超过五千，不过以吴天的本事，顶多掌控一半，若是再多的话，他必会受到战意反噬，但就是这一半，也远比我们九幽卫更多了。"丘山立即回道。

牧尘轻轻点头，血鹰卫并不是乌合之众，如今还有数量优势，再加上吴天也不是省油的灯，这一场赌斗，的确并不轻松。

"牧尘，这场赌斗，你有多少胜算啊？"唐冰忍不住问道，这件事对于九幽宫而言太过重要了，如果赢了，九幽宫足以翻身，这收获的一百座城市，可以令九幽宫资源迅速丰富起来，但若是输了，那同样是致命的。

九幽宫与血鹰殿在大罗天域内地位相等，若是九幽宫一旦认输臣服的话，那基本也就失去了这种地位，这对于整个九幽宫士气的打击，几乎是毁灭性的。

牧尘缓缓道："若吴天只能掌控一半血鹰卫的话，我们倒并不是没有胜算，而且，想要赢我们，他们不会太轻松。"

他语气低沉，一股浓浓的血腥之气扑面而来，令得大殿内众人心头都是一凛，看来这一战，必然会是一场血战。

这关系到九幽宫的存亡。

大殿内，众人都因此而沉默下来。

咔嚓。

而在大殿沉默中，突然有一道细微的清脆声音响起，众人抬头，只见一个身着黑色衣裙的小女孩正坐在牧尘身旁，小手握着一枚果实，咬得嘎吱响。

她自然便是那神出鬼没的曼荼罗。

"她是谁？！"唐冰他们忍不住睁大了眼睛，这里可算是九幽宫的重地，外面还有九幽卫重重把守，这个小女孩怎么会突然间就出现了。

"咳，不用紧张，她是……我妹妹。"牧尘无奈一叹，道。

听到他这话，曼荼罗那纤细的眉毛扬了扬，小嘴咬了水果一口，倒没反驳，只是懒洋洋道："我可以帮你出个招，不过有条件。"

牧尘一愣，道："什么条件？"

曼荼罗那精致如瓷娃娃般的小脸上有一抹甜美的笑容浮现出来，模样简直清纯可爱到了极点，甚至连唐冰原本对她还抱有警惕的眼神都立刻松懈了下来。

不过牧尘瞧得她这模样，心中反而有戒备涌出来。

"不要紧张，我的条件很简单，把不朽之页借我十天时间。"曼荼罗甜甜笑道。

"不行！"牧尘几乎是一口拒绝，不朽之页对他太过重要，他是绝对不可能取出体内，交到别人的手中的。毕竟这不朽之页还关系到"万古不朽身"，牧尘可不会怀疑它所拥有的诱惑力，这种东西，就算是地至尊级别的超级强者，都会为之所动。

"你！"曼荼罗瞪大眼睛，狠狠地盯着牧尘，不过牧尘却是丝毫不让，面色坚决，如此盯了一会，曼荼罗只得气呼呼地转过头。

"你怎么突然间要借不朽之页？"牧尘疑惑道，按照曼荼罗所说，似乎只要待在他身旁，她就能够吸收曼陀罗花神纹的力量来压制她体内的诅咒。

曼荼罗闻言犹豫了一下，才道："我体内的诅咒似乎有爆发的迹象，所以我需要不朽之页帮我镇压。"

牧尘皱着眉头，沉默了一会，道："到时候把我叫上，我在旁边，应该不会阻碍你吧？"

曼荼罗一怔，讶异地看了牧尘一眼，她轻轻点头，道："那……那就先谢谢了。"

牧尘笑了笑，道："那现在可以说有什么办法了吗？"

曼荼罗抬起头，金色的大眼睛看了大殿内众人一眼，而凡是被她那金色眼睛看到的人，都是心头一颤，仿佛感受到了一种可怕的威压一般，当即连忙转开视线。

"你身为灵阵师，听说过战阵师吗？"曼荼罗略显稚嫩的声音响起。

"战阵师？"此言一出，包括牧尘在内的众人都是一脸茫然，唯有九幽美目中掠过一抹若有所思之色。

"在远古时代，战阵师算是灵阵师的一个分支，在那场大千世界的大劫中，战阵师也算是耀眼至极，他们统率着万族之军，将那域外之族战斗在最前线，不过也正是因为如此，他们损失也尤为惨重，一些传承直接被抹杀，待得大劫落下时，战阵师所存极少，所以现在很多人都不知道战阵师的存在……"曼荼罗悠悠道。

"战阵师能够将一支军团的力量凝聚在一起，发挥出最为极限的力量，最顶尖的战阵师，若是操控着足够强大的军团，足以抗衡天至尊。"

大殿内，一片寂静，众人呼吸都有些加重，抗衡天至尊？那种可怕的存在，竟是能够依靠数量去抗衡的？怎么可能！

牧尘也忍不住舔了舔嘴巴，感觉喉咙有些干涩，但他的眼睛，却在此时炽热到了堪称灼热的程度，他死死地盯着曼荼罗，道："你知道怎么成为战阵师？"

"不知道。"曼荼罗微笑道。

牧尘见到她这甜美的笑容，脸上的表情直接凝固了下来，旋即他咬牙切齿道："你耍我啊？！"

若不是他知道眼前的小女孩看起来甜美可爱，但实力却可怕到让人感到惊悚的地步，他恐怕已是忍不住把她给丢出去了。

"虽然我不知道怎么成为战阵师，但这东西应该对你有点帮助。"曼荼罗见牧尘气得脑袋冒烟了，这才慢悠悠地伸出白玉般的小手，小手上光芒一闪，一卷有些破碎的竹简便出现在了她手中，那竹简上面布满斑斑血迹，虽未展开，但已有一股铁血之气扑面而来。

牧尘小心翼翼地接过竹简，只见得在那竹简上面，血红的小字若隐若现。

"战阵之心。"

"战阵师毕竟也是灵阵师的分支，你有灵阵师的根基，所以入门的话，应该要比常人更容易，虽然这没办法直接让你成为战阵师，但要以少胜多，战胜血鹰卫，应该不是难事。"曼荼罗道。

牧尘紧紧地握住这卷残破的竹简，重重地点了点头，这大千世界果然隐藏着太多玄奥，这所谓的战阵师，他以往可是闻所未闻。

看来接下来他必须全力参悟这所谓的"战阵之心"了，这一次的赌斗，对于九幽宫太过重要，他可输不起！

这一次，他必须赢！

血鹰殿。

血鹰王坐于大殿之首，他那对血红的眼瞳缓缓扫视着大殿，而在他那漠然的目光下，那些血鹰殿的高层都不敢与其对视。

"吴天，如今血鹰卫，你能掌控多少？"血鹰王看向大殿中的吴天，淡淡问道。

吴天闻言，微微犹豫道："应该能够达到两千五百左右。"

血鹰王双目微眯，他沉吟了一会，道："虽然九幽卫数量有限，不过那叫做牧尘的小子有些门道，不得不防，而这场赌斗，你必须赢！"

"所以……我要你掌控所有的血鹰卫！"

吴天一惊，踌躇道："大人，以我如今的实力，若是掌控所有血鹰卫的话，恐怕会被战意反噬。"

血鹰王手掌一握，只见一颗淡红色的丹药闪现而出，一圈圈灵光不断从中释放出来，一种奇异的波动，荡漾而出。

"这是一枚空灵丹，到时候你将它吞服，它会令你暂时进入空灵状态，那时候的你，便能够承受下所有血鹰卫凝聚而起的战意。"

吴天闻言顿时大喜，没想到血鹰王手中竟然还有如此奇妙的丹药，而有了此物，他就能够掌控所有的血鹰卫，这样一来，绝对足以碾压牧尘以及九幽卫。

到时候，不管牧尘究竟还隐藏着多少手段，都必败无疑！

"大人放心，我会让九幽宫后悔得罪我们血鹰殿！"吴天脸上有一抹狰狞的笑容浮现出来。

"如果有机会的话，就让九幽卫消失吧，失去了九幽卫的九幽宫，也就只是一个笑话了。"血鹰王满意一笑，道。

"谨遵大人之命！"吴天森然笑道，他已经迫不及待想要见到当他率领五千血鹰卫出现时，牧尘脸上的绝望神情了。

这一次，必然要让九幽宫将颜面丢尽！

有关九幽卫与血鹰卫即将交锋的消息，几乎是风一般的在大罗天域中传开，然而也不出意外地在大罗天域中引起了阵阵哗然。

这些年来，血鹰卫在大罗天域中名气愈发壮大，总体实力，几乎能够排进大罗天域诸多军团前三之列，而反观九幽卫的话，却属于垫底的层次。

所以，在很多人看来，这两者根本就不处于一个等级，所以他们很疑惑为什么九幽宫竟然会应下这场赌斗，虽然那血鹰王给予的赌注极端诱人。

可赌注再诱人，也得有那福气去享受才是。

在很多人看来，九幽宫这一次是被赌注红了眼，试图拼上一把，可难道他们就没想过一旦输了之后吗？那时候的九幽宫，很有可能会真正一蹶不振，而到了那时候，就算有天鹫皇的支持，九幽宫都很难再在大罗天域中立足。

毕竟，大罗天域内同样有不少强大的附庸势力，这些势力，可随时都在觊觎着大罗天域诸王的位置，因为一旦获得这个位置，就能够真正成为大罗天域的嫡系力量，那时候所能够享受到的庇护与资源，可远非寻常附庸势力可比。

所以，这一战，九幽宫可输不起。

而在整个大罗天域都因为这场赌斗而沸沸扬扬时，九幽宫却是出奇地保持着安静，没有任何风声传出来，而且戒备也变得愈发森严，让外人根本无法得知其中的动静。

九幽宫深处，一座山岳之中。

葱郁的山岳内，一片辽阔的平坦之地，而此时在这片地面上，一道道身披黑甲的身影静静盘坐，他们身形纹丝不动，犹如磐石。

而在那一道道人影的半空处，一道修长身影也凌空盘坐，他微闭着双目，此时缓缓睁开，手掌之上光芒闪烁，一道沾染着血迹的竹简闪现出来。

竹简呈现破碎的姿态，给人一种残破之感，不过那种扑面而来的铁血之气，却令人不敢对其有丝毫小觑。

牧尘的神色也是格外郑重，他手握竹简，旋即将其轻轻贴在额头处，顿时竹简上光芒涌动，最后尽数涌入牧尘的脑海。

一股铁血之气，在此时仿佛洪水呼啸一般，直接灌注进了牧尘脑海，无数的厮杀声冲天而起，那一刹，犹如梦回远古战场。

古老而沾染着血腥的画面，掠过脑海，那些画面中，只见得黑压压的军队弥漫在天地之间，他们迈动着整齐如一的步伐，每一步踏下，甚至连天地都会在他们脚下颤抖。

那种气势，根本无可阻挡。

牧尘那震撼的视线，望向那军队的中央位置，那里仿佛有一道模糊的身影静静盘坐，那道身影并不伟岸，但却让人一眼就知道，他是这一支可怕军团的主宰。

而在牧尘望过去时，那道人影手掌也轻轻抬起。

"战！"

那一支强悍得令人感到恐惧的军队，猛的爆发出雷鸣咆哮，旋即只见无数道磅礴战意冲天而起，这片空间几乎是顷刻间崩碎下来。

吼！

磅礴浩瀚的战意，几乎凝炼成了实质，最后呼啸奔涌，竟是化为了一头生有九头的巨龙，仰天长啸，方圆十万里之内的空间，直接在此时尽数碎裂，而后那九头巨龙龙嘴张开，九道约莫数万丈庞大的光束缠绕着暴射而出。

而这恐怖攻击的目标，则是那遥远空间处裂开的巨大裂缝，那似乎是一方下位面世界，只不过其中，却有滔天的异样气息在涌动。

那似乎是一方被域外之族所占据的下位面世界！

轰！

可怕的光束，充斥眼球，而其速度也快得无法形容，一闪之下，便洞穿了百万里的空间，直接射进了那一片下位面世界之中。

可怕的攻击暴射而进，却并没有意料中的惊天爆炸，那一道下位面世界，直接在空间扭曲间，生生被抹除而去。

而同时被抹除的，还有那下位面之中的所有域外之族……

仅仅一招，便灭了一方下位面世界！

嘶!

牧尘见到这一幕,顿时忍不住深吸了一口冷气,好可怕的军团,好可怕的战阵师……看来曼荼罗说得没错,在那远古时代,顶尖的战阵师,的确拥有媲美天至尊的惊天实力。

虽然他们需要依靠军团的力量。

古老的画面,也逐渐崩溃,最后彻底化为碎片消失,而随着这些碎片的消失,仿佛有一些古老的信息,自牧尘的心中涌起。

这些信息,略显残破,显然是曾经遭到了破坏,不过其中偶尔显露的只言片语,却透着一股玄奥之感,令人忍不住陷入其中。

"战阵之法,以力驭之,至下之道。"

"以心驭之,至上之道。"

"……"

牧尘沉浸在那一句句玄奥之语中,许久之后,才缓缓睁开双目,他的眼中有若有所思之色,这一卷残破的竹简并没有什么战阵的修炼之法,但其中却有一些东西令他有所感悟。

比如,对战意的掌握。

他之前在掌控九幽卫凝炼的战意时,完全是凭借着自身的实力以及意志力来强行催动,但这种行为,似乎正是竹简内所说的至下之道。

以力驭之,至下之道。

以心驭之,至上之道。

可如何以心来驾驭这种磅礴战意?

牧尘陷入了沉思,许久都未曾有什么头绪,于是他低头望着下方的九幽卫,手掌轻轻一挥,顿时所有九幽卫低喝出声,便有磅礴的战意冲天而起。

牧尘则盘坐在那磅礴战意之中,闭目感应。

在那不远处的一座山峰上,九幽、唐冰、唐柔等人皆望着深山的方向,美目中有一抹担忧之色。

"九幽姐姐,牧尘他真的能够成功吗?"唐柔低声问道。

九幽轻咬了咬红唇,因为她对此也没有多少把握,毕竟战阵师太过稀少,而又没有专门的人来指导牧尘，他想要入门，难度可想而知。

"这次的赌斗，以血鹰王的性格，一定会不择手段，如果牧尘没有成功的话，我们的胜算恐怕不会太高。"唐冰担心道。

九幽螓首轻点，旋即她美目望向那一旁坐在悬崖边上，轻轻晃悠着雪白小腿的曼荼罗，不过还不待她说话，小女孩便懒洋洋道："别找我，这种事情我本不应该插手的，这次如果不是我有所求的话，我也不会帮你们。"

"所以他最终能不能有所领悟，还是得看他自己的能耐，我能做的，只有这些，不然，倒是有些不符我的身份了。"

"什么身份？"九幽疑惑道。

曼荼罗却不再回答，那一对金色的大眼睛，只是平淡地望着遥远处的那一道修长的身影，这个人，究竟能不能从那残破的"战阵之心"中获得感悟，她的心中，也略微有些好奇。

澎湃的战意弥漫在天地间，而牧尘则是紧闭着双目，沉浸在那战意海洋之内，随之沉沉浮浮，只是，每当他试图融入那澎湃战意中时，却会颇为艰难。

他能够操控这些战意，但却很难融入它们，与它们真正融为一体，而无法这样的话，那所谓的以心驭之，也仅仅只是空谈而已。

不过牧尘倒并没有因为这一次次的失败而沮丧，因为他明白，战意是一种略显飘渺的存在，它的诞生取决于人的意志，而它的强大，则取决于意志与灵力的融合。

正是因为每一道战意内，都拥有不同的意志，所以想要完美地融入它们，自然不是一件容易的事情。

牧尘沉下心来，脑海中不断闪过那残破竹简之中的一些玄奥之语，而后仔细感悟，试图从中能够窥得端倪。

战意乃是由意志与灵力的融合，而想要掌握那一道战意，就必须令得那一道战意之内的意志听从指挥，而这也是战阵师最基本的要求，只是，军团之中，强者成千上万，他们都是经历了血与火的磨练，意志坚韧，而想要将那种战意力量彻底催动出来，那么就必须双方都达到一种毫无保留的信任与融合。

而以力强行操控，则是下乘之道。

牧尘微闭的眼睛睁开，眼中划过沉吟之色，半晌后，他突然缓缓张开双手，笼罩在他身体表面的灵力悄然收回体内。

与此同时，他的意志也开始放松，甚至放弃了本能的抗拒，任由那澎湃浩瀚的战意，疯狂对着他暴涌而来。

寻常人在掌控战意的时候，或多或少，都会心有戒备，毕竟战意狂暴而澎湃，一旦超过了掌控的界限，就很有可能反噬神智，所以，牧尘的这种行为，在很多人看来，无疑是胆大包天。

轰！

澎湃的战意犹如洪水般冲进牧尘的体内，但他却没有阻挡，反而任由战意激荡，而伴随着时间的推移，牧尘的神智，也不出意外地开始受到那澎湃战意的侵蚀，不过所幸他始终死守着一丝清明，任由神智保持在那模糊与清明的一线之间……

这种状态，不知道持续了多久，牧尘的意志，仿佛开始有些涣散，不过这却并非一种一败涂地的溃散，而是以一种有序的分散，一点一点与那些澎湃战意之中隐藏的诸多意志，悄然接触。

吼！吼！

仿佛有无数道充满嗜战的咆哮声，在牧尘的心中响彻而起，而他的意志，则开始与那些隐藏在诸多战意内的意志，一点点试探接洽。

虽说如今的牧尘已是能够获得九幽卫的认同，但这种认同，仅仅只能够让他掌控表面上的战意，而现在的他，必须深层次的融入那种战意，将其真正的力量引发出来。

而只有这样，才能够算做真正的战阵师！

于是时间开始流逝，短短三天，几乎悄然而过。

在这三天的时间中，九幽卫与血鹰卫之间的赌斗，已经在有心人的推动下，彻底在大罗天域内发酵，所有人都知晓了这场赌斗。

当然，他们也知晓了九幽卫一旦输掉，那么九幽宫就会臣服血鹰殿，这种结果，无疑是有震撼性的，因为在大罗天域这么多年中，可还从未有过一方王级势力，向另外一方王级势力臣服的事情出现。

所以这几乎是将九幽宫推向了绝路，他们一旦输掉，那就会名声彻底一落千丈，那时候，不论天鹭皇再怎么支持，他们都保不住九王的位置。

一些人为此暗暗摇头，这九幽王毕竟还是太年轻了，与血鹰王这等老奸巨猾的家伙比起来，还是欠缺了一些火候。

不过不管大罗天域中因为这场赌斗已经沸腾成了什么样子，九幽宫依旧保持安静，没有任何惊慌传出，这倒是令不少人有些惊异，莫非九幽宫真的对此一点都不慌乱吗？

他们对九幽卫的信心，就这么强吗？

而就是在这种漫天的猜疑中，三日时间，终是悄然来到……

当那第三日的晨辉撕裂云层，照耀向大地时，大罗天域内几乎所有的目光，都投向了依旧安静的九幽宫。

在大罗天域居中之地，一座幽黑大殿之前，修罗王面无表情地望着九幽宫的方向，在其身后，四大统领之首的徐青也垂手而立。

"大人，九幽宫还是没动静吗？"徐青等了一会，终于忍不住问道。

修罗王淡淡道："九幽王虽然年轻，但却并非鲁莽之辈，她会答应血鹰殿的赌斗，必然也有底牌，这些天九幽宫闭门不出，十有八九是在准备什么。"

"据说这次的赌斗，是那新统领牧尘应下来的……"徐青皱了皱眉头，"倒是有些不知天高地厚了，九幽怎么能任由他胡来。"

他的语气中，有一些异样的波动，因为他发现九幽对于牧尘，似乎并非简单的上下级关系，不然的话，九幽怎么可能容忍他做这些事情。

修罗王看了他一眼，面无表情的脸上倒是出现了一抹笑容："怎么？嫉妒了？"

徐青俊朗的面庞一红，讪讪地笑了笑。

"不要小看那个年轻人。"修罗王摇了摇头，他双目微眯地盯着九幽宫的方向，道："我有种预感，血鹰殿会后悔招惹到他。"

徐青一惊，旋即也沉默下来，这些年来，他还是第一次听见修罗王竟然如此评价一个看起来比他还要小点的年轻人。

血鹰殿。

血鹰王坐于王座之上，那一张阴沉的脸上，此时满是欢畅的笑容，他手握两枚铁球，缓缓转动着，那望向九幽宫方向的目光，充满讥讽。

不管今天的九幽宫有没有动静，最终的结果，都只是一样，而待得他将九幽宫打压下去，看以后大罗天域内，还有谁敢得罪他们血鹰殿。

而且，到时候待到九幽宫失势，他可是很想见到九幽那个骄傲的女人，那一张充满野性的漂亮容颜上，究竟会是一种何等动人的神情。

一想到此处，血鹰王眼中就有一抹炽热涌起来。

在修罗王与血鹰王注视着九幽宫时，大罗天域各处，其余诸王势力，也都将视线投向九幽宫，如果今天九幽宫依旧还是闭门不出的话，那这次的赌斗，倒真是会闹笑话了，而那一点，恐怕也正是血鹰殿所想要看见的。

九幽宫，深山之中。

九幽静立山巅之上，她今日身着墨绿衣衫，修身的长裤，将那修长性感的玉腿包裹得笔直圆润，青丝拂动，那冷艳的俏脸上，一片平静。

只是其身后的唐冰、唐柔两姐妹，俏脸上却满是焦急，因为在那远处的半空中，牧尘已经三天没有任何动静了。

可现在，赌斗马上就要开始了！

如果他们九幽宫再没有动静，恐怕以后就真没颜面在大罗天域立足了，别人都会说他们九幽宫畏战，这对于他们的名声，是致命的打击。

"九幽姐姐。"唐冰忍不住出声，"要不强行将牧尘唤醒吧？就算我们最后失败了，也总比畏战来得好。"

九幽闻言，只是轻轻摇头，红唇微启："等。"

唐冰苦笑一声，也只能点头。

在那一旁的悬崖边，曼荼罗依旧是漫不经心的模样，等了半晌，她终于慵懒地伸了一个懒腰，那一对金色大眼睛投向那一片战意缭绕的区域，眼中掠过一抹不可察觉的失望。

终归还是不行吗。

曼荼罗坐起身来，拍拍小手，刚欲离开，其神色突然一顿，缓缓偏过头，望着那山林深处，那里，原本静静盘坐的九幽卫，突然在此时猛的睁开了双目。

轰！

伴随着他们睁开双目时，那缭绕在他们上空的澎湃战意，竟是犹如洪水般呼啸而起，一道道战意龙卷风嘶啸，那一幕，很是壮观。

九幽她们也惊愕地望了过去，然后她们便见到，在那澎湃战意之中，那一道静坐了三天时间的修长身影，终于在此时缓缓站起。

依旧还是那一道身影，只是不知为何，此时从他身上，仿佛有一种令人凛然的战意弥漫了出来。

"似乎是成功了。"曼荼罗金色大眼睛中划过一抹诧异，笑了笑道。

唐冰与唐柔闻言，俏脸上顿时有难以遏制的惊喜涌出来，九幽那一直紧握的玉手，也在此时缓缓松开，如释重负地松了一口气。

远处的天空，牧尘身形一动，直接出现在了九幽她们面前，旋即他那俊逸的脸上有一抹笑容浮现出来，笑容之中，充满了一往无前的昂扬战意。

"走吧，现在，该我们去拿属于我们的战利品了！"

第 12 章

战意比拼

大罗天。

平日里原本喧哗的大罗天，在今日却是出奇的平静，但所有人都知道，此时无数道目光都聚焦在九幽宫所在的方向。

所有人都在等九幽宫接下来的反应。

时间一点点流逝，不少人的眉头却一点点皱了起来，莫非九幽宫真是打算采取那最下乘的策略，避而不战吗？

可此时再躲避又能有什么作用？血鹰王就是要让九幽宫名声扫地，面对这种局，九幽宫避而不战，几乎比惨败在血鹰卫手中，还要来得严重。

难道，九幽王真是会采取这么愚蠢的办法吗？

轰！

而就在大罗天域内无数强者心中疑惑时，突然间，那九幽宫所在的方向，竟有一股滔天战意冲天而起，所有的目光，瞬间转移而去。

只见得九幽宫的上空，黑云升腾而起，悬浮在天空上，那是九幽卫，而此时，在九幽卫的最前方，一道修长的身影笔直而立，犹如刺破天际的长枪，散发出一股锋锐之气。

"血鹰卫，我九幽卫在军斗场上静候大驾！"少年清朗的笑声，在那雄浑的灵力包裹下响彻了大罗天的每一个角落。

唰！

伴随着牧尘的声音落下，九幽卫直接化为一片黑云，掠过天际，对着大罗天中的军斗场所在的方向疾掠而去。

哗！

整个大罗天都在此时哗然起来，九幽宫终于出招了，而且看这模样，还是要正面接下血鹰殿的攻势，这下子，可就是热闹了！

唰！唰！

因此，一道道破风声陡然响彻天际，只见无数道身影从大罗天四面八方冲天而起，最后铺天盖地地对着军斗场所在的方向疾掠而去。

咔嚓！

血鹰殿内，原本一脸欢畅笑容的血鹰王在听到牧尘的笑声时，手中的铁球顿时被他捏成粉碎，他猩红的眼瞳中凶光掠过，嘴角也掀起一抹残忍的弧度。

"吴天！"

"在！"在那大殿内，吴天立即应声道。

"率血鹰卫去吧，我不希望今日后，还见到这个小子出现在大罗天。"血鹰王眼目微垂，淡漠道。

"是！"吴天眼中也有凶残光芒涌现，他咧嘴一笑，身形一动，直接掠出大殿，旋即其手掌一挥，只见得血鹰殿之中，铺天盖地的血光冲天而起。

顿时间杀气弥漫。

……

军斗场，坐落在大罗天西北之处，与其他训练场不同，这军斗场是大罗天中最为辽阔之地，因为一般来到这里进行比斗切磋的，并非是独自一人，而是一支军队。

大罗天中的诸多军队，在这里也进行了不少的比试切磋，所以这片区域，倒是被布置得犹如战场，充斥着杀伐之气。

而今日的军斗场，无疑显得尤为热闹，而这热闹的源头，自然便是九幽卫与血鹰卫之间的交锋。

咻!

天空上，破空声铺天盖地的响彻而起，一片黑云直接降落下来，最后犹如一柄柄铁枪一般，笔直落下，狠狠插在大地之上，大地震动，而他们的身形，却是纹丝不动。

牧尘的身形，也轻飘飘地落在九幽卫的最前方，他望着九幽卫那充满战意的眼神，略感满意地点点头。

九幽卫的数量或许显得不足，可他们的气势却是丝毫不弱，这支军队，的确有潜力，如果他们全部都能够晋入至尊境的话，恐怕就算是五品至尊都能够直接斩杀。

咻! 咻!

在九幽卫落到这片战场时，远处的天空也不断有光影疾掠而来，最后悬浮天空，远远望着这里，看来这次的赌斗，早已经惊动了大罗天域的所有人。

而且，在那些人中，能够见到，大罗天域内的其他诸王，竟然都现身此处，由此可见这次双方赌斗究竟造成了多大的动静。

九幽、唐冰、唐柔她们也迅速赶来，她们凌空而立，身后还跟着不少九幽宫的人马，这一次，显然九幽宫是倾巢而出了。

漫天的视线都汇聚在她们身上，然后他们神色突然一动，转头看向了另外的方向，只见得那里的天空，呈现一片血红。

唰!

那种血红以一种惊人的速度蔓延而来，最后犹如血红暴雨一般，铺天盖地的落向这片战场，最后只听得咚咚的声响，大地震动，一片片血红之色弥漫了出来。

所有人的眼皮都跳了跳，血鹰卫总算是出现了。

天空上，血鹰王的身形也是闪现而出，他凌空而立，面色阴沉地看了一眼九幽卫，眼中掠过一抹森然笑容，旋即冲九幽笑道："九幽，这次的赌斗你们若是输了，我血鹰殿倒是要多一个王级的附属势力了啊。"

九幽美目冰冷地看了他一眼，淡淡道："那你也得有那个命来享受，所以还是先把那一百座城市以及至天丹准备好吧。"

"呵呵，只要你们有那能耐，我血鹰殿甘愿奉上。"血鹰王笑眯眯道，旋即他大手一挥，"废话就不要多说了，直接开始吧。"

伴随着他声音的落下，只见得那血雾弥漫处，狂风大作，血光徐徐消散而去，那一道道身披血甲，浑身缭绕着浓浓血腥味道的人影，便陆陆续续地出现在了这天地间所有的目光注视中。

而出现的血鹰卫，都是清一色的血甲，血甲之上，一道正将猎物撕裂的血影之纹，煞气透体而出。

而在那血鹰卫的最前方，吴天也身披血甲，手持血枪，他面色泛着森冷的笑容，那注视着牧尘以及九幽卫的目光，犹如看待即将被捕获的老鼠一般。

"牧尘，念在大家同为大罗天域之人，你若是直接认输，我还可手下留情，免得到时候你九幽卫损失惨重，会阻扰我大罗天域接下来的征伐之战，如何？"吴天笑眯眯地望着牧尘，道。

牧尘闻言一笑，道："我想说的话倒是被你给说了。"

"冥顽不灵啊。"吴天淡淡一笑，"看来你是不见棺材不掉泪了，既然如此，也就别怪我血鹰殿不讲情面了。"

牧尘看了一眼那些血鹰卫的数量，刚欲说话，神色突然一凝，因为他见到了吴天嘴角勾起的一抹诡异笑容。

"不对劲！"九幽仿佛也在此时察觉到什么，俏脸微变地望着战场中，此时她才发现，血鹰卫之后的那一片血云，竟然还没有消散而去。

咚！

大地微微颤抖着，整齐的步伐声响起，所有人的面色都在此时有点变化地望着那片浓郁的血云，只见得在那里，竟又出现了一道道人影。

这些人影缓缓踏出了血云，出现在了血鹰卫后方，赫然又是大批大批的血鹰卫！

这般数量，又足足增加了一倍！

哗！

天地间顿时惊哗声响彻而起，这一下，甚至连徐青和周岳的面色都忍不住一变，血鹰殿竟然把所有血鹰卫都给派了出来！

可这种数量的血鹰卫，凭借吴天此时的实力，真的能够掌控吗？难道这家伙就不怕被战意反噬？

天地间响起众多的窃窃私语声，显然血鹰殿这一手，谁都未曾料到。

"看来你们血鹰殿这次真是把所有血本都拿出来了。"牧尘眉头微皱地望着这一幕，缓缓道。

"呵呵，现在你就算是后悔也晚了。"吴天笑眯眯地望着牧尘，眼神戏谑。

"凭你的实力，也不怕战意反噬？"牧尘道。

吴天微笑，旋即他双指之间光芒一闪，一颗闪烁着灵光的丹药便闪现出来，然后被他轻轻塞进嘴中，嘴角的笑容，在此时变得愈发狰狞。

"现在就可以了。"

"那是……空灵丹？！卑鄙！"唐冰她们见到这一幕，俏脸顿时大变，咬着银牙道。看来她也知道这空灵丹究竟有什么作用。

九幽俏脸也是愈发冰冷，这血鹰殿为了获胜，还真是不择手段了。

"呵呵，九幽，我们的规定中，可并没有限制这一条。"血鹰王见九幽冰寒的俏脸，微笑道。

九幽冷冷地看了血鹰王一眼，玉手紧握。

天地间的其他人见到这一幕，也皱了皱眉头，显然对血鹰殿的这种手段有些不感冒，毕竟血鹰殿的实力已经远胜九幽宫，现在还要采取这种手段来获胜……

不过不感冒归不感冒，他们也没办法说什么，毕竟血鹰王他们的赌斗中，也的确并没有制约这一条，眼下，这九幽宫的处境，倒是越来越不妙了。

九幽没有理会那些同情的目光，美目只是望向牧尘，似是察觉到她的视线，后者也偏过头，旋即冲着她微笑着轻轻点头。

见到牧尘的回应，九幽也是螓首轻点，那紧绷的心，悄然放松了一些。

所幸，他们也不是完全没有准备。

"出手吧，希望你们这种手段，能够有一点作用。"牧尘冲吴天伸出手掌，轻轻一弯，笑道。

"都这个时候了，你还在嘴硬……"

吴天一叹，旋即他笑容狰狞道："不过相信我，你马上就嘴硬不起来了！"

话音一落，他手中血枪，猛的一跺。

轰！

在其身后，所有血鹰卫手中血枪都猛的跺下，顿时这片大地颤抖，血红的战意，犹如血海弥漫一般，席卷了这片天地。

无数人神色凝重起来。

滔天般的血红战意，席卷开来，原本明亮的天地间，都逐渐变得暗沉、压抑，隐隐间，仿佛是浓浓的血腥味弥漫而开。

所有的视线，都凝重地望着那散发着可怕战意的血鹰卫，此时的后者，就犹如一头从尸山血海中爬出来的嗜血凶兽，将要把出现在他们面前的一切敌人撕碎。

在大罗天域诸多军队之中，血鹰卫或许并不是最强的，但他们所具备的杀性，却是数一数二，那种杀性是真正用无数鲜血堆积出来的。

在以往诸多的战争之中，不知道有多少宗派势力，在血鹰卫的血枪之下，支离破碎……

而如今，这血鹰卫沾染着鲜血的血枪，再度抬起，只不过那枪尖，却指向了九幽卫，只是不知道，面对着这种强大的对手，九幽卫能否保全自身？

一道道目光转向九幽卫的方向，只见那一道道身披黑甲的人影，依旧笔直，那一双双眼睛中，并没有任何畏惧，有的，只是澎湃的战意。

在那漫天目光的注视下，牧尘与吴天的视线交汇在一起，彼此眼中皆是寒芒涌动。

磅礴的灵力，自两人体内缓缓涌出，旋即两人的身体都逐渐升起，最后遥遥相望的自天空中盘坐下来。

"血鹰战意！"吴天没有任何要与牧尘客套的意思，他冲后者一声冷笑，便大手一挥，厉喝之声陡然响彻天空。

轰！

本就弥漫的血红战意，更在此时席卷而开，仿佛是一片血红的海洋，悬浮在血鹰卫的上空，浮沉之间，散发着嗜血之气。

"我倒是要来看看,你这才上任短短两三月的统领,究竟能将战意运用到什么地步!"吴天讥讽一笑,旋即他手指凌空点出。

"血影战意,血枪魔阵!"

嗡嗡!

伴随着吴天低喝落下,只见无数道血光自那血海战意之中升腾而起,最后在吴天的上空,化为了铺天盖地的血红巨枪。

这些巨枪,皆由战意所凝,锋利无匹,这般程度的攻击,就算是三品至尊级别的强者,都不敢心怀小觑,毕竟不管如何,这般攻击,都并非吴天一人单独催动,而是由整整五千数量的血鹰卫在支撑着!

不过虽说这血枪魔阵以阵为名,但显然只是噱头而已,不然若这吴天真能以战意化战阵,那牧尘也就直接认输还干脆一些。

咻!咻!

无数道血枪凝炼而成,吴天袖袍陡然一抖,只见破空之声刺耳地响彻而起,那血枪犹如血红暴雨一般,直接对着九幽卫铺天盖地的暴射而去,那种笼罩范围,根本就避无可避。

"九幽战意!"

牧尘凌厉的双目望着那铺天盖地而来的血雨攻势,袖袍一挥,只见得所有九幽卫手中重戟都是狠狠跺地,紧接着澎湃的幽黑战意,便冲天而起,犹如墨水一般,将这天空渲染得犹如夜色来临。

牧尘双手闪电般的结印,旋即猛的重重拍下。

轰!

磅礴的幽黑战意犹如海浪一般席卷而出,化为数千丈庞大的战意光幕,仿佛一面巨大无比的幽黑盾牌,坚固无比。

嗤嗤!

血枪铺天盖地的射来,最后尽数落在那战意光幕之上,顿时烟雾升腾而起,那一幕犹如落入海水之中的岩浆,嗤嗤声中,很快化为冰凉的石头坠落下去。

"呵呵,凭你这区区千人的九幽卫,也想要和我血鹰卫比拼谁的战意更雄厚?!"吴天见到这一幕,嘴角却有戏谑笑容掀起来,旋即他手指再度凌空一点。

嗡！嗡！

只见在其后方，又有无数血红长枪凝聚而出，源源不断地暴射而出，看这架势，他竟要凭借着战意的雄厚，活活将牧尘以及九幽卫给耗死。

周围天地间众人见到这一幕，眉头也微微皱了皱，血鹰卫因为人数的优势，凝炼而出的战意远比九幽卫更强，虽说现在的吴天尚还未使用出全力，但长久下去，牧尘以及九幽卫必定会因为消耗巨大而难以再度防御。

"九幽卫与血鹰卫的数量，毕竟相差了太多。"一些人暗暗摇头，看这模样，恐怕九幽卫坚持不了太久的时间，这场赌斗，从一开始就没有太大的悬念。

而对于那漫天的同情目光，牧尘倒没时间理会，他望着那一波紧接着一波而来的暴雨攻势，年轻的面庞上，倒依旧是一片平静，袖袍挥动间，也不断有战意席卷而出，加固着防御。

双方的攻势与守势，便这样僵持下来了，不过，伴随着时间的推移，那些原本看向九幽卫的一些同情目光却渐渐变成了惊愕。

因为他们发现，即便面对着如此狂暴的攻势，九幽卫的防御，竟然依旧没有丝毫要松动的迹象，甚至，连一丝颓势都未曾出现。

"怎么会这样？"一些大罗天域中的强者惊愕失声。

修罗王和裂山王等人目光也是微微一闪，旋即目光若有所思地望向了那盘坐在九幽卫上空的那道年轻身影，喃喃自语："这下倒是有点意思了"

在那无数道惊讶的目光中，牧尘也缓缓抬起头，他冲着那面色变得阴冷起来的吴天笑道："别玩了。"

吴天听到他这话，嘴角忍不住抽搐了一下，森然笑道："怪不得你敢接下这场赌斗，原来是有一些倚仗，这倒是我大意了。"

"拿出真本事吧，如果你只能发挥出这些力量，倒是有些浪费血鹰卫了。"牧尘道。

"你这说辞倒还真是让人火大，先前的攻击只不过是试探而已……"吴天淡淡道，只是那眼中，却有了浓郁的杀意与怒火在涌动。

"不过你既然真这么想见识一下我血鹰卫的厉害，那我倒是不介意成全你！"

当吴天的声音在渐渐落下时，他的一对眼瞳，仿佛也开始逐渐变得猩红，旋即他双手缓缓抬起，下方那血鹰卫中，顿时响起了嗜血的咆哮。

吼！

吴天双手缓慢结印，而伴随着他印法的变幻，那滔天般的血红战意，竟是发出了狂暴的嘶吼之声，那一波波涌动的战意，比起之前，变得更为强横。

显然，吴天也终于明白，眼前这支九幽卫并没有他想象的那么容易对付，他也必须真正出手才行了！

"血鹰战印，镇压八荒！"

吴天印法陡然凝滞，他眼中猩红之色暴涨，双手陡然一抬，顿时其身后血红战意席卷而出，竟直接在天空上化为了一道庞大得犹如山岳般的血红光印，那光印之上，犹如有狰狞的血鹰在展翅飞翔，锐利的鹰目，俯视着大地。

伴随着那一道血红光印的出现，这天地间的灵力都沸腾起来，一股无法形容的压迫感笼罩而开，在这种压迫下，就算是一些实力达到了三品至尊的强者，面色都忍不住一变。

一些对血鹰卫有所了解的强者，神色也变得凝重起来，在以往的那些征伐之中，不知道有多少强者，被这血鹰战意，镇压成了肉酱。

这吴天，终于开始使用真正的手段了。

牧尘抬头，巨大的血红之印倒映进眼瞳之中，这令得他眼神也凝重了一些，这吴天虽然讨厌，但不得不说，这家伙的确不是寻常人物，血鹰卫在他的手中，也展现出了不俗的力量。

如果没有他的话，恐怕光是这一道攻势镇压下来，九幽卫就会死伤惨重，不过，这个世界上，可并没有什么如果。

"我看你现在还能不能再嘴硬？！"吴天俯视着牧尘，他咧嘴狰狞一笑，手掌猛然拍下，只见得那一座犹如山岳般的血红光印，直接洞穿了虚空，一闪就出现在了九幽卫的上空，然后疯狂地镇压下来。

轰隆！

这片战场，直接被在此时崩塌下来，一道道巨大的裂缝，飞快地蔓延出去。

轰隆隆。

大地不断的塌陷，牧尘浑身衣袍也被压迫得紧贴着身体，他低头望了一眼下方那些依旧身如磐石的九幽卫，淡淡一笑。

"九幽卫，多年的忍耐，就在今天，随我展翼吧，我们九幽卫之名，也将响彻大罗天域！"

牧尘呢喃的声音，在此时悄然响彻在每一个九幽卫战士的心中，而他们的眼神，也在此时陡然变得灼热与锐利。

这些年的忍耐，终是能够爆发了吗？

轰！

无数人突然惊愕地见到，在那九幽卫之中，突然有一道道巨大的幽黑光柱冲天而起，那之中所蕴含的战意，澎湃到了惊人的程度。

不少强者面色微变，眼神惊异，这九幽卫爆发出来的战意，怎么会如此之强？

牧尘仰头，他双手缓缓摊开，将他的意志分散在那澎湃的战意之中，然后单手悄然结印。

嗡！

无数道战意光柱交汇之处，突然空间被缓缓撕裂，只见得一只千丈庞大的幽黑光翼，一点点凝炼而出，天地间的狂风，在此时狂暴到了极点。

"九幽翼，斩苍穹！"

牧尘的眼中，此时有极端锐利的神采凝聚而起，旋即他双指并曲，猛的对着面前虚空，重重划下。

唳！

这一刹，仿佛有清鸣之声响彻而起，那一道幽黑光翼，犹如一柄倚天之剑，重重划下，然后带着幽黑的光弧，与那镇压而下的血红战印，轻轻碰撞在了一起。

碰撞的刹那，漫天的呼吸声，仿佛都悄然凝滞。

唰！

幽黑色的巨大光羽掠过天际，最后在那无数道目光的注视下，直接与那重重镇压而下的血鹰战印，悍然相撞。

不过，撞击的瞬间，却并没有预料中的惊天之声响彻，两股磅礴战意接触，唯有空间不断波荡着，两股力量，都在疯狂地侵蚀着对方，试图将对方压制碾压。

所有的视线，都凝聚在天空上。

而在这种对峙僵持中，那吴天的面色却变得阴沉下来，因为这种僵持，并不是他要看见的，他们血鹰卫数量几乎是九幽卫的五倍，这原本应该是碾压性的才对！

"我看你能坚持多久！"

吴天面色阴寒道，旋即他印法再度变幻，只见得身后血红战意席卷而出，直接源源不断地对着那血鹰战印涌去。

他们战意要远比对方更为雄浑，只要这样僵持下去的话，牧尘他们必败无疑！

那血鹰战印上突然暴涨的力量，也令得牧尘眼神微微一凝，旋即他深吸一口气，单手作刀，猛然斩下！

唰！

面前的虚空，竟直接被他手刀生生撕裂而开。

嗤啦！

刺耳的声音，却从高空响起，旋即无数人的瞳孔陡然一缩，因为那一道血鹰战印，竟在此时被那幽黑色的光羽生生撕裂出了一道巨大的裂缝。

"怎么可能？！"无数人心头骇然，谁都没料到，这凝聚了血鹰卫磅礴战意的战印，竟然会被撕裂！

那吴天的面色同样在此时呆滞了一瞬，不过就在他呆滞的瞬间，牧尘却并没有给他多余的机会，后者平静地挥掌而下。

在他掌刀挥下时，一些实力超绝的强者，则是隐隐地感觉到，似乎在这一刹那，那弥漫的九幽战意，仿佛陡然间变得极端沸腾与活跃。

一抹幽光掠过天际，幽黑光羽横扫而下，那血鹰战印之上的裂缝瞬间扩大到极限，最后直接被生生一分为二！

轰隆。

血鹰战印在天空上爆炸开来，最后化为漫天光点，徐徐消散。

光点消散处，吴天以及那些血鹰卫的面色，都有些呆滞。

哗！

战场之外的天空，却在此时爆发出了惊天哗然声，无数强者面面相觑，他们都没想到牧尘究竟是怎么办到这一点的。

毕竟，要论战意的雄浑，显然是血鹰卫的战意要更为强大！

"怎么回事？"那徐青也惊讶地望着这一幕，忍不住对面前的修罗王询问道，按照正常情况来说，现在溃败的，应该是九幽卫才对啊！

修罗王也微皱着眉头，旋即他双目虚眯，轻声道："这个牧尘，果然不简单啊，难道你没看出来点什么吗？"

徐青犹豫了一下，道："好像九幽卫的战意在他手里显得更厉害一些。"

"换作是你来掌控九幽卫，能做到这一点吗？"修罗王缓缓道。

徐青沉默，旋即摇摇头，换作他来掌控九幽卫，今日绝对无法战胜由吴天掌控的血鹰卫。

"那就对了，这说明牧尘对于战意的理解与掌控，都超过了你们。"修罗王道。

"怎么可能？"徐青震惊道，这牧尘才来大罗天域多长时间，他以前应该没有接触过战意的吧？而他们却是浸淫在其中数年了。

"所以我才说他不简单。"修罗王淡淡道。

徐青无言："那这一次的赌斗，他不是赢定了？"

"也没那么容易，这个牧尘虽然对战意的理解与掌控要超过你们，但血鹰卫也不是省油的灯，而吴天也不是寻常角色，真要彻底不要命地斗起来，怕牧尘也会很麻烦，毕竟九幽卫先天不足。"修罗王缓缓道。

徐青轻轻点头，再度抬头望着天空那道修长的身影，眼神略显复杂。

天空的另外一处，血鹰王的面色在先前僵持的时候就已经有些难看了，待得如今血鹰战印被破后，更是一片铁青。

"哼！"

血鹰王重重一哼，哼声如雷，响彻在了那吴天耳边，也将他从那呆滞的状态中惊醒了过来，当即面色一片苍白。

"看来靠数量，不一定就能取胜。"牧尘望着面色苍白的吴天，微微一笑，痛打落水狗的事，他自然不会放弃。

吴天面色有些扭曲，他眼神怨毒地盯着牧尘，森森道："牧尘，你高兴得未免也太早了一些！"

"你真当我血鹰卫是泥捏的不成！"

吴天厉喝，旋即他面色狰狞地猛的一跺手中血枪，顿时铺天盖地的血红战意犹如洪水一般，疯狂对着牧尘席卷而去。

现在的他，在经历了一次失败后，显然已经失去了刚开始的那种从容。

牧尘望着那大举的战意攻势，却是不慌不乱，袖袍挥动间，九幽战意也席卷而出，直接是与那涌来的血鹰战意一波波冲撞在一起。

咚！咚！

两股战意一波波冲撞，顿时惊雷声在天空响彻，狂暴的飓风肆虐开来，顿时天地间飞沙走石，声势骇人。

这种攻势，显然是吴天在主导，可若是仔细观察就会发现，不论他如何狂轰猛炸，却始终无法撕破九幽战意的防线，所以根本就无法伤到牧尘以及任何一个九幽卫的战士。

在战意的掌控上，他显然不及牧尘！

而伴随着攻势的加剧，吴天也开始察觉到这种情况，虽然他很不愿意承认，但残酷的现实还是让他明白，继续这样漫无目的地胡乱攻击，只能是无谓的拖延时间，而时间拖得越久，对他们而言就越不利，因为从表面上来看，他们本就应该取得摧枯拉朽般的胜利。

"这个混蛋！"

吴天眼中猩红在涌动，凶光也在不断地闪烁着，最后他猛的一咬牙，不管付出什么样的代价，这场赌斗他们都必须赢，不然的话，血鹰王必定会雷霆大怒。

"这可是你逼我的！"

吴天森然自语，旋即他袖袍一挥，那漫天攻势陡然收敛，他阴毒地看了牧尘一眼，旋即低头看向血鹰卫，阴森森道："血祭战意！"

听到他的喝声，那些血鹰卫顿了顿，显然是有一些犹豫，但最终还是猛的一咬舌尖，无数道血箭，直接从他们嘴中喷出。

咻！咻！

这些血箭直接冲进磅礴战意之内，顿时本就显得猩红的战意更是鲜艳，远远看去，犹如血河在流淌，而那些血鹰卫的面色，则变得苍白了许多。

轰！

黏稠的血海战意在吴天身后翻滚，那种滔天般的血腥之气，令得天地都变得暗沉下来，犹如末日来临。

"血魔碎神枪！"

吴天满脸狰狞，他双手结印，旋即手掌猛然一抬，顿时间血海冲天而起，竟直接在天空之上疯狂凝聚而起，最后血雨坠落下来，一柄约莫千丈庞大的血魔神枪，便自那血雨中缓缓出现，而随着这柄血枪的出现，这天地间仿佛都刮起了令人战栗的阴冷狂风。

战场之外，不少强者面色都忍不住变了，这吴天还真是疯了，竟然将这血鹰卫的最强杀招都祭了出来，这种攻击，可是连三品至尊都能够秒杀的！

唐冰她们俏脸也微微有点泛白，显然没想到吴天会如此的不择手段。

"你们血鹰殿，倒还真是狠辣。"九幽美目冰冷地看向血鹰王，道。

"我血鹰殿与人交锋，从不留情。"血鹰王冷笑道。

九幽美目中寒意掠过，但此时她也没有多说其他废话，只是将视线转向了那站在九幽卫上空的修长身影之上。

她已是打定主意，待会若是情况不对的话，就算是破坏规矩，她也会强行出手。

"牧尘，这一次，你再挡给我看看？！"吴天狰狞大笑，血雨降落下来，令得他的面庞在此时显得格外的扭曲与可怖。

牧尘微眯着双目望着那悬浮在天际，令人感到寒意的血魔神枪，却并没有搭理此时情绪激动的吴天，而是双目缓缓闭拢。

"只要你们不曾畏惧，我便带领你们战胜任何敌人。"

一道低低的声音，犹如梦呓一般，突然在所有九幽卫心中响起。

"不畏！"

"不惧！"

低沉的声音，猛的自每一个九幽卫战士心中响起，旋即他们手中的重戟，突然重重插入地面，然后哗啦啦的整齐单膝跪地，双手紧握重戟。

他们的头颅，都对着天空中那一道身影，缓缓低下。

轰！轰！

这一刹，一道道澎湃战意，犹如墨水所化的光柱一般，直冲天际，最后这些战意犹如龙卷风暴一般，缠绕在牧尘的周身，疯狂的呜啸，其中犹如是夹杂着无数嗜战的咆哮。

牧尘双手缓缓摊开，他任由那战意风暴肆虐咆哮，他的意志，也在此时尽数融入了那狂暴的战意中……

于是，那战意风暴，开始以一种惊人的速度膨胀起来。

所有人的面色都开始变了，那吴天面庞上的狰狞，也逐渐凝固。

因为他们都感觉到，牧尘周身的战意，竟然开始成倍暴涨，短短数息的时间，竟然已经赶超了血鹰卫凝聚而成的战意！

"怎么可能……"

无数人震撼失声，他们望着那在战意风暴之中摊开双手的身影，一时间，竟是呐呐无言，这个年轻人，对于战意的掌控，竟是达到了这种程度吗？！

第 13 章
征伐之战

哗啦。

巨大的战意龙卷风暴，在牧尘周身疯狂旋转着，那澎湃磅礴的战意弥漫在天地间，令得无数人神色郑重，因为谁都能够感觉到，此时九幽卫爆发出来的战意，数量已经远胜于血鹰卫！

"怎么可能！"

有人忍不住失声惊呼，九幽卫才刚刚千人而已，而血鹰卫却已达到五千之数，这在数量上完全就是能碾压对方的，而且，血鹰卫战士的强横程度，可并不比九幽卫战士弱。

他们实在是无法明白，九幽卫这种强横战意是从何而来。

倒是修罗王，裂山王这些眼力毒辣的诸王眉头在此时微微皱起，盯着风暴之中的那一道人影的眼神，显得略有些凝重。

"看来我还是有些小看他了。"修罗王对徐青缓缓道，"以他对战意的理解与掌控，我觉得他恐怕有成为战阵师的天赋。"

"战阵师？"徐青眼角忍不住跳了跳，他同样是统领，也统率着军队，自然明白战阵师有多么稀罕与强横，那也曾是他的梦想，只不过他在灵阵上的天赋并不高，所以也更加不可能成为战阵师。

"不过如今这年头战阵师比灵阵师还罕见，无人指导的话，恐怕他也很难在战阵上面取得多高的造诣。"修罗王略有点惋惜道，如果他们大罗天域能够出现一位战阵师的话，那对于实力的提升，无疑是惊人的。

"寻常统领，若是统率军队，战意的力量，顶多只能够催动一两成，但以牧尘对战意的领悟，却能够将这种战意的力量彻底发挥出来。"

修罗王感叹道："所以这场赌斗，看来已是有了结果……难怪九幽敢应下血鹰殿的赌斗，原来是有所依仗，这次血鹰殿可真是偷鸡不成蚀把米啊。"

徐青有些无言地抬头，只见得那天空上，战意风暴已是越来越庞大，肆虐之间，那片战场都在不断地被撕裂。

"装神弄鬼！"

吴天的面色阴沉得可怕，而其眼神深处，也掠过了一抹惧色，因为牧尘此时展现出来的力量，真的让他感觉到了恐惧，这个家伙，仿佛不论他施展什么手段，都无法将他超越和压制。

那看似年轻的面庞下，似乎有一颗深不见底的心。

不过不管心中有什么情绪，吴天知道，现在他都不可能后退，死拼一场，或许还有退路，可一旦他后退放弃，那么恐怕就真的是自取灭亡了。

"我偏不信，你这一品至尊的实力，真能够逆天了！"吴天咬牙切齿，猩红的眼中狠毒之色疯狂闪烁着，旋即他不再有任何犹豫，手掌猛然挥下，只见那悬浮天空，沾染着鲜血般的血魔神枪，猛然暴刺而下。

唰！

血魔神枪速度快得惊人，腥风涌动间，直接撕裂了空间，一闪之下就出现在了那战意风暴的上空，可怕的劲风令空间都震裂出一道道裂纹。

这汇聚了血鹰卫最强力量的一击，的确异常强悍，这种攻势，就算是三品至尊的强者，恐怕都难以承受。

不过，牧尘的面色，却始终平静，他那微闭的双目，在此时睁开，黑色的眸子犹如星空一般，深邃异常，令人无法看透。

他双手结印，轻轻一合。

嗡嗡!

周身庞大的战意风暴竟在此时疯狂扭曲起来,色泽也越来越幽黑,远远看去,仿佛一条巨大的黑龙在天地之间升腾。

"九幽之翎!"

牧尘手掌一挥,只见那战意风暴最顶尖处,一柄巨大无比的幽黑翎羽,缓缓升起,翎羽呈现剑形,看上去仿佛是一柄翎羽之剑,剑刃处,翎羽似乎布满了细微的锯齿,那种幽黑的寒芒,犹如能够洞穿虚空。

牧尘眼神平静,修长双指,凌空点出。

嗡嗡!

那一柄幽黑翎羽之剑,顿时高速震动起来,最后一震之下,直接凭空消失而去,待到出现时,已是在那血魔神枪之下,然后剑尖笔直迎上。

枪尖与剑尖,犹如针尖麦芒一般,重重点在了一起。

铛!

那一刹的清脆金铁之声,自天空上爆发而起,两股可怕的战意疯狂咆哮着,幽黑与血红,各自占据了半壁天空。

"碎!"

吴天面色狰狞,咆哮声响彻天空,那一波波的赤红战意,疯狂涌来,显然是打算拼尽最后力量搏上一搏。

牧尘漆黑眸子淡淡地看了他一眼,双指轻轻挥下:"那就碎吧!"

幽黑翎羽剑尖处,一抹幽光,陡然绽放。

唰!

当幽光绽放,又消失的时候,不过瞬息之间,而那一柄翎羽之剑,就已经出现在了血魔神枪后方,一道细微的裂纹,缓缓从血魔神枪枪身上蔓延而出……

咔嚓。

当那一道裂纹蔓延到极限时,血魔神枪悄然一分为二,从天空无力地坠落而下,同时爆裂成漫天光点,绚丽无比。

噗嗤!

而当血魔神枪被一分为二时,那吴天面色顿时惨白起来,下方的那众多血鹰卫也如遭重创，嘴角有血迹浮现。

天空中，那原本狂暴肆虐的血鹰战意，以一种惊人的速度迅速消退着，短短数息间，那占据半壁天空的血红战意，便退得干干净净。

这场九幽卫与血鹰卫的拼斗，原本占据绝对优势的血鹰卫，竟然输得一败涂地！

哗！

当这一幕出现的时候，战场之外的天空上，顿时响起了铺天盖地的哗然声，无数强者面色凝重，虽然不言不语，心中却着实受到了震动。

因为这个结果，实在是让人有些难以平静，血鹰卫不仅在数量上拥有优势，而且其统领吴天实力更是达到了二品至尊顶峰的层次，所以这双方从表面上来看，似乎不管哪一点，都是九幽卫堪忧，可如今的结果……

却让人跌破了眼镜。

那漫天的视线，都忍不住汇聚向了牧尘，因为谁都看得出来，这场战斗，正是因为他的存在，九幽卫才能够获胜。

这个九幽宫的新统领，竟然如此厉害。

这一刻，那些大罗天域内的诸多强者，看向牧尘时，倒是收敛了以往的倨傲之气，这个年轻人虽然看起来不过一品至尊，可他真正的手段施展出来，恐怕在这大罗天域内，除了一些资历极老的强者，以及九王之外，怕能够与其匹敌者，屈指可数。

九幽这次带回来的新统领，比起那个曾经的曹锋，的确是强上了不知道多少倍。

漫天惊叹的哗然声传递开来，一些目光则偷偷扫向血鹰王，却发现后者的面色阴沉得犹如要滴出水来一般。

在那战场之中，牧尘周身的战意也徐徐消退，下方那些九幽卫则眼神崇拜与炽热地望着他的身影，他们此时的心中，充满着激动，这些年来，他们九幽卫在大罗天域内名声并不高，任何人提起他们都是不屑的语气，然而今日，借助着牧尘的统率，他们总算是扬眉吐气了一次。

以后这大罗天域，想来不会再有人不长眼地嘲笑他们九幽卫了！

"呵呵,承让了,多谢血鹰殿的馈赠。"天空中,牧尘望着面色苍白的吴天,微微一笑,抱拳道。

体内本就气血翻涌的吴天闻言,顿时忍不住心头的暴怒与憋屈,当即一口鲜血就喷了出来,那怨毒的目光,恨不得将牧尘千刀万剐。

不过牧尘却没理他,转头看向战场外,冲面色铁青的血鹰王笑道:"血鹰王大人,不知道我九幽宫何时可以接收那一百座城市?"

血鹰王面庞微微一抽,他阴寒地盯着牧尘:"什么时候,一个小统领也敢与本王这么说话了?"

"嗯?!"

当他那冰寒之声一落,一股可怕的灵力威压直接对着牧尘笼罩而去。

轰!

不过他那灵力威压刚刚释放,十数道燃烧着紫炎的灵力光束便快若闪电般的对着其周身要害毫不留情地怒轰而来。

血鹰王脚掌一跺,血红灵力席卷而开,犹如光罩守护在周身。

砰砰!

灵力光束狠狠地轰击在那光罩上,灵力波动肆虐而开,一丝丝紫炎却黏附了上去,顿时光罩开始以一种惊人的速度消融着。

血鹰王见状,面色也是微变,急退数步,体内灵力爆发开来,这才将那些紫炎震散而去,旋即他面色阴沉地望着不远处的九幽。

"血鹰王,你倒真是越来越不要脸了。"九幽冷艳的俏脸上有讥讽的笑容浮现出来,冷笑道,"若是还不服气的话,我们也来试试?"

"怕你不成?!"血鹰王冷声道。

"够了!"

不过,就在两人再度针锋相对时,一道喝声突然在这天空上响彻,只见到天鹭皇的身影,再度缓缓浮现出来。

这片天地众多人见状,连忙弯身行礼。

"既然赌斗输了,那自然得认账,否则还有何规矩可言?"天鹭皇看了血鹰王一眼,道。

血鹰王咬了咬牙，只能点头。

"好了，赌斗既然已经完毕，九王随我前来，我大罗天域的征伐之战，已是将要开启了。"天鹫皇一挥手，道。

听到此话，在场诸多强者心头都是一凛，他们大罗天域，终于是要准备开始征伐了吗？

九幽卫与血鹰卫的交锋结果，无疑是在大罗天域中引起了不小的震动，或许在刚开始的时候，谁都没想到过，在数量上处于如此劣势的九幽卫，竟然能够战胜凶名赫赫的血鹰卫……

不过，还不待这种震动在大罗天域中引起多大的浪花，便在另外一件大事的冲击下，化为乌有，大罗天域的所有注意力，都因此而被吸引了过去。

那便是大罗天域的征伐之战。

大罗天域乃是这北界中屈指可数的顶尖势力，不过这并不代表没有势力不敢挑衅它，而那犹如猛虎一般盘踞在大罗天域西北之地的"百战域"，便是其一。

百战域并非是势力之名，而是地域名，这片地域在北界之中是出了名的混乱，因为这里龙蛇混杂，无数大大小小的势力交汇在其中，而在百战域中，有三座最为强横的势力。

万剑谷，魔尸宗以及大悲天。

万剑谷与魔尸宗乃是北界中的老牌势力，而那大悲天的创始者，据说是从下位面而来，也曾是赫赫有名的厉害人物。

这三座势力乃是百战域中的巨头，虽说整体实力比不上大罗天域这种顶尖势力，可也能够算做一流，特别是当他们联起手来时，就算是大罗天域也会有些忌惮。

而在百战域中，诸多势力都以这三座势力为首，因为彼此疆域相连接的缘故，这些年百战域总是在不断蚕食着大罗天域的疆域，虽说大罗天域偶尔也会反攻，但因为那位神秘的域主总是常年闭关，大罗天域也做得颇为收敛，所以这些年，百战域的气焰，倒是越来越嚣张，隐隐有些不将大罗天域放在眼中。

对于这一点，大罗天域中无数强者都心有怨愤，可又无可奈何，因为如果真要彻底开战的话，那就必然需要那位神龙见首不见尾的域主大人亲自开口，不然的话，就算是三皇，也不敢轻言开战。

因为那代表着一场极为浩大的战争。

而如今，征伐之战的到来，让大罗天域中所有强者心头都狂喜起来，因为他们知道，征伐之战的命令，在大罗天域中，唯有一人有资格发布。

那就是域主！

这也就是说，那闭关多年的域主大人，再度出关了！

虽说平日里，大罗天域诸多事务都是由三皇管理，但所有人都明白，大罗天域的精神支柱是大罗天的域主，只要他还存在那里，那么大罗天域才有资格称为真正的顶尖势力。

大罗天，大罗殿。

这座大殿坐落在大罗天的最高处，而如今大殿之内，几乎大罗天域中所有高层，都齐聚在此，整个大殿安静无声，一种无形的压迫感，令得这些大罗天域中无数人仰望大殿前方，都是不敢大声出气。

牧尘也跟随着九幽站在大殿，他目光看向大殿前方，在那最前方的地方，三皇都束手而立，那般模样，可没有平日里的半点威严。

而在大殿最高处，金石般的王座闪耀着金色的光辉，并不耀眼的光泽，却无人敢正目窥视。

牧尘看了一眼那金石王座，心中倒有一些好奇涌起来，他很想知道这位大罗天域中神龙见首不见尾的域主大人，究竟是个什么模样？

而在牧尘心中好奇间，突然间有明亮的光芒自那王座之上绽放而起，那里的空间，陡然变得扭曲起来。

一股无法形容的压迫感犹如风暴一般自大殿中席卷而开，令所有人的身子都忍不住再弯了弯。

大殿的最前方，三皇恭敬的声音在此时响起："属下恭迎域主。

"恭迎域主！"

整个大殿内，恭敬的声音整齐响起，就算是那平日里嚣张跋扈的血鹰王，都在此时谦卑地躬下身子，再见不到丝毫的张狂。

牧尘也随着低头，眼角余光上瞟，只见在那金石王座上，不知道何时出现了一道金色光影，那道光影仿佛披着金色披风，金光弥漫间，根本就让人看不清楚其中的确切模样，这令得牧尘忍不住有些失望。

那道光影静静地坐在王座上，那种压迫感，连空间都有些承受不住地变得扭曲起来。

"嗯。"他似是轻轻点头，一道有些沙哑的声音缓缓传出，"事情你们都已经知道，接下来我们大罗天域将会开启征伐之战，而我们的目标，正是百战域。"

此话一出，大殿内众多大罗天域的高层与强者眼神都振奋起来，总算要对百战域出手了吗？

"不过这次的征伐，本座不会轻易出手，因为在百战域的身后，应该还有天玄殿的身影，不然的话，再给百战域那些不入流的家伙一百个胆子，也不敢如此挑衅大罗天域。"而大罗天域域主接下来的话，却是令在场众人都是一惊。

"难怪百战域这些年越来越嚣张，原来是有天玄殿在撑腰。"天鹫皇眉头一皱，沉声道。

"天玄殿？"牧尘眉头微微挑了挑，在那商之大陆，被他夺走了虚空大日果以及九龙九象术的家伙，似乎就是天玄殿的少主吧？

"所以这次的征伐，我若是出手的话，难免会引出柳天道，到时候恐怕就会与天玄殿正面对上。"大罗天域域主淡淡道。

天鹫皇三皇都微微点头，那柳天道也是赫赫有名的超级强者，如果逼得他出手，到时候动静就太大了。

"域主请放心，对付百战域，还不需要您出手。"灵瞳皇微笑道。

"希望如此。"

大罗天域域主微微点头，那明亮的光芒，仿佛有一道看透人心的目光扫视着整个大殿，而凡是被那道目光扫中的人，身体都愈发谦卑的躬下。

牧尘站在九幽身后，倒是感觉到那道深不可测的目光似乎有意无意地扫了扫他的通透之感，令得他心头泛起一些寒意，赶紧垂头。

"这一次征伐之战，所有开辟的疆域，由谁开辟占据，那就归谁所有，而且本座还会有重赏。"

此话一出，顿时引起一片哗然，大殿内那诸多强者眼神一下子就炽热起来，以往开辟疆域大部分所获，都会直接上缴给大罗天域，而这一次，大罗天域竟然全部都分配出来，那该是一块多么庞大的蛋糕？

"另外，年轻一辈之中战功最显赫者，本座允许他代表我们大罗天域，参加龙凤天。"

而还不待先前诸多强者高兴完，大罗天域域主接下来的话，却是让大殿内那些年轻一辈的眼睛瞬间瞪大起来，甚至连呼吸都加重了许多。

特别是徐青周岳以及吴天等人，眼睛都变得明亮了起来。

"龙凤天是什么？"牧尘则对着九幽疑惑的传音问道。

"那是北界之中的一处奇异之地，据说在远古时代，龙族与凤族有两位超级强者在其中展开过惊世血战，最终双双陨落，他们的龙凤之血浇灌空间，再加上岁月的催化，故而产生了神奇的力量，若是进入其中者便有可能获得龙神灌顶或者凤神灌顶，进而不死不灭。"九幽低声道。

"不死不灭？"牧尘骇然，那龙凤灌顶能做到这一步？

"这当然只是夸张的说法，毕竟就算是龙族与凤族都做不到这一步，应该是说，获得了龙凤灌顶，就能够获得龙族与凤族那种变态的生命力，这对于修炼而言，有着天大的好处。"九幽笑道。

牧尘咋舌，龙族与凤族算是这天地间生命力极端恐怖的了，比起人族，不知道强大多少倍，而如果人类能够获得这种生命力，那简直就是杀不死的人形神兽了……

"不过龙凤天开启条件苛刻，需要数位踏入地至尊层次的超级强者同时出手，所以，北界有着不成文的规矩，只有年轻一辈最顶尖的那些人，才有资格进入，而且到时候，还得经过残酷的争夺。"

牧尘恍然点头，难怪徐青他们那副表情，原来这龙凤天竟然这么神奇，而且，能够进入龙凤天，那就代表着他们在整个北界的年轻一辈中都算是佼佼者，这种荣誉，足以让人争夺了。

在牧尘与九幽传音交流时，在那王座之上，大罗天域域主突然道："之前是血鹰卫与九幽卫在军斗场比试？谁赢了？"

大殿内顿时一静，众多目光都转向了愕然的牧尘与面色难看的吴天，想来他们都很意外，以大罗天域域主之尊，竟然会关注这种小事。

血鹰王的面色有些尴尬，这话题显然是他心中的伤疤，但如今被大罗天域域主揭开，他却不敢有丝毫怒意。

"呵呵，域主，是九幽卫胜了。"天鹭皇微微一笑，道。

"哦？"

那道笼罩在夺目光芒中的身影似是笑了笑，道："九幽王此番归来，倒是给我们大罗天域带来了潜力不错的新人。"

"据说这还是一场赌斗，血鹰王，你们若是输了，就愿赌服输吧。"

听到大罗天域这话，血鹰王连忙应是，只是嘴角有些抽搐，既然连域主都开口了，这事他可就真不敢耍赖了。

大罗天域域主点点头，也就不再多言，只是一挥手，光芒弥漫间，身影就已凭空消失而去，那笼罩在大殿内的可怕压力，也随之消失得干干净净。

大殿内众人这才如释重负地松了一口气，一位地至尊的压迫感，实在是有点可怕。

而在松气的时候，他们目光则有些奇特地看向那站在九幽身后的少年，能够获得域主这一句潜力不错的评价，以后在这大罗天域，怕也就没多少人会去招惹他了。

大殿最前方，睡皇有些惊讶地看了牧尘一眼，他跟随着大罗天域域主的时间最久，可却还是第一次见到他竟然会对一位小小的统领另眼相看。

"这个少年，倒是有些意思……"

诸王会议落幕，但整个大罗天域却因此而震动起来，因为他们知道，这蛰伏多年的大罗天域，终于要再度开始展露出它的狰狞獠牙。

那些在这些年中不断挑衅他们大罗天域的势力，将会明白，一旦这个睡狮苏醒过来时，他们将会面临着多么恐怖的报复。

一条条命令，开始有条不紊地自大罗天中发布出去，整个大罗天域内的无数势力都开始调动人马，暗流涌动。

这将会是一场真正的战争。

九幽宫。

今日的九幽宫已是彻彻底底地被欢呼声所包围，每一个九幽宫的人面庞都充满着激动，这口恶气，他们已经憋了好多年了。

从此以后，在这大罗天域，将再也不会有人敢用讥讽的目光看向他们九幽宫。

九幽殿内，一片欢腾，众人推杯交盏，情绪异常高昂，痛快的大笑声，响彻着整个九幽宫。

而在那大殿之顶，牧尘斜躺着，皎洁的明月悬挂在天空上，他听到那些大笑声，嘴角也扬起一抹笑容，旋即他抬起头，凝视着明月，眼前仿佛有一道巧笑倩兮的倩影若隐若现。

"洛璃……"牧尘喃喃自语。

算算，他们分开也有大半年的时间了，也不知道如今的她在洛神族究竟怎么样了，想来应该也不算太轻松吧？洛神族那么沉重的担子，都落在她那柔嫩的肩上，这样光是想想，都令牧尘心疼。

不过他知道，现在的他，还没有那种实力给予她任何帮助，他甚至不能出现在她所在的地方，因为那样，必然会给她带来一些困扰，虽然她并不会介意，但男人的自尊与骄傲，却让牧尘并不允许这种事情发生。

"洛璃，我也在努力变得更强，不过……相信我，终有一天，我会成为盖世强者，那时候，谁都不能再让你受丝毫委屈。"

牧尘手掌缓缓紧握，盖世强者，简单的四个字，却承载了太多，或许别的人会对此嗤笑，但那个女孩，却始终没有任何怀疑地相信着他。

"又在想你的小情人了？"一道清淡的声音，突然在牧尘身后响起，他偏过头，只见九幽不知道何时坐在了高耸的屋檐上，犹如瀑布般的青丝垂落下来，在夜风的吹拂下轻轻飘荡。

牧尘尴尬地笑了笑。

九幽玉手托着香腮，她冲牧尘一笑，俏脸上的冷色尽数消失而去，那种柔和是平日里极难出现的。

"这次又多亏你了。"

牧尘摇摇头，笑道："既然你敢把九幽宫都赌上，我又怎么敢不拼尽全力？"

九幽长身而起，带起香风来到牧尘身旁，玉手轻轻拍了拍他的肩膀，道："放心吧，既然我把你从北苍灵院带了出来，那就不会让你失望，我相信你，等有一天你的名字能够响彻整个天罗大陆的时候，那你就可以前往洛神族了。"

"而我，会尽全力帮你达到那一步，这也是我对你的承诺。"九幽笑吟吟道。

牧尘望着眼前那同样美丽的容颜，心中有一些感动涌出来，现在突然想想，他这些年一路走来，九幽给了他不少的帮助，而且很多次都是在最危难的关头给他最关键的援助，虽然在最开始的时候，侵入他体内的九幽，也抱着不良的目的，但后来误打误撞地缔结了血脉链接，彼此也开始尝试着交流沟通，直到现在，两人的关系，已是有些无法割舍了。

"谢谢。"牧尘轻声道，言语真诚。

九幽嫣然一笑，挥了挥玉手："好啦，少乱感动了，我们可是缔结了血脉链接，你如果被莫名其妙地干掉了，那我不也要莫名其妙地陪着你去死吗，这我可不愿意。"

牧尘无奈地白了她一眼，好好的气氛立刻就被破坏得一干二净。

"这次的征伐之战，我们九幽宫应该也很快就会动身，百战域之中龙蛇混杂，也并不好对付，不过不管怎么样，你一定要在这场战争中崭露头角。"九幽俏脸变得认真了一些，道。

牧尘目光一闪，道："是因为那所谓的龙凤天？"

九幽凝重地点点头："你不要小看这龙凤天，当初我在族内的时候就听说过，不管你获得龙神灌顶还是凤神灌顶中的哪一个，对于你以后的修炼，都有着天大的裨益，这种好处，可远不是大罗金池能够比的。"

"而龙凤天只有年轻一辈最顶尖的人才有资格进入，你如今资历尚浅，所以若是不抓住这次征伐之战的机会，恐怕很难获得那唯一的名额。"

牧尘微微点头，旋即他看向九幽，道："你应该也在这种资格之内吧？"

九幽本体是九幽冥雀，如果按照九幽雀一族来算的话，现在也就刚刚成年而已，所以她必然也在那年轻一辈的概念之中。

"我毕竟已是神兽之体，所以这龙凤天对我帮助倒并非特别的大。"九幽笑道。

牧尘凝视着她，最终没有多说什么，只是垂目轻轻点头，有些事情记在心中就好了，没必要挂在嘴边，九幽为他做的，可不仅仅只是这些。

"我会努力的。"牧尘点头道。

九幽伸出玉手，玉瓶闪烁而现，在那晶莹剔透的玉瓶内，能够见到一颗浑圆饱满的碧绿丹药静静悬浮着，一波波精纯得令人心旷神怡的丹香渗透玉瓶，散发而出。

"这是至天丹，应该对你会有所帮助，当然，这也是你的战利品。"九幽微笑道，"还剩下的四颗就由我来分配了，毕竟多服用的话，对你也没好处。"

牧尘有些好奇地接过玉瓶，他盯着那一颗至天丹，咧嘴一笑，道："这血鹰王竟然还真拿出来了。"

"原本会有些波折的，以血鹰王的性子，就算要给，也会拖拖拉拉，不过好在今天域主大人开了口，再给他一百个胆子也不敢耍赖。"

九幽笑了笑，旋即她奇怪道："不过域主大人以往从来不会在意下面的各种争斗，这次竟然会主动关注，看来我们的运气还真是不错。"

以大罗天域域主的身份地位，类似九幽卫与血鹰卫的这种争斗，就如同小孩间的玩闹一般，绝对不会让他多加丝毫注意。

牧尘挠了挠头，他对这位大罗天域的域主并不熟悉，所以只能大言不惭地笑道："可能是这位域主大人看我潜力好吧。"

九幽没好气的白一眼自我感觉良好的牧尘，却懒得与他多说，摆摆玉手，便飘下大殿而去。

牧尘望着九幽消失的倩影，也是微微一笑，旋即他手握着玉瓶，心中有些欢喜，借助着这"至天丹"的力量，他应该就能够冲击二品至尊的层次了。

"一颗至天丹就把你乐成这样，也太没出息了一点。"稚嫩而慵懒的嗓音突然响起，牧尘急忙转头，只见得那身着黑色衣裙，一头及膝的长发垂落下来的曼荼罗，正赤裸着雪白如玉的小脚，轻轻点在那大殿之顶的尖檐上，小脸满是鄙视地望着他。

"你是饱汉不知饿汉饥。"牧尘撇撇嘴巴，"大罗天域的域主已经出关了，你最好小心点，别被发现了。"

那位大罗天域的域主乃是达到了地至尊的超级强者，感知极端可怕，虽说眼前的曼荼罗也极其神秘，可难保不会被发现什么。

曼荼罗听到此话，那金色的大眼睛斜瞟了牧尘一眼，淡淡道："我不想让人发现，那就谁都发现不了。"

"好吧，你厉害。"牧尘被她这嚣张的态度气乐了，只能翻了翻白眼，转身就要离开。

"等下。"曼荼罗突然出声。

"嗯？"牧尘疑惑地望向那在夜风中裙摆轻扬，仿佛是要被风吹走的小女孩。

曼荼罗贝齿轻咬着小嘴，犹豫了一下，道："三天之后，我体内的诅咒就要爆发，到时候我就需要你体内的'不朽之页'的力量。"

"这么快？"牧尘惊讶道。

"接下来的一段时间，我必须将状态调整至巅峰，所以这个暗刺必须先解决掉。"曼荼罗小脸凝重道。

牧尘想了想，也就点点头，虽然他有些好奇为什么以曼荼罗这种恐怖的实力，还需要将状态调整到巅峰，是因为她接下来会面临什么极大的危险吗？

"等我压制下诅咒，我会教你如何修炼这大日不灭身，现在的你，根本无法发挥出它的力量。"曼荼罗淡淡道。

牧尘一愣，旋即狂喜地望向曼荼罗，这个诱惑，对于他简直就是致命的，大日不灭身虽然强大，但也太过玄奥，他仅仅只能知道如何将它修炼成功，但却并没有如何开发出它所有力量的信息。

"你怎么会知道如何修炼大日不灭身？"牧尘在狂喜之余，又忍不住问道。

不过这次曼荼罗却根本没理会他，小脚一点，娇小的身躯便掠下大殿，而后消失在黑夜中，只留下一句淡淡的声音。

"三日后，我会找你。"

第 **14** 章
九阳之力

在接下来的数天时间中,大罗天域内气氛愈发森严,诸王都在收拢着麾下人马,那些有关百战域的无数情报,也在源源不断地送入大罗天,大罗天域这庞大的机器,终于开始展露峥嵘。

九幽宫这些天也是格外的忙碌起来,那来自血鹰殿的一百座城市,也已经被迅速接收完毕,虽然这还没办法立刻就让九幽宫变得财大气粗,但比起之前的寒碜模样,无疑好上了无数,而且这种征伐之战,最是能够掠夺资源的方式,只要能够把握住机会,九幽宫必然能够真正崛起。

而在九幽宫整体忙碌时,牧尘选择了闭关冲击二品至尊境,反正九幽宫的诸多事情,大多都是交由唐冰这位大总管在把持,那有条不紊的分配与指挥,就连九幽都没她做得好。

九幽宫,修炼室。

牧尘静静盘坐,调整着状态,半晌后,他手掌一握,晶莹剔透的玉瓶便出现在其掌心之中,在那玉瓶内,一颗碧绿色的浑圆丹药悬浮,浓郁的丹香散发出来,弥漫在修炼室中。

牧尘凝视着这颗至天丹,略作沉吟,袖袍又是一挥,顿时只见得一条璀璨的洪流自其袖中飞出，蜿蜒盘踞在其周身。

那洪流之中，全部都是一滴滴饱满的至尊灵液，浩瀚的灵力波动荡漾出来，令得这座修炼室内的空气都变得黏稠起来。

至尊九品，每一品的突破都并非易事，绝大多数人苦修多年都难以精进，由此可见这品级之间有多么巨大的鸿沟。

所以，就算牧尘拥有至天丹，也必须要大量的至尊灵液辅助配合，这样才能够将其药力发挥到极致，进而取到突破的效果。

"又是将近两千滴至尊灵液……"

牧尘心疼地望着那洪流，他之前将绝大多数的至尊灵液都给了唐冰用来支撑九幽卫的修炼，所以如今手中的至尊灵液，不足五千之数，而且这还是他将那"聚灵碗"内封印的至尊灵液尽数取出来的结果。

在亲身晋入至尊境后，牧尘才确切感觉到至尊灵液对于修炼的重要性，这犹如人吃饭一般，根本是必不可少之物，难怪那么多的至尊强者为了至尊灵液，甚至甘愿委身于一些势力之中，任由驱使。

至尊灵液，虽然不能让鬼推磨，却能够让至尊强者来推磨……

"这才只是突破一品至尊而已，以后真不知道还需要多么庞大的至尊灵液。"牧尘无奈道，看来以后他也必须想办法储存大量的至尊灵液，不然到了突破的时候，却没有足够的至尊灵液支撑，那可真是会让人欲哭无泪。

他摇了摇头，暂时将这些想法压下，然后深吸一口气，屈指一弹，掌心中晶莹剔透的玉瓶便消融而去，至天丹暴露而出，顿时整个修炼室中，丹香扑鼻。

牧尘嘴巴一吸，至天丹直接化为一缕光流，顺着他嘴巴钻了进去。

牧尘双手快速结印，在其身后，空间扭曲荡漾，磅礴浩瀚的至尊海若隐若现，他能够感觉到，一股极端庞大精纯的灵力，自其体内席卷开来。

牧尘心神沉淀，面色凝重地逐渐闭上双目，然后迅速进入修炼状态，这一次，他要一鼓作气突破一品之境！

三日时间，转瞬即过。

而牧尘的修炼，也持续了三天，在这三天时间中，那修炼室之中几乎被浓郁到尽数黏稠的灵雾笼罩得严严实实，而牧尘的身形，也消失在其中。

但在那视线无法穿透的灵雾之中，能够感觉到，一股灵力波动，正在迅速地壮大起来。

灵雾的笼罩，待到第三天时，才开始逐渐减弱，而待到灵雾彻底消失时，刚好能见到牧尘张开嘴巴，将那最后一股至尊灵液吸入嘴中。

他周身原本荡漾的惊人灵力，却在此时迅速消退，牧尘紧闭的双目，则一点点睁开。

轰！

黑色眸子睁开，仿佛有雷霆般的精芒陡然浮现，牧尘的衣袍在此时猛的鼓起，猎猎作响，一股可怕的灵力涟漪，爆发开来。

砰！砰！

修炼室内的空气瞬间爆炸，待到那冲击波狠狠地席卷自修炼室墙壁时，那上面顿时有浓郁的光芒闪烁起来，这才勉强将冲击波抵御了下来。

牧尘眼中的精芒持续了数分钟，才一点点减弱下去，那惊人的灵力波动，也再度收敛入体。

只是那皮肤下不断散发出来的莹莹之芒，却久久不散，牧尘知道，那是因为体内灵力太过磅礴，他暂时还无法尽数收聚的缘故。

牧尘站起身来，他感受着至尊海内那愈发磅礴浩瀚的灵力，嘴角有一抹满意之色浮现出来，这至尊境的品级之间，果然差距巨大，现在他至尊海内的灵力，比起突破之前，足足雄浑了数倍不止。

现在的他，想来就算是与四大统领之首的徐青和周岳这等人物硬撼起来，他都丝毫不惧，这下子对于接下来即将到来的那征伐之战，他也多了一些把握。

牧尘待到体内澎湃的灵力渐渐平静下来，这才出了修炼室，在那修炼室外，有九幽卫把守，他们见到牧尘出来，连忙躬身行礼。

牧尘摆了摆手，道："宫内这些天准备得如何了？"

"都已经妥当，随时可以出发。"那九幽卫战士恭敬道。

牧尘点点头，有唐冰这位大管家在，九幽宫内的一切事情都妥妥当当的，他挥手遣退这九幽卫的战士，旋即神色一动，抬起头来，只见到不远处的半空中，一道娇小的身影鬼魅般凭空浮现出来，那一对金色的大眼睛，在夜色中散发出令人心悸的威压。

曼荼罗小脚一点虚空，身形便出现在了牧尘面前，金色大眼睛一扫："看来是突破成功了，倒是有些效率。"

"有至天丹和那么多的至尊灵液，若是失败的话就说不过去了。"牧尘笑道。

"那就跟我走吧。"

曼荼罗点点头，也就不再多说，只是小手一挥，转身疾掠而出，牧尘见状，犹豫了一下，也立即跟了上去。

两人掠出九幽宫，然后牧尘在曼荼罗的带领下，直奔大罗天深处而去，而且她一路上根本就没有什么掩饰，风驰电掣般的掠过，让牧尘胆颤心惊，因为大罗天深处守卫格外的森严，而且守卫在那里的，并非其他军队，而是直属于大罗天域的大罗天军，那是只受大罗天域域主掌控的超强军队。

不过，牧尘的担心并没有用处，虽然在那天空上不断有巡逻强者掠过，但在曼荼罗的带领下，牧尘如入无人之境，根本无人能够察觉到他。

牧尘再度见识了曼荼罗的厉害，这般实力，恐怕就算放在这天罗大陆上，都绝对不会是无名之辈。

两人毫无阻碍地掠进大罗天深处，最后在一座巨大无比的幽黑山峰之前停下，曼荼罗小手轻挥，只见得那山峰之上，一道巨大的黑色光阵浮现。

轰隆隆。

巨峰颤抖着，竟在此时缓缓裂开一条巨大裂缝，曼荼罗率先掠了进去，牧尘赶紧跟上。

顺着裂缝冲进山体，眼前的一幕却让牧尘一惊，只见得整座山体都被掏空了，山体的内部山壁上，被雕刻满了一道道黑色的古老光纹，隐隐透着一种神秘之感。

牧尘盯着那些古老光纹，眼中掠过一抹震动之色，因为他发现，这些光纹，似乎组成了一个极为强大的灵阵。

这灵阵的复杂程度，超出他的想象，显然这灵阵的等级绝对不低。

"这些都是你做的？"牧尘难以置信道。而且更加让他想不通的是，曼荼罗为何能够瞒住大罗天域那么多强者，在这里搞出这么大的动静，难道那位大罗天域的域主就一点感觉都没？或者是与曼荼罗达成过某种共识？

曼荼罗依旧没回答他，雪白小脚一点地面，便出现在了山体最中心处，那里有一池幽黑的池水，池水虽然犹如沸水般翻滚着，但牧尘却感觉到了一种彻骨的冰寒涌出来，那种寒冷，让他相当难受。

牧尘落到那池水之边，犹豫着问道："需要我做什么吗？"

"等我命令，到时候你将不朽之页召出来就行了。"曼荼罗淡淡道，稚嫩的嗓音中，有着不容置疑的威严。

牧尘只得撇嘴点点头，然后还不待他说什么，他眼睛便猛的瞪了起来，因为眼前的小女孩，竟是不理会他在一旁，直接就将黑色衣裙褪下。

"眼睛不想要的话，就继续看吧。"

稚嫩中带了一丝冰冷的声音传来，直接让牧尘打了个寒颤，但他依旧不愤道："谁让你招呼也不打，而且你这身材我可没兴趣。"

嘭！

牧尘声音刚落，一股巨力便涌来，直接将他震飞出去，而待到他狼狈稳下来要怒斥时，便只见到那娇小的身躯犹如小小鱼儿一般跃进幽黑的池水中，那一幕，倒是成了这有些冰冷的山体中，极为动人的画面。

噗通！

清脆的入水声，在这空旷的山体内部响起，而当曼荼罗在跃进那幽黑的池水时，只见那沸腾的池水更在此时变得狂暴，咕噜噜的声音不断响起。

牧尘凝目望去，只见到曼荼罗那娇小白嫩的身体上，竟在此时有一道道黑色的棘刺钻出来。

这黑色棘刺犹如活物一般，紧紧地勒在她的血肉之中，毒蛇般贪婪吸食着她的精血。

曼荼罗盘坐在池水中，细细的眉轻轻蹙着，似乎在忍耐着剧痛，而这却让牧尘心头骇然，因为他很清楚眼前这个小女孩承受痛苦的能力，那种让他痛不欲生的痛苦，对她而言却毫无威力，而现在，她却蹙眉承受，那种痛苦该到什么程度了？

一道道狰狞的黑色棘刺，不断从她血肉之中生长出来，短短十数息的时间，竟便缠绕了她大半个身体。

"这就是她体内的诅咒吗？"牧尘惊骇地望着这一幕，曼荼罗的实力已经非常恐怖了，他实在是想象不出来，究竟是多可怕的人，才能够在她体内种下这种诅咒。

而随着这些黑色棘刺的不断出现，曼荼罗原本白皙娇嫩的肌肤，竟在此时一点点变得幽黑，片刻后，唯有那一对金色的大眼睛还保持着原本的色彩。

不过，牧尘能够感觉到，她的身体似乎在不断剧烈颤抖着，那模样，犹如是在竭力压制着什么……

嗤！

黑色的池水不断沸腾着，突然间，曼荼罗那长长的头发竟飞舞起来，只见其单薄的后背，黑光喷薄而出，竟有一道巨大无比的黑色棘刺犹如毒蟒般冲了出来。

那狰狞的黑色棘刺疯狂舞动着，而每伴随着它的挣扎，曼荼罗便会发出低低的痛哼声，紧咬的贝齿间，竟有殷红的血迹滴落下来。

这一幕，委实可怖。

嗡！

不过也就在那黑色棘刺冲出来时，这座山洞的山壁上，那些古老的光纹也突然间爆发出了强烈的光芒，只见一道道柔和的灵力光束暴掠而出，然后交汇着射在了那从曼荼罗后背钻出来的狰狞棘刺之上。

嗤嗤。

光束照射而来，那棘刺顿时爆发出了阵阵白雾，竟有尖锐的嘶啸声传出，那般模样，仿佛这黑色棘刺真的拥有生命一般。

不过，那一道道光束并没有彻底压制住那黑色棘刺，那黑色棘刺疯狂挣扎着，依然是在缓慢地从曼荼罗体内钻出，而且每伴随着它钻出来一点，牧尘就见到曼荼罗嘴角的血迹愈发的浓郁，仿佛只要这黑色棘刺彻底钻出她的体内，就会将她的生机也带走一般。

咕噜。

那一汪黑色池水，也在此时剧烈沸腾着，池水之中一道道黑色光线暴射而出，拉扯在那黑色棘刺上，不过显然，这也只能稍微缓解一下而已。

那狰狞的黑色棘刺，犹如带着鲜血，一点点从曼荼罗娇小的身体中拔离出来，那血腥的一幕，就算是牧尘都看得心惊肉跳。

然而，即便承受着这样的痛苦，曼荼罗依旧未曾痛苦出声，只是紧咬着牙，死死承受着。

"牧尘！"

不过这种承受终归有极限，曼荼罗终于抬头，小脸上满是汗水，她咬着贝齿，那稚嫩的嗓音，都在此时变得嘶哑起来，令人心生怜惜。

牧尘立即点头，双手结印，至尊海内灵力翻涌，一页神秘黑光顿时暴掠而出，最后悬浮在了他的面前。

不朽之页静静悬浮，在那上面，布满着古老而神秘的纹路，淡淡的紫光散发出来，令人感到心境平和。

211

牧尘盯着不朽之页，再看了看曼荼罗，最终一咬牙，屈指一弹，不朽之页便对着后者暴射而去，既然他已经选择了相信她，那他就不会犹豫。

虽然这不朽之页对他而言也极端重要。

不朽之页掠至那池水上空，曼荼罗小手艰难一挥，一道幽光射出，将那不朽之页包裹，而后只见不朽之页绽放出了暗紫色的光芒。

光芒爆发出来，只见一朵巨大的曼陀罗花徐徐出现在了半空之中，妖娆的花瓣冉冉绽放，暗紫色的光芒降落而下，将那下方的曼荼罗包裹在了其中。

嗤嗤！

而伴随着那些暗紫光芒的降临，只见那狰狞的黑色棘刺，竟是不安地蠕动起来，凡是被那紫光所接触之处，黑色棘刺竟有融化的迹象，黑色的液体不断滴落下来。

嘶嘶！

尖啸声，从那黑色棘刺中传出，它钻出的速度终于被止住了，而且还在被那曼陀罗花的光芒，一点点镇压回曼荼罗的体内。

轰!

黑色棘刺显然是不甘受伏,只见黑光爆发,它那棘刺竟直接穿透了空间,快若闪电般对着曼陀罗花席卷而去。

不过面对着它的攻击,曼陀罗花依旧只是绽放着紫光,紫光形成防护,任由那黑色棘刺如何攻击都无法突破,反而在一次次的攻击中,被紫光侵蚀得液体直流。

牧尘见到这一幕,也悄悄松了一口气,还好,真的有效。

因为曼陀罗花的帮助,曼荼罗的压力减轻了许多,那一直紧紧蹙在一起的细眉也松开了一些,她伸出小手,将嘴角的血迹轻轻擦去,现在的她,浑身都因为那种可怕的剧痛而丧失了力量,所以就是这么一个小小的动作,都令她有些艰难。

半空中,曼陀罗花的上风越来越明显,那诡异黑色棘刺的狰狞姿态也愈发减弱,最后一点点缩回曼荼罗体内。

曼荼罗感觉到黑暗棘刺的颓态,这才放松了下来,旋即她也顶不住体内的剧痛,忍不住跪倒在池水中,大口地喘着气,冷汗顺着那精致的小脸不断滑落下来。

然而,就在她放松下来的瞬间,那已经被压制到仅仅只有半丈左右的黑暗棘刺突然爆发,一根布满锯齿的尖刺,直接对着她咽喉暴刺而去。

那黑暗的尖刺在曼荼罗金色的瞳孔中急速放大,但以她此时的实力,竟是根本无法躲避,当即那小脸顿时变得苍白起来。

唰!

不过,就在曼荼罗准备咬牙承受下这一道突袭时,尖锐的劲风突然在其咽喉半寸下停了下来,只是那劲风,依旧在其咽喉处划出了一道血痕。

曼荼罗惊愕抬头,然后便见到那尖刺之上,不知道何时多了一只手掌,顺着手掌看去,只见得牧尘出现在了面前,在那关键时刻,一把抓住了尖刺。

只不过,在他抓住尖刺的时候,那锋利无匹的锯齿瞬间割破他的手掌,鲜血流淌而下,而且一种无法遏制的剧痛,陡然从其掌心散发出来。

在那种剧痛下,他不过坚持了数息间,便半跪了下来,眼中血丝攀爬,但他却硬是咬着牙不肯松手,反而一点点将那黑暗棘刺的尖刺扯回来。

曼荼罗一咬牙，小手一挥，只见得天空上曼陀罗花顿时爆发出耀眼的紫光，唰的一声，那黑暗棘刺便再也无法支撑，挣脱了牧尘的手掌，再度被镇压回了她的体内。

噗通。

牧尘终于承受不住，身体发软地扑倒在了池水中，狼狈不堪，半晌后才发抖地爬起来，满脸痛苦。

"你在找死吗？"见他没什么事，曼荼罗也松了一口气，旋即冷着小脸道。

"我在帮你啊。"牧尘满脸郁闷，自己帮了这么大的忙，竟然还被训斥，这什么道理啊。

"什么都不知道就乱出手，如果你不是有不朽之页，你也会被诅咒感染！"曼荼罗毫不客气地冷斥道。

牧尘面色微变，急忙看了看手掌，果然见到一道狰狞的黑色痕迹，不过好在他体内有紫光散发出来，正在一点点将那黑色痕迹抹除，那显然是来自不朽之页的力量。

牧尘抹了把冷汗，他可见识过曼荼罗体内那诅咒有多恐怖的，以他这种实力若是沾染上了，如果没不朽之页，必然生不如死。

"你现在好了吧？"牧尘看向曼荼罗，道。

"暂时如此。"曼荼罗动了动身体，却发现体内力量仿佛消失殆尽一般，当即皱了皱眉。

牧尘手掌一伸，将不朽之页收回体内，然后看了看曼荼罗，撇撇嘴，取出一件宽大的黑袍盖住那娇小玲珑的赤裸身体，然后俯身将她从冰寒的池水中横抱了起来。

而对于他的举动，曼荼罗那金色大眼睛只是淡淡地看了他一眼，也没反抗，静静地靠在他怀中，恢复着力量。

牧尘抱着她，跃出池水，然后将她放在一座巨岩上。

小女孩静静地坐在岩石上，被打湿的黑色长发贴着身体，宽大的黑袍紧紧包裹着她，倒是显露着一些娇小的曲线。

她安静地恢复了一下，然后才看向坐在一旁颇为无聊的牧尘，淡淡道："这次多谢了，作为报答，我会告诉你一些我所知道的大日不灭身的秘术。"

牧尘闻言，精神顿时一振。

空旷的山洞之中，曼荼罗娇小的身体被包裹在宽大的黑袍下，那一对金色的大眼睛淡淡地看了一眼一旁因为她的一句话而眼神变得灼热起来的牧尘："大日不灭身是修炼万古不朽身的基础，虽然它并没有出现在九十九等至尊法身之列，但如果真要排名的话，它起码能进入前三十的名次。"

"前三十? 这么强?"

牧尘微惊，他从未小看过大日不灭身，但却并未想到它能够跻身前三十的排名，毕竟他也清楚，那排名前三十的至尊法身，就算是在一些远古种族以及超级势力之中，都绝对能够算做是镇宗之宝，至少，类似他们这大罗天域内，是寻不出这种等级的至尊法身的。

"你应该知道万古不朽身的来历吧? 作为这天地间屈指可数的'原始法身'，就算大日不灭身只是修炼它的基础法身，但也绝非寻常至尊法身可比。"曼荼罗道。

牧尘点点头，经过那场远古浩劫，如今天地间仅有五座"原始法身"存在，而这万古不朽身，便是其中之一。

这五座"原始法身"所具备的力量，比起其他的至尊法身，不知道强悍了多少倍。

"而现在的你，虽然把大日不灭身修炼成功了，但却根本未曾了解到它的玄奥。"曼荼罗小嘴撇了撇，似乎是在嘲讽牧尘的暴殄天物。

牧尘一脸尴尬，他毕竟才修炼成大日不灭身没多久，自然难以摸索出它的奥妙，而且，他从不朽之页上获得的修炼之法，也只是告诉他如何才能将大日不灭身修炼而成，至于修炼成功后，很多东西依旧还需要他自己去探索。

"那就请曼荼罗大人指点了。"人在屋檐下，不得不低头，牧尘也只能虚心求教。

"知道什么叫做至尊神通吧?"曼荼罗平淡道。

牧尘微微点头，所谓的至尊神通，那是唯有一些强大的至尊法身才会拥有的特殊手段，不过在他所遇见的那些至尊法身，似乎还并没有见谁能够拥有至尊神通。

"你的意思是，大日不灭身也拥有至尊神通？"

"如果连大日不灭身这种至尊法身都没有至尊神通的话，那还有多少至尊法身配拥有？"曼荼罗小嘴一撇，道。

"而大日不灭身的至尊神通，也被称为九阳之力。"

"九阳之力？"牧尘微怔，旋即若有所思道，"是否与所炼化的九阳灵芝有关？"

曼荼罗讶异地看了牧尘一眼："看来你还没笨到无可救药的地步。"

牧尘嘴角微微抽搐。

"九阳灵芝在被炼化后，会在大日不灭身内，形成九颗大日之晶，若是能够将其尽数蕴养催化，九阳之力，翻手间便能镇压苍穹。"曼荼罗缓缓道。

"大日之晶？"

牧尘眉头微皱，旋即他双目微闭，磅礴的灵力陡然爆发开来，金光涌动间，大日不灭身便闪现而出，他闭目仔细感应着，半晌后，终于顺着灵力的流动方向，的确在大日不灭身体内发现了九处有着隐晦异样波动的地方。

这种波动极为细微，隐藏在灵力之下，若不是牧尘有心探测，恐怕还真是难以察觉。

牧尘心神一动，细察那些地方，只见得灵光涌动的深处，果然出现了九颗圆形的金色晶体，一种至刚至强的波动，悄然散发出来。

"这就是大日之晶吗？"

牧尘心有所悟，然后散去大日不灭身，睁开双目，迫切道："怎么样才能将这大日之晶催化？"

他能够感觉到，那大日之晶内的确蕴含着极其惊人的力量，如果能够令其成熟，那么必然能够极大地增强他的实力。

"简单，用灵力催化就行了，如果自身灵力不足的话，就用至尊灵液来催化，我想想，想要将第一颗大日之晶催化成熟，或许只需要五六万的至尊灵液就足够了。"曼荼罗随意地说道。

"五六万的至尊灵液？"

不过她这随意一说，却是差点让牧尘一口血给喷了出来，他买下一颗虚空大日果，那也才花费了一万多的至尊灵液，然而现在光是催化一颗大日之晶，就超过五万之数，这就算把他给卖了也拿不出来啊！

"很多吗？这还真是催化第一颗大日之晶而已，越到后面，所需要的至尊灵液就越多。"曼茶罗雪白的小肩膀轻轻耸了耸道。

牧尘脸都绿了，感情这所谓的九阳之力，完全是靠至尊灵液砸出来的啊！

"看你这可怜样……"曼茶罗小手托着脸蛋，戏谑地望着牧尘，旋即她懒懒地挥了挥手道："看在你刚才多管闲事乱帮忙的份上，我就帮你一把，将这第一颗大日之晶催化吧。"

听到前面一句话，牧尘顿时气乐了，不过当后面那句话再入耳时，他立即收敛笑容，面色郑重地竖起大拇指："知恩报恩，果然是女英雄。"

"没骨气。"曼茶罗斜瞥了他一眼。

"骨气又不是这个时候拿来用的。"牧尘笑道。

"把大日不灭身再召唤出来。"曼茶罗小手一挥，道。

牧尘闻言立即照办，心神一动，那弥漫着金光的大日不灭身便出现在了这巨大的山体之中，金光将这山体内部也渲染得如黄金所铸般璀璨。

曼茶罗小手伸出，只见得幽黑的灵光在其指尖凝聚，下一刹，直接化为一道幽光暴掠而出，快若闪电般地射进了大日不灭身之内，最后出现在大日不灭身眉心处。

这里，正盘踞着一颗大日之晶。

那道幽光直接将那颗大日之晶包裹在其中，牧尘能够感觉到，一股磅礴的灵力，正在源源不断地对着那大日之晶内涌去。

而随着如此磅礴的灵力涌入，那大日之晶的光芒也越来越明亮，隐隐间，似是有可怕的力量在荡漾着。

幽光盘踞，不过那颗大日之晶却并没有如同牧尘想象那般被孵化。

"怎么回事？"牧尘睁开双目，疑惑地望向已经收手的曼茶罗。

小女孩轻轻揉了揉额头，似是有点疲惫，她白了牧尘一眼："你当这是老母鸡孵蛋吗？这么容易？我将一道灵力留在那里慢慢催化，想要待它成熟，还需要一些时间。"

牧尘这才恍然，旋即笑道："干嘛不多催化几颗？"

她这随随便便一出手，就能抵数万至尊灵液的功效，这种劳力，简直就是逆天了。

"可以啊，不过以你现在的这实力，我想只需要催化三颗大日之晶，你这大日不灭身就会承受不住那种恐怖的力量，从而'嘭'的一声爆炸开来……"曼荼罗小脸上浮现一抹笑意，然后她伸出小手，指尖幽光缠绕，笑眯眯道，"来，我帮帮你。"

牧尘讪讪一笑，退后两步："还是我自己来吧。"

曼荼罗漫不经心地收回小手，牧尘也坐到一旁，他沉吟了一下，问道："为什么你对大日不灭身会这么了解？"

这个疑惑早就在他心中存在了许久，因为他发现曼荼罗对大日不灭身的了解似乎超出他的想象，而一般说来，知晓大日不灭身的人应该极少才是。

曼荼罗怔了一下，旋即沉默下来，半晌后，才道："因为这个世界上，不是只有你修炼过大日不灭身。"

"你也修炼过？"牧尘一惊。

"没有。"曼荼罗摇摇头，淡淡道，"不过我遇见过……所以你不要以为你是唯一的，而我也得提醒你，如果哪一天你也遇见了同样修炼了大日不灭身的人，最好小心一点。"

"为什么？"牧尘面色凝重道。

"你修炼大日不灭身的目的是什么？"曼荼罗问道。

"万古不朽身。"牧尘轻声道，旋即他的面色微微一变，或许修炼大日不灭身的人不止他一个，可最终能够修炼成万古不朽身的人，却只会有一个，所以说，其他修炼过大日不灭身的人，从某种程度而言，是他的竞争敌人。

"万古不朽身乃是天地间硕果仅存的原始法身之一，想要真正得到它，需要经过残酷的选拔，你既然已经修炼出了大日不灭身，那算是通过了第一步，可以后你能走到什么地步，还是得看你自己的能耐。"曼荼罗平静道。

牧尘面色凝重，心中思绪翻涌，曼荼罗的话给他带来了不小的震撼，看来这万古不朽身之后，还隐藏了许多他不知道的隐秘。

"其他的原始法身，也是如此吗？"牧尘看向曼荼罗，问道。

"或许吧。"曼荼罗没有给他明确的回答。

牧尘轻轻点头，旋即一笑，道："多谢了，我会小心的，不过听你这么一说，我倒是对万古不朽身的兴趣越来越大了。"

曼荼罗讶异地了看一眼眼神变得愈发灼热的牧尘，这个家伙，还真是胆魄惊人呢。

"给你的回报而已。"

曼荼罗站起身来，然后转身朝山体之外而去："走吧，大罗天域的征伐之战要开始了，你自己好自为之，可别被人干掉了，白白浪费了这大日不灭身。"

牧尘笑了笑，旋即他手掌缓缓紧握，眼神坚毅，不管修炼这大日不灭身会有多危险，但他却绝不会放弃，终有一天，他会将那万古不朽身得到！

因为这也是他通往那盖世强者之路的必经之路！

第 **15** 章
大战雷魔宗

大罗天域战备的气氛,在这数天的时间,已经酝酿到了极点,大罗天的上空,每天都是无数道光影源源不断地掠过,滔天战意,冲天而起。

在天罗大陆这种纷争不断的地方,战争是一件极为常见的事情,而从某种角度而言,这也并没有什么所谓的正义邪恶之分,弱肉强食,是这里的丛林法则。

在大罗天域蛰伏期间,百战域也屡次发动战争,偷袭大罗天域的城市,肆意掠夺,而如今的大罗天域,只不过是将他们所施加的种种行为,返送回去而已。

九幽宫。

在那大殿之内,九幽宫诸多高层都汇聚于此,在那石台上,有灵光凝聚,化为了一张巨大无比,同时也复杂无比的灵力地图。

"如今我们大罗天域的诸王势力都已经出动,其他的那些附庸势力,也在调集力量。"九幽望着那复杂的地图道。

"大罗天域内这么大的动静,想来百战域也应该察觉到了吧?"牧尘问道。

九幽蟒首轻点:"察觉到也没什么,这种规模的战争,不是先知先觉就能改变什么的。"

牧尘也点了点头,大罗天域庞大的实力放在这里,不管对方有什么防备,直接铺天盖地地碾压过去，任何计谋在绝对的实力面前，都只是摆设而已。

"那我们九幽宫的进攻路线呢？"唐冰在一旁询问道。

九幽狭长的美目微眯，旋即她那纤细的玉指，便指向了地图西南的方向，最后停在了一颗赤红的光点下，在那光点左右，注释着三个醒目的血字。

雷魔宗！

"雷魔宗？"周围的唐冰、唐柔等人都惊呼一声，旋即丘山小心翼翼道，"宫主，这雷魔宗在百战域中名气颇盛，其宗主秦天罡的实力早已达到五品至尊层次，将他们定为目标，会不会不甚稳妥？"

一般这种征伐之战，大多都以掠夺为主，而掠夺自然要先从最容易的开始，而显然，这雷魔宗并不在最容易的行列。

"有冒险才有收获嘛。"九幽微微一笑，"雷魔宗这些年行事霸道，数次侵犯我们大罗天域的疆域，不知道抢夺了多少至尊灵液，而这一次，我们就将他们拿走的，尽数拿回来。"

"至于那秦天罡，我自会对付他。"

丘山他们面面相觑，不过见九幽主意已定，他们也就恭声应了下来，既然九幽这么有信心，那他们也就不惧了，而且大罗天域此次整体出动，到时候想来那雷魔宗也不敢硬撼锋芒。

"都去准备准备，明天我们九幽宫就正式出发！"

"是！"

丘山等人齐声应道，而后纷纷退去。

牧尘待到众人都退走后，才看向九幽，疑惑道："为什么要先选择这雷魔宗？"

虽然先前九幽已是有了说辞，但以他对九幽的了解，这种理由显然靠不住。

九幽闻言，看了牧尘一眼："那只是一部分原因，最主要的原因，是因为雷魔宗之中有一座雷魔渊，在那雷魔渊深处，据说汇聚着一种来自大地深处的罡雷，名为大地魔雷，而大地魔雷汇聚处，则有可能诞生另外一种更强的雷霆之力，我们将其称为幽冥心魔雷。"

"幽冥心魔雷？"牧尘一愣。

"这是一种极为奇特的雷霆之力，其力量比黑魔神雷更为可怕，不过它的诞生条件极为苛刻，所以我也不敢保证那雷魔渊中是否真的有它的存在。"

"你是要？"牧尘盯着九幽，似是想到了什么。

"没错，你修炼的九龙九象术需要它，你体内凭借着修炼雷神体而来的雷霆之力，并不足以支撑你将这九龙九象术修炼到大成，所以你还必须融合一种特殊的雷霆之力，而这幽冥心魔雷，就是最好的选择，因为从力量的角度来说，它能够与不死火略作抗衡。"九幽认真道。

牧尘怔怔地望着九幽，眼中有浓浓的感动涌出来，他没想到九幽会选择这个难啃的雷魔宗，竟是因为他。

"好啦，别这副模样，我先前说的其实也没错，有冒险才有收获，如果能够解决掉雷魔宗，我们的收获，将会超出你的想象，而那正是我们九幽宫现在所迫切需要的，我们想要壮大九幽卫，那就必须需要大量的至尊灵液。"

九幽玉手拍了拍牧尘肩膀，笑道："而且我们如果不抢先动手的话，恐怕就轮不到我们了。"

牧尘轻轻点头，现在显然不是该矫情拒绝的时候，既然这件事对于九幽宫也有好处，那他自然也会倾尽全力。

"既然如此，那就用这个雷魔宗，来填补我们九幽宫的家用吧。"

当翌日来临时，大罗天中那弥漫沸腾了数日时间的战意，终于到达了爆炸的临界点，整片天空上，人影铺天盖地掠过，犹如一片片乌云，不断对着大罗天各处的传送灵阵而去。

战争显然已是在此时开始启动。

诸王都开始行动，这种征伐之战，是他们掠夺资源，壮大自身的最好机会，而且这一次，域主已是说过，任何掠夺之物，都丝毫不用上缴，这无疑更是令诸王眼睛都红了起来。

而在无数身影掠过天际时，在那九幽宫大殿之前，九幽身披幽黑战甲，长发被随意地挽起，英姿飒爽，那一对修长玉腿，更在此时显露出惊心动魄般的美感。

她美目威严地扫视着前方那犹如黑云一般的九幽卫，并没有多说任何话，只是玉手抬起，而后陡然挥下："九幽卫，出动！"

"是！"

整齐如雷般的喝声，顿时响起，九幽、牧尘、唐冰等人率先暴掠而起，化为流光掠过天际，而在他们身后，大片的黑云，携带着滔天战意，紧随而上。

大罗天域，西南之地，西罗城。

这座西罗城，处于大罗天域的边境之处，而当牧尘率领着九幽卫通过传送灵阵出现在这里时，便见到那满城的混乱之景。

城市中硝烟四起，天空上时不时有光影掠过，那般混乱景象，与内部区域的那些繁华城市相比，显然是要荒凉许多。

城市中的一些守卫也在此时发现了出现在这里的九幽卫，当即城市中一道光影掠来，最后化为一道人影。

"属下西罗城城主纪凡，见过九幽大人！"来人现出身来，乃是一名中年男子，此时正对着九幽恭敬抱拳，这些天他显然已是见过不少大罗天域内的军队赶来，所以对于九幽卫的出现，也并不吃惊。

九幽微微点头，道："这片区域战况如何？"

"原本前些时候百战域不断有人马进攻过来，不过自从域主大人发布征伐之战后，百战域已是退缩回去，如今我们的人正在反攻，双方都有人马在这数万里之内，不断的交锋。"那纪凡恭声道。

"不过在西南数千里之外，乃是雷魔宗的地盘，所以我们的人都不敢太过深入。"

以雷魔宗的实力，足以抗衡大罗天域的诸王势力，所以如果没有诸王出手的话，大罗天域的其他附庸实力，自然也不敢招惹雷魔宗。

"你传令下去，这片区域的所有人马，都汇聚向雷魔宗。"九幽淡淡道。

纪凡一惊，旋即小心翼翼道："大人是要进攻雷魔宗吗？那秦天罡可不好对付。"

"去吧，那秦天罡我自会对付他。"九幽玉手一挥，语气不容置疑。

"是！"

纪凡不敢再多说什么，立即抱拳应是，而后掠下天空，钻进城主府，以特殊的传讯渠道，开始将这个消息发布出去。

"走！"

九幽雷厉风行，也并没有任何拖沓，直接转身就对着西南方向疾掠而去，九幽卫也立即杀气腾腾地跟上。

城市之中，无数道视线望着九幽卫远去的身影，都是眼神惊奇，看这模样，九幽宫似乎是直奔雷魔宗而去，这若是对碰起来，可就真是天雷撼地火了，只是不知道，这最近在大罗天域中名声开始扶摇直上的九幽宫，究竟能否敌得过早已名动百战域的雷魔宗。

这一战，倒是让人期待。

雷火平原。

这是大罗天域与百战域西南地域所交会的一点，而伴随着两个庞然大物开启战争，这片辽阔的平原上，也被战火所弥漫。

来自双方的人马在各处交锋，来回厮杀、偷袭、剿灭，激战直接导致这片天地笼罩在狂暴的灵力波动之中。

大地仿佛随时随地都在细微颤抖着。

那些并不属于双方势力的人，都避开了这些交战的区域，免得被波及，在这种战争的绞肉机中，一般被陷入其中，就是毁灭性的后果。

雷火平原之内，一座残破的城市矗立，而此时这座城市中不断有狂暴的灵力波动席卷而开，谁都看得出来，两波人马在争夺着这座城市。

而这两波人马，一方来自大罗天域，而另外一方，便是百战域中的势力，类似这种争夺战，在如今的雷火平原上屡见不鲜。

眼下这座城市的争夺，正有些白热化，这座城市名为地火城，是百战域中的一座重城，所以防守也算是森严，之前已有数波来自大罗天域的人马试图攻占，但却硬生生地被打得溃败而逃。

不过这次再度盯上这座地火城的人马，则是来自大罗天域的狮虎山，名气也算是不小，所以双方对上，倒是战斗得极为胶着。

此时，在这座城市城门上方，有上百道身影凌空而立，他们望着那灵力波动不断传出城市内部，面色都有些凝重。

在这些人最前方，是一名体形魁梧的中年男子，他皱着眉头盯着城市中，这里的防守出乎他意料的强大。

咻！

在他盯着城市中时，那里十数道光影疾掠而来，最后落在了他们前方，为首的是一名体形同样魁梧的男子，那模样却并不陌生，赫然便是前些时候牧尘在大罗金池之争上面所遇见的方雷。

"刘叔，这地火城之内，藏着两位三品至尊实力的强者！"方雷望着那中年男子，沉声道。

"怪不得这么难啃！"那中年男子面色凝重，他是狮虎山的首领，实力也处于三品至尊，如果对方只有一位三品至尊的话，他们凭借着人数的优势，还是能够占据上风的，可若是两位，那他们就将会付出极大的代价。

"刘叔，怎么办？"方雷问道，他同样很清楚，对方的实力更强，如果不是因为之前被其他人马消耗过，恐怕早就出来与他们正面交锋了。

中年男子眼神变幻，片刻后猛一咬牙，当机立断道："撤！另寻目标！"

方雷等狮虎山的强者一惊，旋即都只能不甘地点点头，因为他们明白，强行攻占的话，他们必然会付出极重的代价。

"走！"

那中年男子一挥手，立即撤退，其余狮虎山的强者见状，也陆续跟上。

咻！咻！

不过，就在他们要撤退的时候，那城市之中，突然一道道光影暴掠而出，为首两道光影，更是散发着强悍之极的灵力波动。

"哈哈，既然来了，那就别走了！"

那两道光影狂笑出声，两道狂暴的灵力匹练横扫而出，直接对着撤退的狮虎山席卷而去。

那狮虎山首领见状，面色顿时一变，急忙出手，与那两道灵力匹练硬撼在一起。

嘭！

灵力波动爆发开来，那狮虎山首领喉咙间发出一声闷哼，被震退了上百米，他毕竟也只是三品至尊的实力，对方以二打一，他自然不敌。

"快走！"

身形被震退，那狮虎山首领也不敢停留，急急喝道。原来之前这些家伙都是在示敌以弱，他们早就恢复了过来。

"现在才走，晚了！"

不过面对着急急撤退的狮虎山众多强者，那地火城内的强者却在那两位三品至尊强者的带领下，穷追不舍。

"该死的！"方雷见到这些家伙不断逼近，也怒骂了一声。

"看你们往哪里逃！"

一道光影暴掠而来，只见得一位三品至尊强者便出现在了方雷等人前方，一掌拍出，灵力巨掌便携带着阴影笼罩下来。

那被灵力巨掌笼罩的方雷数人，顿时无法逃脱，当即面色都苍白了起来。

轰！

然而，就在那灵力巨掌即将笼罩而下时，突然间，一道黑色战意光束猛地自天际之边暴掠而出，快若奔雷般地重重轰在那灵力巨掌之上。

咚！

灵力巨掌直接被震碎而去，而且那战意光束去意不减，直接狠狠地轰击在那措手不及的三品至尊身体之上。

噗嗤。

后者如遭雷击，身体倒飞而出，一口鲜血喷了出来，满脸惊骇地望着那天边，只见得那里，一片黑云席卷而来，最后悬浮天际。

"是九幽卫！"

那些狮虎山的强者见到这一幕，顿时惊喜出声。

"呵呵，方兄，别来无恙啊。"在那九幽卫的最前方，一道身影望向方雷，清朗的笑声传来。

"你……你是牧尘?！"方雷望着那道熟悉的身影，瞪大了眼睛。

牧尘笑着点点头，这一路而来，他率领着九幽卫倒是横扫了不少百战域的人马，先前感应到这边有剧烈的灵力波动，这才赶了过来。

"原来是牧尘统领，在下狮虎山首领，刘狮。"那位狮虎山的首领见状，也连忙拱手抱拳，盯着牧尘的目光有些奇异，想来这段时间也听说了这位九幽卫的新统领的名声。

"原来是刘山主。"牧尘也是抱拳一笑，不过却并没有过多客套，"我会解决掉一位三品至尊，其余的人马，就由你们自己对付了。"

"多谢牧尘统领！"那刘狮闻言，不由得大喜，因为他听出牧尘似乎并没有要抢夺这座城市的意思，这样一来，他们狮虎山就能够有所收获了。

牧尘笑着点点头，旋即眼神陡然变得冷冽，手掌一挥，只见得滔天般的战意席卷而出，直接对着先前那被他打伤的三品至尊强者攻去。

不过他显然高看了对方的战意，这九幽卫阵势骇人，战意弥漫开来，就算是三品至尊强者都有些心虚。

而且既然九幽卫都在这里，那九幽宫的宫主，岂不是也在不远处？

想到这里，那三品至尊强者目光一闪，竟直接掉头逃窜而去，而他这一逃，那些地火城的强者也是战意全失，纷纷溃逃。

而狮虎山的强者则是士气大振，穷追猛赶，先前的颓势瞬间消散。

牧尘见到这一幕，淡淡一笑，目光看向那刘狮与方雷，道："两位，我们九幽宫的目标是雷魔宗，你们狮虎山若是完成征伐，可对着雷魔宗而去。"

"战事紧迫，就不多停留，先行一步！"

牧尘一抱拳，没有丝毫犹豫，手掌一挥，便率领着九幽卫化为乌云，暴掠而出，留下那满地的惊叹之声。

"好厉害的年轻人，这才来大罗天域多久时间啊，竟然能够将九幽卫掌控到这一步。"刘狮望着那远去的乌云，再感受着那弥漫天地间的战意，忍不住赞叹道。

"的确很可怕，现在的他，比起我上一次见到他时，变得更加厉害了。"方雷也是一声叹息，心中为牧尘的进步之快感到震惊。

"按照这种速度下去，恐怕大罗天域要不了多久时间，就又会有一位王出现了吧。"

刘狮有些羡慕地摇了摇头，旋即他大手一挥："走，攻占地火城！然后赶去雷魔宗,哈哈,这种大场面,可绝对不能错过了!"

他声音落下,已是率先掠出,其他的狮虎山的强者,也是立即跟上。

虽然九幽的目标在一开始就直指雷魔宗,不过聪明的她却并没有鲁莽地单刀插入,而是在逐渐深入雷火平原时,放缓了速度,同时派出牧尘率领着九幽卫单独而行,而在这片区域,以牧尘的实力,再加上九幽卫的协助,基本呈现横扫的姿态。

所以,当九幽卫脚步所到之处,一些原本还在顽抗的百战域人马,几乎尽数溃败,而且,牧尘对于那些所过的城市,并没有占据,而是交给了那些之前苦战的势力。

这种作为,虽然令得他们有些损失,但却在短短一天的时间中,给九幽宫创造了极好的口碑声望,所以对于接下来九幽宫要求他们联合围剿雷魔宗时,几乎是无人不应。

于是,当第二天九幽卫在对着雷魔宗进发的同时,已经有十数支势力从其他方向以一种围拢的姿态,对着雷魔宗包围而去。

那一幕,浩浩荡荡,天空地面上,全部都是疾掠而过的人影,战意弥漫天际,仿佛连天空都变得暗沉下来。

而正是在这种可怕的围剿姿态下,牧尘率领着九幽卫,终于踏进了那雷魔宗的范围。

当大罗天域的围剿大军踏入雷魔宗的统治疆域时,却并没有遇见想象之中的反击,让人惊讶的是,那沿途之中的城市,也撤销了所有的防守。

这种反常的情况,让九幽与牧尘都很惊讶,旋即他们便明白过来,雷魔宗这并不是在畏惧后退,他们是在积攒着所有的力量,然后汇聚成雷霆之势爆发出来。

"看来他们是打算在雷魔山下与我们决战。"九幽淡淡一笑,那狭长的美目中,却并没有任何畏惧,她只是轻轻一挥手,直接率领着大军挺进。

而半日之后,大军前进的速度终于减缓了下来,因为那前方的平原开始走到尽头,那里的天空,呈现暗黑的色彩,重重山脉之中,没有任何葱郁的树木,有的,只是那不断响彻的雷鸣声。

那些雷鸣，并没有从天空传来，反而是从地底深处传来，轰隆隆的，令得大地不断在微微颤抖着。

一座巍峨的黑色巨山，犹如巨人一般矗立在前方，幽黑的山体，坚固得令人震惊。

咻！咻！

当九幽卫静静矗立时，在那后方，铺天盖地的光影疾掠而来，最后成扇形将这片区域围堵得水泄不通。

那些都是大罗天域中的诸多附庸势力。

牧尘站在九幽卫之前，微眯着双目望着眼前的巨山，虽然有狂暴雷霆之力弥漫天地，可他依旧隐隐感觉到，无数道强横的灵力波动存在于此处。

这里毕竟是雷魔宗的总部。

九幽美目一抬，那清脆而冰冷的声音，便在这天地间传开："已经躲到现在了，再缩着头，应该也没意思了吧？"

"哈哈，不愧是九幽王，当真是女中豪杰。"

而就在九幽声音刚落时，一道雷鸣巨声，顿时轰隆隆地在这天地间响彻而起，旋即那雷魔山上，猛然爆发出璀璨的雷光。

雷光铺天盖地地倾泻而下，最后在那耀眼的光芒中，只见得无数道身影，自那半空中闪现而出，那无数道先前压制的灵力波动，也在此时毫无保留地爆发出来，顿时间，连天地都为之失色。

那天空上，超过一半的人影浑身灵力与雷魔宗格格不入，显然，他们并非是雷魔宗的人，看这模样，这雷魔宗竟是与九幽想到一块去了。

九幽在拉拢其他的附庸势力一同围剿雷魔宗，而雷魔宗同样也在收拢着其他势力，准备给予九幽宫致命一击。

现在西南这片战场，恐怕十之七八的势力，都汇聚到了这里。那种阵容，足以发起一场规模浩大的战争。

牧尘目光看向最中央的方向，那里的雷霆之力，乃是这天地间最为狂暴的地方，只见在那雷光最前方，一道人影凌空而立。

他身材魁梧，身披盔甲，双臂抱胸，灰黑色的雷光在其身体表面闪烁着，一股强悍的压迫感笼罩开来，弥漫了这片天地。

而在雷魔宗内，能够拥有如此实力的，除了那雷魔宗的宗主秦天罡之外，还能有谁？

大罗天域这边，众多势力见到那道魁梧如魔神般的身影，也微微骚动起来，毕竟雷魔宗秦天罡的名声，可是相当不小，甚至，从某种程度而言已经超过了九幽，毕竟这些年来，九幽一直都处于失踪状态。

"早就听说九幽王美艳动人，今日一见倒真是名不虚传，不过这种争斗毕竟是男人的事，你生得这样可人，倒是真有些让人下不了手。"秦天罡目光望向九幽，笑声如雷道。

九幽闻言只是淡淡一笑，旋即她缓步上前，而伴随着她每一步的落下，这天地间便有清澈的清鸣之声响起，可怕的灵力弥漫在天地间，隐隐间，仿佛在她的身后天空，化为了一只看不见尽头的幽黑巨雀。

清鸣响起，直接将秦天罡散发出来的压迫感尽数驱除而去。

"九幽冥雀？"

天地间无数道目光望着那幽黑巨雀，神色都有所变化，虽然很多人都知道九幽乃是九幽雀一族，可却并不知道，她已经成功进化成了神兽之体。

那秦天罡盯着幽黑巨雀的瞳孔也是微微一缩，脸上的神色终于变得凝重了一些，九幽虽然只是四品至尊，可凭借着这神兽之力，就算是五品至尊，都会感到头疼，毕竟神兽那强大的生命力，可远远胜过人类，拼斗起来，自然会占上风。

"九幽王，你真是打算跟我雷魔宗死磕吗？"秦天罡沉声道，"你应该知道，这种拼斗对你们也没多大的好处，虽然现在我们双方开战，可比我们雷魔宗更好的目标，可还有很多。"

"怎么？现在又怕了？"九幽嘲讽一笑，"若是不想斗的话，只要你将雷魔山让出来，我可以让你们离去。"

秦天罡眼神一寒："本宗主好心给你台阶下，你却如此不识趣，真当我雷魔宗是软柿子不成？"

"是不是软柿子，那得打过才知道。"九幽淡淡道。

"看来你还真是铁了心要来找我雷魔宗的麻烦，也好，若是能够在这里将你九幽宫灭了，倒也能给我雷魔宗长长声势！"秦天罡冷笑一声。眼中掠过森然之色，他自然知道如果灭了九幽宫会对他们雷魔宗造成多大的影响，到时候，恐怕他们就能够借此一跃而起，与万剑谷、魔尸宗以及大悲天并列，成为这百战域中的第四大顶尖势力。

而正因为这种野心，他这些天才会努力收拢诸多被打散的势力，准备在这雷魔山下，借助地利，与九幽宫展开决战。

"就怕你没那福气享受了。"九幽语气平静道。旋即她盯着秦天罡："既然你准备了这么久，那这场决斗你想怎么玩，我九幽宫奉陪到底。"

"是吗？"

秦天罡冷笑一声，旋即他目光一转，停在了九幽身后的牧尘身上，笑道："最近我也听说了你们九幽宫在大罗天域闹得沸沸扬扬，这个小子，应该便是你们九幽宫的新统领吧？"

"呵呵，在下牧尘，见过秦宗主了。"牧尘抱拳微笑道。

"听说你们九幽卫最近名气不小呢。"秦天罡笑眯眯地盯着牧尘，犹如毒蛇吐信一般，"以前都说你们九幽卫是废物一群，所以本宗主也有些好奇，前些时候你们搞出来的那些事情，究竟是真的还是假的。"

"那秦宗主想要如何呢？"牧尘一笑，道。

秦天罡面色淡漠地一挥手。

轰隆。

在其身后，那灰黑色的雷光之中，突然有低沉的雷鸣声响起，旋即雷光缓缓散去，只见一支身披灰黑铁甲的军队，悄无声息地出现在了秦天罡身后。

而随着这支军队的出现，顿时有一种狂暴的波动散发出来，只见那黑色铁甲之下，仿佛有一对对野兽般的眼睛。

"那是雷魔宗的雷魔众，也是一支名气不小的军队。"唐冰站在牧尘身后，声音凝重道。

牧尘轻轻点头，来的时候他已是对雷魔宗有过一些了解，自然也知道这支名为雷魔众的军队，这是一支由雷魔宗精心打造的队伍，从某种程度而言，战斗力恐怕并不弱于九幽卫。

牧尘盯着那雷魔众，旋即眼神微凝，因为他见到，在那支军队最前方，一道人影缓步走出。

那道人影，身着灰黑色的衣衫，长发披散，倒是显得有些洒脱不羁，模样也算是英俊，只是那薄薄的嘴唇，仿佛刀刻一般。

"呵呵，在下雷魔宗长老秦陵。"那道人影现出身来，冲着牧尘微微一笑，笑容和善。

不过牧尘听到这个名字，双目却是微微虚眯了一下，在他所知道的信息中，自然也有这个秦陵，据说他是雷魔宗两大长老之一，实力早已达到三品至尊的层次，而他也是雷魔众的统领，这些年雷魔众在他的统率下，掠夺了大罗天域不知道多少城市，甚至，连一些附庸势力，都被他所灭，算得上是一号狠人。

"如雷贯耳。"牧尘笑了笑，道。

"呵呵，这段时间可没少听说牧尘统领的威风事迹，我们雷魔众可还没剿灭过这么有名的对手呢，看来得把握住这次的机会了。"那秦陵温和笑道。

"就怕以后这百战域，就没什么所谓的雷魔众了。"牧尘也是微笑道。

两人虽然笑着，可说出来的话却是针锋相对，甚至已有杀意在其中流动，这倒是让天地间众多势力心头微凛，看来今日这场战争，是不可避免的了。

"九幽王，今日就让我来见识一下你这九幽冥雀究竟有多厉害！"

秦天罡雷鸣笑声响彻天地，旋即他眼神陡然一寒，脚掌一跺，身形直冲九天而去，同时有喝声传荡而开，杀意滔天。

"秦陵，灭了这九幽卫！"

"谨遵宗主之命！"那秦陵笑着抱拳，那盯着牧尘的目光，犹如看见老鼠的猫。

轰隆。

雷声响彻天地，而那秦天罡的身影已是化为一道雷虹，直接对着九天之上掠去，那狂暴无匹的灵力波动，荡漾在整个天地间。

九幽抬起俏脸，狭长美目流转着冷意地望着那一道雷虹，旋即她偏过头对着牧尘道："我去对付秦天罡，那雷魔众就交给你了。"

如今他们这边能够摆上台面的军队，唯有九幽卫，其余那些势力的人马，显

然远远比不上那雷魔众。

"交给我吧。"牧尘轻轻点头，虽然那秦陵的实力达到了三品至尊，可所幸他也是在之前突破到了二品至尊，而且在对于战意的掌控下，牧尘可自信不会弱于他。

"我会尽快解决他。"九幽螓首一点，也没有多拖沓，她玉足一点，出现在了其身后那庞大的幽黑巨雀身躯之上，而后巨雀长鸣出声，那垂云之翼扇动起来，天地间狂风大作，庞大的身影直接化为黑光冲上九天。

秦天罡立于九天之上，这个高度约莫离地数万丈，罡风凛冽，也唯有达到他们这种实力的强者，才敢在此激战。

他双臂抱胸，望着那扇动着垂云之翼出现在前方的巨大冥雀，再看看巨雀之上的那一道纤细倩影，淡淡一笑，双掌紧握，灰黑色的雷光，犹如蟒蛇一般在他身体表面游走起来。

嗤嗤。

雷芒闪烁，秦天罡的身体仿佛也在此时膨胀了一圈，一般说来，修炼雷属性灵力的人，肉身会显得更为强悍，而这秦天罡显然也如同牧尘一般，修炼过肉身。

"你九幽宫将目标放在我雷魔宗头上，只能说你们眼瞎。"秦天罡冷笑地望着九幽，道。

九幽闻言，却并未与其废话，玉足轻轻一点，只见得那冥雀便长鸣出声，双翼震动，磅礴灵力席卷而出，直接化为铺天盖地的黑色翎羽，犹如暴雨一般笼罩向了秦天罡。

"雕虫小技。"

秦天罡双掌紧握，灰黑色的雷光猛然爆发开来，仿佛一圈雷霆屏障，将其护在其中，而那些黑色翎羽一遇见雷霆屏障，便被震成光点，消散而去。

"是吗？"

九幽红唇一扬，玉手凌空点出，突然间，那铺天盖地的黑色翎羽中，一缕燃烧着紫炎的翎羽破空而现，唰的一声便冲进了那雷霆屏障之内，而且这一次，紫炎涌动，反而将那缠绕而来的灰黑雷霆烧成虚无，翎羽犹如利剑，直射秦天罡眉心要害。

突如其来的凌厉攻势，令得秦天罡面色一变，不过他毕竟也是五品至尊的强者，当即翻手一掌拍出，掌心之上，雷光涌动。

轰！

掌风与那紫炎翎羽硬撞在一起，顿时有着极端狂暴的灵力波动肆虐而开，秦天罡身形一闪，出现在数百丈之外，他低头望着焦黑的掌心，面色变得阴沉下来。

"以为凭你这点雷霆之力，就想挡下我这不死火？"九幽红唇掀起一抹嘲讽之色，道。

"哼。"

秦天罡冷哼一声，旋即他脚掌猛地一跺，顿时间灰黑色的雷霆犹如海洋一般从其体内爆发出来，短短数息间，这片云层便化为乌黑的雷云，那种可怕的灵力波动，即便是数万丈之下的人，都能够清晰感觉到。

五品至尊真正动怒时，威力的确足以震慑天地。

九幽玉手一旋，只见幽黑灵力也在此时自她体内爆发出来，那黑浪滚滚中，紫炎涌动，令得空间都变得剧烈扭曲起来。

两股庞大而可怕的力量各自占据半壁天空，那种对碰，犹如陨石对撞。

两道冰冷的目光，在半空交织，下一刹，两道身影便化为光影暴掠而出，在他们身后，滚滚灵力，如洪流般涌来，最后相撞。

轰！

九天之上，惊人的灵力风暴肆虐开来，即便是那凌冽的罡风，都在此时被震碎而去，方圆数万丈内，都被两人的灵力所弥漫。

这场战斗，注定惊心动魄。

在那下方，无数道视线望着九天上的动静，也是暗暗咂舌，不过旋即一些人的目光便转移下来，九幽与秦天罡都拥有着强横的实力，这种交锋，难以轻易分出胜负。

而在上面难以分出胜负之时，这下面的交锋，就显得尤为重要，这里的胜局，也会影响到九幽与秦天罡，而在那种对决中，一旦谁分心，很有可能就会暴露出破绽。

漫天的目光，开始看向了那站在九幽卫以及雷魔众之前的两道身影。

而在那无数道目光注视中，那秦陵也冲牧尘笑了笑，道："既然连宗主都下令了，那今日倒真是不能放过你们了。"

他显然是有着不小的信心，雷魔众的数量要胜于九幽卫，而双方的统领相比，他这三品至尊的实力，也算是碾压了牧尘。

再加上这些年他率领着雷魔众取得的那些耀眼战绩，他有足够的理由蔑视眼前这个刚刚才在大罗天域中声名鹊起的新任统领。

"就怕那最后的结果会让秦陵统领失望。"不过面对着对方的自信，牧尘只是平静一笑，道。

"哈哈，有魄力。"秦陵竖起大拇指赞道，旋即嘴角掀起一抹森冷的弧度，"不过就是要这样才有意思，希望待会你可别让我失望了，只会耍嘴皮子的人，我可是最讨厌了！"

轰！

话音落下，秦陵脚掌一跺，身形暴冲而起，而在其后方，雷鸣声响彻天地，只见得那雷魔众顿时化为雷光冲天而起。

牧尘见状，也是手掌抬起。

"牧尘，小心点。"

唐冰轻声道，这个秦陵，已是拥有着三品至尊的实力，比起他们大罗天域四大统领中任何一人都要强，虽然这种统率军队作战，个人的实力，倒并不是最重要的，可毕竟也能够有不小的影响。

"这里就交给你了。"牧尘点头，如今的战场几乎被分成三块，九幽与秦天罡独占一块，九幽卫将与雷魔众展开决战，而这里则是最混乱的，双方诸多势力都会出手，试图将牵制住对方。

"放心，他们绝干扰不到你们。"唐冰微微一笑，倒是显得颇为从容，在这些天的时候，她已是和大罗天域这边诸多势力沟通过，一旦开启混战，将会由她暂时掌控局面。

牧尘见到眼前女孩那自信从容的笑容，也就不再多说，抬起的手掌猛然落下，眼神也变得凌厉起来。

"九幽卫，走！"

"是！"

整齐如雷的声音响彻而起，九幽卫顿时拔地而起，化为一片乌云冲上高空，最后出现了那雷魔众前方，磅礴战意弥漫而开。

牧尘身形一动，直接出现在了九幽卫上方，而那磅礴的九幽战意便犹如黑色的海洋一般汇聚在他的周身。

秦陵眼神淡漠地望着牧尘，旋即他手掌轻抬，淡淡的声音，响彻而起。

"雷魔战意！"

在其后方，那雷魔众灰黑色的铁甲下，仿佛有一道道充满着狂暴的眼睛出现，旋即那如雷鸣般的低吼声，响彻而起。

轰！

天地间雷霆闪烁，只见到无数道灰黑色的战意犹如雷蟒一般冲天而起，最后铺天盖地的交汇在秦陵的身后，那一幕，壮观到极点。

"我倒是要来看看，这最近在大罗天域中传得沸沸扬扬的九幽统领，究竟有什么让人称道的地方！"秦陵一笑，旋即他伸出双指，遥遥对准牧尘，轻轻点下。

嘭！

一道百丈庞大的雷光战意，犹如怒龙一般暴冲而出，刹那间爆发出来的璀璨光芒，令得天地间无数目光都投射而来。

雷光战意横扫而来，一闪之下就已出现在了九幽卫前方，不过，就在它即将狠狠轰来时，只见得那幽黑战意席卷来，直接化为一道翎羽之盾。

轰！

两者硬撼，狂暴的波动肆虐，不过看似薄弱的翎羽之盾，却始终未曾破碎，直到那一道雷光战意力量用尽后，才一点点消散而去。

这一幕看得下方双方无数强者眼神微凝，因为从规模上来看，显然是雷魔众更占优势，战意也显得更为狂暴。

不过，来自他们的攻势，却轻易地被九幽卫抵挡了下来。

"厉害，早便是听说了牧尘统领凭借着一千九幽卫战胜了五千血鹰卫，今日一见，传闻果然属实。"

　　"看来牧尘统领对于战意的了解与掌控，远超其他统领。"

　　"……"

　　大罗天域这边，众多强者忍不住惊叹出声，旋即也将提起来的心给放了下来，他们毕竟也是担心万一牧尘战败，导致九幽分心，而一旦九幽失手，那他们这边，必然会大溃败。

　　轰!

　　天空上，牧尘平静地望着面前烟消云散的雷光，旋即他抬头，黑色眸子盯着秦陵，眼神深处，犹如刀锋般凌厉的神色，一点点涌了上来。

　　"今日我倒是要你看看，究竟是谁灭得了谁!"

　　他双手陡然结印，下一刹那，那磅礴的九幽战意，顿时以一种疯狂的速度暴涨起来，短短数息间，天空黑暗下来，甚至连那狂暴的雷鸣声，都在此时被尽数压制而下。

　　一直风轻云淡的他，终是开始展露狰狞。

第 16 章
单打独斗

磅礴的九幽战意在此时呼啸天地，那种强悍程度，竟是不比数量占据绝对优势的雷魔众弱上丝毫，战意仿佛海洋一般自牧尘周身席卷，远远看去，犹如黑色的海水自空间裂缝中涌出来，欲要淹没天地。

面对着如此强横的战意，就算是三品至尊，都不敢撄其锋芒。

秦陵凌空而立，他望着九幽卫那磅礴的战意，眼瞳微微缩了缩，看来真的犹如情报中所说，这个叫做牧尘的小子，对于战意有着相当精妙的掌控，不然的话，是绝对不可能将九幽卫的战意，提升到这种程度的。

秦陵眼芒微闪，旋即他冷哼出声，脚掌一跺，只见得那由雷魔战意凝聚而成的灰黑色层层雷云便堆积在其身后，狂暴的雷鸣响彻在天地间，那等声势，同样是极为强悍。

"可别将我雷魔众，当成是你们大罗天域中那中看不中用的血鹰卫！"

秦陵冷笑，旋即他眼神陡然冷厉，双掌一抬，那雷魔战意便爆发出惊天咆哮，灰黑色的雷光疯狂汇聚而来，最后竟直接在那层层雷云之中，化为一柄巨大的雷霆之矛。

雷矛周身，灰黑色的雷霆犹如巨蟒一般缠绕着，轰鸣之声，震动着天地。

这秦陵并没有丝毫要与牧尘试探的打算，一出手便动用真正的手段，显然是打算以最快的速度占据上风，并且将九幽卫击溃。

"雷魔之矛！"

秦陵手掌一握，猛地投掷而下，只见那灰黑色的雷霆巨矛顿时暴射而出，当即空间碎裂，一闪之下，就已出现在了九幽卫的上空。

"九幽之羽！"

牧尘印法一变，那战意汇聚而成的海洋也翻涌起来，一枚巨大的幽黑翎羽暴掠而出，直接与那雷矛硬撼在一起。

咚！

巨声响彻，狂暴的波动肆虐开来，仿佛掀起风暴，但却丝毫无法掀动双方那磅礴似海般的战意。

一招失效，秦陵眼神却是连变都没变一下，旋即他印法闪电般的变化，滔天战意在此时疯狂翻涌起来，只见得一柄柄雷霆巨矛飞快成型，短短数息，便密布在天空。

这一幕，看得不少强者头皮发麻，这种强度的攻击，如果换做寻常任何一个三品至尊单独施展的话，怕都会有不小的负担，可眼下在秦陵手中，却是随手拈来，这就是借助战意的可怕之处，因为这时候要面对的并不只是单独一人，而是一支由一个三品强者，统率数千精锐高手汇聚而成的军队！

"去。"

秦陵屈指一弹，那铺天盖地的雷矛便暴射而出，举手投足间，山崩地裂，天地失色的感觉，倒是显得气度非凡。

不过，面对着他的狂轰猛炸，牧尘却是丝毫不惧，虽然雷魔众数量占优，可他在战意的领悟与掌控上同样占据优势，所以这秦陵试图以战意压倒他，也是不可能的事情。

所以，牧尘立即操控起九幽战意呼啸而出，战意仿佛化为无数重战意涛浪扑打而出，与那无数道雷矛攻势轰撞在一起。

砰！砰！

狂暴的巨声不断在天空上响起，一波波的飓风肆虐开来，令得空间一片片扭曲着。

在那下方，无数强者仰头望着那不断爆炸的天空，两人的交锋，根本就没有任何技巧可言，完全就是在凭借着战意的雄浑来硬碰。

不过，谁都看得出来，正在施展着狂暴攻势的秦陵，竟并没有占据丝毫优势，他的那些攻势，几乎全部都被牧尘给阻挡了下来，寸进不得。

这一幕让得不少人心中都有些惊叹，这些年来，雷魔众声名远扬，不知道多少势力被他们所灭，然而如今，那种凶威，终是被阻挡了下来。

看眼下这模样，就算九幽卫灭不了雷魔众，可至少能将他们缠住，这个九幽宫的新统领，的确有两把刷子。

轰隆！

天空上，狂暴的灵力波动肆虐了十数分钟，终于逐渐停歇，那秦陵也停下了这种毫无意义的狂猛攻势，因为他知道继续这样下去，只会延长时间而已。

这种军队比拼战意，讲究的是雷霆手段，因为军队数量庞大，本就是以量取胜，如果是围剿的话，自然能够将敌人活活困死，可两支军队想要分出胜负，那就得施展最强手段，击溃对方的战意，一举胜之。

而眼下九幽卫的战意丝毫不比雷魔众弱，缠斗下去，只是无谓地消耗时间而已，而显然，这个结果，不是秦天罡，也不是秦陵想要的。

秦陵目光闪烁，那薄薄的嘴唇，此时紧抿着，透露出极端愤怒不屈的情绪。

"怎么？不继续了？"见到秦陵停下了攻势，牧尘笑道。

秦陵阴冷地看了他一眼，淡淡道："小子，虽然不得不承认你在战意上面的确有些天赋，不过……我还是得说，你嫩了一些。"

话到此处，秦陵的嘴角突然掀起一抹诡异的笑容。

牧尘瞧到他这笑容，眉头微微一皱，心头涌起了一抹不安的感觉。

而就在此时，秦陵手掌一握，只见一颗闪烁着灰黑色雷芒的石头出现在了他手中，他手掌猛地一握，那雷石便被他瞬间捏爆而去。

轰！

灰黑色的雷光，竟在此时铺天盖地溅射出来，雷光弥漫，不过却并没有带来任何伤害，但是牧尘的脸，却在此时猛地变了颜色。

因为他发现，那雷光犹如一片庞大的力场，而在这片力场中，那凝聚在他周身的战意，竟在迅速消散。

"怎么回事？"

牧尘眼神微冷地望向那秦陵，却发现他周身汇聚的雷魔战意，也在此时迅速消散，显然，同样身处这雷光中，他们都受到了影响。

这家伙究竟要干什么？

"呵呵，是不是发现没办法催动战意了？"秦陵戏谑地望着牧尘，旋即他拍了拍手，"这是雷魔晶，配合雷魔山，能够产生一片雷场，在这片区域中，将会对战意造成极大的干扰，所以现在这片区域，我们都无法调动战意了。"

牧尘眉头紧皱，微闭双目，感应战意，果然发现仿佛有一种无形的力量在干扰着他，而这种干扰，以他现在的实力，还无法屏蔽。

下方诸多九幽卫战士也传出了一些骚动，如果牧尘无法调动战意，那他们九幽卫几乎被废了十之七八，因为牧尘才是九幽卫的魂，只有他才能够掌控战意，而一旦一支军队失去了战意，那也就与散兵无疑了。

"怎么回事？"

此时在那下方，无数强者也发现了这一幕，当即有众多疑惑的声音响起，秦陵这是在干什么？这样的话，他岂不是也无法调动雷魔众的战意发动攻击了？

"现在你失去了九幽卫，而我也失去了雷魔众。"

秦陵笑眯眯地望着牧尘，手指轻轻点了点牧尘，然后指了指自己："这里，只有你，还有我。"

此话一出，所有人都明白了秦陵的意思，失去了九幽卫的牧尘，不过只是一个二品至尊而已，然而秦陵，却依旧是一个成名已久的三品至尊！

凭借着九幽卫的战意，牧尘自然是能够与秦陵抗衡，然而一旦九幽卫战意被剥夺，那么牧尘的实力，自然会被打回原形。

双方原本处于同等的水平线，但却因为战意的消失，被直接拉开了！

这才是秦陵的用心！

"卑鄙！"

唐冰咬着银牙，怒叱出声，旋即她美目一寒，冰冷下令："动手！铲除雷魔宗！"

在那后方，大罗天域那诸多早就跃跃欲试的势力，顿时忍耐不住，当即便灵力暴冲天际，厮杀声响彻天地，无数道流光铺天盖地的掠过天际，直接对着雷魔山围剿而去。

"拦住他们！"

那百战域的众多势力见状，也立即迎上，他们都明白，此时天空两片战场息息相关，而眼下秦陵已是设局困住牧尘，只要他们拦住对方的攻势，那么这场战争的胜利，就会向他们这边倾斜。

所以这种时候，必然是不能后退！

可怕的洪流在天空上交汇，顿时间，整片天地都开始颤抖起来。

轰！轰！

双方这交手起来，则是真正的大动静，无数强者厮杀开来，那种扩散出来的灵力波动，令得大地都在不断抖动着，一座座山峰，在那灵力对轰之间，化为粉末，巨大的裂缝，犹如深渊一般在地面上裂开……

天空上，秦陵双臂抱胸，任由下方灵力肆虐，只是那有些阴寒的目光，锁定着牧尘，嘴角的笑容，充满着阴狠。

"现在，你还能如何？"

金色的雷光力场在天空上弥漫开来，笼罩了这片区域，牧尘望着这片雷光力场，那年轻的面庞上，却出乎秦陵意料的并没有太多惊慌。

"干扰战意吗……"

牧尘笑了笑，抬起头，锁定着双臂抱胸的秦陵，眸子中寒意掠过，从某种程度而言，秦陵的这个举动，倒是正合了他心意。

虽然他凭借着对战意的掌控与领悟，能够在战意的比拼上占据一些优势，可九幽卫毕竟底子薄弱，而雷魔众又不是泛泛之辈，所以，如果光凭借着九幽战意的话，牧尘其实并没有绝对的把握能够取胜，顶多只能毫无意义地纠缠下去。

可一旦他们双方都失去了战意，那么都会被打回原形，或许在别人看来，这种原形毕露对于牧尘来说是一件极其糟糕的事情，毕竟他只是二品至尊，然而对于牧尘而言，他想要取胜的几率，反而是在这种原形毕露间，开始增加。

拥有着雷魔众的秦陵，牧尘还真会感到格外棘手，可现在嘛……失去了雷魔众这层护甲，秦陵的危险程度，却在牧尘心中大为降低。

"看来你倒是镇定得很。"

秦陵凌空而立，双臂抱胸，灰黑色的雷光在其周身闪烁着，在其身后，空间波动着，隐隐间，仿佛有浩瀚大海浮现，惊人的灵力威压，笼罩天地。

"雷魔体！"

秦陵笑着，旋即他眼神陡然一寒，双手结印，只见他的身躯竟在此时以一种惊人的速度膨胀起来，皮肤迅速变得幽黑如铁，在那皮肤之下，青筋犹如虬龙一般耸动着，短短十数息的时间，这秦陵便化为一具身躯幽黑的，灰色雷光缠绕的巨人。

一股强悍无匹的力量之感，弥漫开来，显然，这秦陵所修炼的雷魔体，也是一部相当厉害的雷属性炼体神术！

"我能够从你的体内感觉到一些雷霆之力，想来你应该也修炼过一些雷属性的神术，不过，就怕你是在班门弄斧。"

秦陵的声音都在此时变得狂暴了起来，那轰鸣之声，震得人耳朵刺痛。

"雷魔体？"

牧尘惊讶地望着秦陵那幽黑的身躯，旋即忍不住咧嘴笑起来："那今日我倒真是要来看看，咱们究竟是谁在班门弄斧了！"

牧尘双手合印，璀璨雷光也在此时猛地自其体内爆发出来，转眼间银光璀璨，显然已是将雷神体催动到了极致的雷化状态。

虽说催动雷神体后，牧尘的体形依旧不及秦陵庞大，但那低沉的闷雷声，却反而压过了秦陵所带来的雷威。

"嗯？！"

秦陵望着那几乎呈现雷化状态的牧尘，眼神也是一凝，他先前的确是感觉到了牧尘体内有一些雷霆之力，可却没想到，一旦催动后，那些看似不起眼的雷霆之力，竟会爆发出如此力量。

不过光凭这个，显然没办法让秦陵忌惮，他一声冷笑，脚掌猛地一跺，那鬼魅般的身形，竟直接出现在了牧尘的前方，而后一掌对着后者天灵盖重重拍下。

风雷之声响彻，快如雷霆。

咚!

不过他的速度虽快，牧尘却是更为迅猛，还不待他一掌力道催动到极致，那五指紧握的拳头，便携带着霸道的力量，直接轰在其掌心，可怕的力量爆发而开，直接将秦陵掌风震散而去。

唰!

不过这秦陵也毕竟不是省油的灯，其战斗经验之丰富，也远超常人，掌上攻击失效，他那腿风瞬间化为一道雷光，带起一道道残影，震碎空间，连绵不断地对着牧尘胸膛轰去。

牧尘神色不动，同样腿风如雷，硬撼过去。

嘭!嘭!嘭!

两人攻击速度快得让人眼花缭乱，常人仅仅只能看见那一道道犹如雷光的残影掠过，然后天空上便有狂暴的雷霆声疯狂响起。

短短十数息的时间，两人便交手了上百回合，而且完全都凭借着肉身的力量，每一次的对碰，都犹如钢铁硬撼，那种硬拼，看得无数人眼皮都在抽搐。

咚!

雷霆撕裂天际，两道雷光身影再度交错，拳风如雷，狠撞在一起，顿时雷光从他们拳下爆发开来，两道人影都被震得倒射而出。

牧尘被震退了百步，旋即脚掌一跺，稳下身形，手臂一颤，袖子便化为粉末飘散而下。

而那秦陵仅是退后了数十步，不管如何，三品至尊的实力，在这种硬碰中，还是占据着不小的优势。

秦陵十指交叉，反手一握，骨骼脆声响起，眼神阴沉地望着牧尘，眼神深处有些惊诧，他没想到，眼前这个小子，竟然能够与他在肉身的对抗上拼到这一步。

他的这雷魔体，可是在那雷魔渊中锤炼了十数年，才能够有此成就，但眼前这家伙所修炼的肉身，竟丝毫不比他弱。

这个结果，他可并不喜欢。

他设局剥夺了战意，可不想再来个势均力敌的结果！

阴冷之色自秦陵眼中掠过，旋即他深吸一口气，双手猛地结印，顿时间天地间层层雷云涌出来，只见灰黑雷光飞快地在其周身汇聚，短短数息间，一座巨大无比的雷光巨影，便出现在了秦陵周身之外。

"雷魔法身！"

当秦陵那低喝之声响彻而起时，那一道雷光巨影彻底凝聚，旋即巨影巨掌一合，然后猛地一拉，嗤啦一声，只见得一道千丈庞大的灰黑色雷霆长鞭便凝炼而出，唰的一声，就已撕裂了虚空，犹如怒龙般地对着牧尘缠绕而去。

"雷魔之鞭！"

牧尘身形一颤，那巨大的雷霆长鞭就已从空间中射出，狠狠地洞穿了他的身体。

一击得手，秦陵却并没有高兴，眉头反而一皱，因为他见到牧尘的身影正在缓缓地消散，那是一道残影。

哗啦！

秦陵眼芒微闪，旋即雷霆长鞭猛地倒射而回，在天空划起绚烂的弧线，直奔身后而去。

轰！

他身后的空间被撕裂开来，一道龙影掠出，旋即滔天煞气涌动，大须弥魔柱携带起阴影，狠狠地对着那雷光巨影怒砸而下。

嗤啦！

雷霆长鞭速度快得惊人，直接抢先一步而来，迅速缠绕而上，将大须弥魔柱捆住，那灰黑色的雷光则是噼里啪啦地侵蚀而去，试图将大须弥魔柱炼化。

嗤嗤。

而大须弥魔柱上凶煞之气也是暴涌，将那侵蚀而来的雷光抵御而下。

"这凶器不错，我看上了！"秦陵舔了舔嘴巴，森然一笑，那雷霆长鞭便是力量暴涌，竟直接将大须弥魔柱缠绕得倒飞回去，那强大的力量，竟连牧尘将雷神体催动到极致都有些承受不住，毕竟现在的秦陵，可是祭出了至尊法身。

"想吞我的东西，就怕撑死你！"

牧尘面色也在此时变得冰寒下来，旋即他眼中金光涌动，璀璨的金芒铺天盖地爆发开来，短短瞬间，一座犹如黄金所铸般的巨大法身，便出现在了天空上，一轮大日，悬浮在其脑后，威压十足。

正是大日不灭身！

大日不灭身巨掌直接握住大须弥魔柱，瞬间将那股传递而来的强悍力量给抵消而去，任由那雷魔法身如何催动，都无法再扯动丝毫。

"想要？那就给你！"

牧尘眼中寒芒一闪，大须弥魔柱上，滔天煞气顿时爆发出来，竟直接震开了那雷魔法身的大手，然后大日不灭身一步跨出，金光涌动间，仿佛是连天空都在颤抖。

轰！

璀璨的金光，犹如液体一般涌出，直接将幽黑的大须弥魔柱都变得金光璀璨，犹如黄金打造一般，而后这一道黄金魔柱，便携带着大日不灭身那可怕的力量，震碎了天空那层层雷云，当头就对着那雷魔法身狠狠地撼了下去。

"雷魔托岳手！"

那从天空陡然笼罩下来的可怕力量，也是令得秦陵面色猛地一变，他无法想象牧尘怎么会拥有如此强悍的实力，但此时却容不得他怠慢，当即双手结印，只见那雷魔法身便双掌拍出，铺天盖地的灰黑色雷光凝聚，化为了一只巨大无比的雷手，那雷手仿佛托着天空，巍峨如山岳。

砰！

黄金魔柱依然是在那无数道视线的注视下，狠狠地撼了下来，再然后，惊天动地般的声音，心惊肉跳地响了起来。

狂暴无比的灵力风暴，自天空肆虐爆发。

这种动静，令下方那混乱的战场都是一滞，一道道视线忍不住投射而去。

那里，黄金魔柱缓缓压迫而下，那一道仿佛连山岳天穹都能托住的巨大雷手，则在此时一点点下沉。

那种下沉速度虽然缓慢，但却无可阻止。

秦陵的面色，一下子变得很难看起来。

咔嚓。

随着秦陵面色难看加剧，突然间，细微的咔嚓声响起，无数强者瞳孔一缩，只见那雷手中，仿佛有细微的金光绽放，而后金光猛地璀璨起来。

轰隆！

金光铺天盖地倾泻而下，只见得那强悍无匹的雷手，竟在此时轰然爆碎开来！

无数强者，心中悄悄吸了一口冷气。

谁能想到，秦陵在祭出了雷魔法身后，竟反而被实力不过二品至尊的牧尘，生生压制了下来！

这一幕，显然是超出了秦陵所设想的剧本！

金色魔柱震碎雷魔之手轰然落下，最后直接在那无数道震动的目光中，狠狠砸在了那雷魔法身交叉的巨大双臂之上。

轰！

轰撞的霎那，巨声响彻，那巨大的雷魔法神顿时从天而降，双脚将两座山峰踩得塌陷下去，高达千丈的庞大身躯，更是齐腰没入大地，一道道狰狞的裂缝，飞快蔓延出去……

无数道眼球仿佛都在此时凸了出来。

天空上，大日不灭身脚踏天际，那威严的金色瞳孔，望向被狠狠轰进大地之中的雷魔法身，牧尘那犹如雷鸣般的嘲讽声音也在此时响起。

"看来班门弄斧的是另有其人。"

雷魔法身内，秦陵面色铁青，他显然是没想到牧尘所修炼的至尊法身如此强大，在先前接触的时候，那种传递而来的力量，连他都感到心悸。

这牧尘所修炼的至尊法身，必不寻常，可以秦岭的眼力，又无法看出这大日不灭身的确切来历。

"你高兴得也太早了！"

不过不管如何，想要他秦陵认输，那也是不可能的事情，当即他冷笑出声，雷魔法身巨手猛地一拍大地，当即大地震碎，无数岩石暴射而开，而那雷魔法身则是再度冲上天空。

两座庞大的至尊法身，再度对立。

雷魔法身天灵盖处，面色阴沉的秦陵闪现而出，他眼神冰冷地盯着那犹如一尊大佛般的大日不灭身，忍不住咬了咬牙。

"这家伙修炼的究竟是什么至尊法身？区区二品实力，竟然让我这雷魔法身对抗起来都有些吃力。"秦陵目光闪烁。

"秦陵，莫非你连一个二品至尊都解决不了吗？"而就在秦陵目光闪烁间，突然那九天之上，有着低沉的喝声传来。

那喝声之中，隐隐有着怒意，赫然便是那正在与九幽展开激战的秦天罡，显然，他也是注意到了这下面的战局。

而这战局结果，让他极其不满意。

听到秦天罡的怒声，秦陵面色也是一变，旋即他阴狠地盯着牧尘，深吸一口气，那面色则是一点点变得平静下来。

而瞧着他的面色，牧尘眉头微微一皱，身形一动，也出现在了大日不灭身天灵盖处，黑色眸子将其锁定。

"牧尘，你能凭借这二品至尊的实力做到这一步，的确很厉害，难怪最近能够在大罗天域中声名鹊起。"秦陵盯着牧尘，那低沉的声音传开。

"不过，今日之局，你们必输无疑！"

秦陵眼中寒芒涌动："因为，这场战争的地利，可是在我们手中！"

牧尘闻言，瞳孔不由得微微一缩。

秦陵双手闪电结印，旋即双掌陡然隔空虚拍而下，而在其掌印拍下时，那低沉的声音，就已响彻了天地。

"雷魔之地，雷劫灭世！"

当秦陵那有些低沉的声音回荡在这天地时，牧尘的身体却是陡然紧绷起来，眼中布满戒备，他从来就没小觑过这秦陵，的确犹如他们所说，他们在这场战争中，占据着天时地利。

轰！轰！

隐隐的，似乎有遥远的雷鸣声悄然传来，无数人都忍不住抬头，他们遥望着天际，似乎想要看见那雷鸣声的来源。

大地在此时微微颤抖着，并且在不断加剧。

牧尘同样是盯着天空，不过片刻后，他面色猛地一变，陡然低头，锁定着下方的大地，因为他发现，那些雷鸣声，竟然诡异地从大地深处而来！

"小心！"他冲着大罗天域那诸多势力猛地厉喝出声。

轰！

就在他厉喝声刚刚落下时，这片大地猛然被撕裂，只见到无数道巨大的灰黑色雷柱直冲而出，怒龙般张牙舞爪地冲出天际。

轰！轰！轰！

短短数息的时间，那灰黑色的雷霆，就已遍布了这片天地，一道道灰黑色雷柱，即便是千里之外，依旧能够清晰可见。

那一幕，委实壮观到了极点。

秦陵矗立在雷魔法身之上，他的身影在那无数道灰黑色雷柱的衬托下，犹如魔影，那一对眼神，也是格外的森冷。

他双手再度结印，而同时，那雷魔法身也是巨掌轰然一合。

轰隆！

当其声音一落，只见到天地间那无数道灰黑色的雷霆猛地蜿蜒射来，最后疯狂地在那雷魔法身巨手之间凝聚。

嗤啦啦！

可怕的雷霆之光肆虐开来，那嗤嗤的声音，令得无数强者面色变得凝重起来，因为那其中，仿佛有毁灭般的力量散发着。

这种力量，足以秒杀任何三品至尊的强者！

这才是绝对的杀招！

九天之上，两道光影一触既退，九幽现出身来，她俏脸却是突然一变，看向了下方，当即那冷艳的脸颊便涌上了寒意。

"哈哈，九幽王，你以为我雷魔宗真是软柿子吗？这一次，为你们的狂妄付出代价吧！"秦天罡大笑道。

"看来你真是想要寻死。"一股惊人的寒气，自九幽的体内涌了出来，那声音，冰彻入骨。

"哼，你虽然有神兽之力，不过也只是四品至尊，仅仅只能与我持平，现在，你还是眼睁睁看着那小子化为灰烬吧！"秦天罡冷笑道。

九幽深深地吸了一口冰冷的空气，那一对狭长的眸子仿佛在此时有无尽的危险光芒涌出来，她玉手缓缓紧握，那冰彻的声音，却是让秦天罡笑声戛然而止。

"谁告诉你，我还只是四品至尊的？"

幽幽之光，自九幽美目之中射出，她一步跨出，一股极端惊人的灵力风暴，在此时疯狂爆发开来，她身后那九幽冥雀的光影，更是在此时猛地膨胀而起。

她娇躯轻轻一颤，一对巨大的优美羽翼，自其背后伸展开来，双翼轻展，犹如从那九幽而来的坠落魔女。

"五品至尊？！"秦天罡的面色，终在此时剧变起来，他怎么都没想到，九幽能够隐忍到现在才将实力爆发出来！

虽说同为五品，可先前九幽凭借着四品实力就能与其不相上下，眼下实力暴涨，他必然不是对手！

"就算你也是五品至尊，现在也别想去救那个小子！"秦天罡眼中凶光疯狂闪烁着，旋即他狞狞一笑，脚掌陡然一跺，一道数千丈庞大的雷光巨影，便出现在了他的周身。

赫然也是那雷魔法身，只不过他的雷魔法身，比起那秦陵，显然是强悍了太多太多。

秦天罡也看了出来，这九幽似乎对那个叫做牧尘的小子极为看重，甚至宁愿暴露隐藏的实力，而眼下秦陵的攻击已经发动，只要他拦住九幽一瞬，那小子必死无疑！

而对于拦住九幽，他还有不小的信心。

"不管你有什么手段，我都要你眼睁睁看着那小子化为灰烬！"秦天罡狞狞大笑，旋即那雷魔大手，便是狠狠地对着九幽笼罩而去。

九幽俏脸冰寒，她看了一眼下方，银牙轻咬，牧尘……多坚持一下，我这就来。

她背后羽翼猛然一扇，可怕的攻势也在此时犹如暴雨般席卷而出。

大主宰

斗破苍穹之

DAZHUZAI

在那下方，秦陵也有所察觉地看了一眼九天，旋即冲着牧尘轻轻冷笑道："这个时候，你就别指望会有人来救你了。"

"这次，你必死无疑！"

秦陵眼神冰寒，印法陡然一合。

"雷魔之术，雷魔劫！"

轰隆！

天地间雷鸣炸响，只见得一轮千丈庞大的雷日缓缓自那雷魔法身巨掌间冉冉升起，整个天地的灵力都在此时变得狂暴无比起来。

那种波动，让无数强者头皮发麻。

"死吧！"

秦陵面色则是逐渐苍白，旋即他手指凌空点下，眼神狠戾。

轰！

雷日爆发出惊天动地的雷鸣声，下一刹，直接在无数震动的目光中撕裂了天地，化为一轮灰黑光束，直射牧尘而去。

那种速度，避无可避！

下方的唐冰见到这一幕，俏脸都变得苍白起来。

轰隆。

狂暴的雷霆声，轰隆而来，那种可怕的力量，令得牧尘皮肤都是阵阵刺痛，不过他却并没有退避，反而抬起头来，黑色的眸子，紧紧地盯着那一轮雷日，旋即，他看了一眼九天上，他能够感觉到九幽的气息有些乱了。

是因为他这里的缘故吗？

牧尘手掌缓缓紧握，嘴唇紧抿，旋即他的双目，在此时一点点闭上。

放心吧，九幽，我可不会拖你的后腿。

牧尘盘坐在大日不灭身天灵盖处，心神却是游荡到了大日不灭身眉心处，那里，有一颗被一股强大力量包裹的大日之晶。

咔嚓！

似是察觉到了牧尘心神的催动，那大日之晶，突然有细小的裂纹悄悄出现，紧接着，璀璨的金光，在此时疯狂地从中席卷而出。

嘭!

大日之晶，终是彻底裂开。

耀眼得能够撕裂天地黑暗的璀璨金光，在此时，突然自大日不灭身眉心处席卷开来，然后所有人都感觉到，一股令人惊悚的力量波动，在这一刹那，陡然自那大日不灭身之中，爆发而起!

牧尘紧闭的双目，猛地睁开!

当牧尘双目睁开的那一刹，两道刺目的金光，顿时暴射而出，在那金光笼罩下，任何阴影仿佛都无所遁形。

在大日不灭身眉心处，更是有着璀璨的金色光芒绽放着，犹如一轮夺目的金色烈日，一股令人心惊肉跳的力量波动，在此时荡漾着出现，引来无数道震动的目光。

牧尘盘坐在大日不灭身天灵盖上，他在此时抬头，那一轮巨大无比的雷日已是轰然而落，庞大的阴影，将整座大日不灭身都笼罩而下。

那雷日尚未爆发，可那种力量，已是令得下方的大地开始层层塌陷。

这由秦陵汇聚了地利所发动的攻势，的确相当恐怖，莫说是面对着二品至尊，就算是三品至尊，都足以分出胜负。

不过可惜，他这次所遇见的对手，却并不普通。

呼。

一团白气自牧尘嘴中缓缓吐出，旋即他双手结印，顿时间大日不灭身眉心处的金光弥漫而开，而其巨手也在此时猛然紧握。

仿佛是金色液体般的光芒，从大日不灭身眉心处涌来，汇聚在巨拳之上，金光凝固，最后竟是化为了一层金色的晶体之物。

这层金刚晶体，包裹在大日不灭身拳头之外，晶体表面，犹如勾勒着最为原始的神异符文，若隐若现间，一股难以形容的波动，悄然荡漾。

"至尊神通，一阳之力!"

牧尘黑色眸子中，冰寒之色陡然射出，旋即大日不灭身脚踏天际，那有着金刚晶层覆盖的拳头，便已是对着那一轮坠落下来的雷日，重重撼去。

金刚般的拳头，犹如洞穿了虚空，瞬间就已出现在了那雷日之下，而后没有任何犹豫，直接一拳轰出。

两者硬撼在一起，但出人意料的，却并没有惊天巨声响起，所有人的瞳孔都在此时猛然紧缩，因为他们见到，那金刚般的拳头，竟直接在那对碰的瞬息，一拳洞穿了雷日。

没有任何阻拦，犹如穿透豆腐一般。

那闪烁着晶芒的金刚之拳，犹如天地间无坚不摧的神灵之手，可怕无比。

嗤嗤！

一道道黏稠般的金色光束，铺天盖地的从那狂暴雷日中暴射而出，最后雷日之上的雷芒，则开始以一种惊人的速度消失而去。

短短数息，那先前还犹如即将毁灭大地般的雷日，便在那无数道惊恐目光中，渐渐黯淡，消散……

轻风吹拂过战场，却是令得天地间一片安静。

噗嗤。

天空上，那秦陵面色却在此时惨白下来，旋即他猛地一口鲜血喷出，身形摇摇欲坠，眼神骇然地望着这一幕。

他无法想象，他如此强大的攻势，竟然会被牧尘轻易阻拦下来！

这个家伙，不过才二品至尊的实力啊！

大日不灭身头顶处，牧尘眼睛同样盯着那被一拳震碎的雷日，眼神深处掠过一抹震动，这大日不灭身至尊神通的威力，也出乎了他的意料。

"不愧是大日不灭身……"

牧尘心中一声赞叹，按照曼荼罗所说，这大日不灭身起码能够排进九十九等至尊法身的前三十之列，之前他还有些怀疑，可如今伴随着他开始逐渐将大日不灭身的力量开发出来，他也开始逐步感觉到它的惊人之处。

他的目光，扫向面色苍白的秦陵，黑色眸子中寒芒掠过，双手再度结印，大日不灭身那被金刚晶体所覆盖的巨掌，便再度穿透了空间，直接出现在了那雷魔法身之前，一掌拍下。

轰！

空气直接在此时爆炸，肉眼可见的灵力波纹，狂暴地荡漾开来。

秦陵面色铁青，旋即他猛地一咬牙，也不敢怠慢，雷魔法身周身雷光暴涌，迅速在面前化为了浩瀚的雷霆光幕，犹如雷霆之盾。

砰！

然而，那金刚之掌再度展现出了先前那种恐怖的威力，一掌就洞穿了雷幕，那种感觉，仿佛天地间根本没有任何东西能够将其阻拦下。

真正的无坚不摧。

当那金刚之掌洞穿雷幕时，秦陵的面色终于彻底变了，不过还不待他撤退，那金刚之掌已是以一种无法躲避的速度，重重地落到了那雷魔法身之上。

轰！

金光爆发，肉眼可见的冲击波席卷开来，那雷魔法身浑身一颤，直接倒飞了出去，沿途将那一座座巍峨的山峰，直接碾压成了平地。

一道数万丈长的痕迹，在这大地上显露出来。

那尽头处，烟尘弥漫，那雷魔法身浑身布满着裂纹，最后裂纹蔓延，终是达到极限，彻底崩碎开来，化为漫天光点。

噗嗤。

在那雷魔法身崩碎时，一道狼狈的身影也从中倒射而出，鲜血狂喷，身体重重轰中一座山峰，整个身体，仿佛都被镶嵌了进去。

哗。

天地间所有的目光都望着这一幕，旋即震动的惊哗声响起，不论是大罗天域还是百战域的强者，都睁大着眼睛，极为难以置信。

秦陵，竟然败了！

而且这还是秦陵借助了地利之后的结果……

"这个家伙……"一道道有些惊惧的目光转向天空上尚还矗立的一座黄金法身，都忍不住咽了一口唾沫，这个家伙，究竟是怎么做到的啊。

那些大罗天域的强者，面面相觑之余，也真正对牧尘有了一些敬畏，这个年轻人或许在大罗天域中资历尚不及他们，可以他的这般能耐，必然不久之后，就会成为大罗天域中炙手可热的人物，甚至，说不定在这北界年轻一辈中，都能够占据一席地位。

在那无数目光的注视中，牧尘则是淡淡一笑，旋即大日不灭身也一点点消散而去，他的面色略显苍白，想来先前也是消耗了极大的灵力。

他手掌伸出猛地一握，那座山峰便崩碎开来，一道狼狈的人影被他隔空抓起，此时的秦陵，浑身布满着鲜血，周身灵力波动紊乱，显然是被重创，再也无法反抗牧尘。

牧尘隔空将其抓住，然后抬头，望着九天之上那比这里更为激烈的战场，略显冰寒的声音，遥遥传出："秦宗主，看来你们这位秦长老有负你的期望了。"

当其声音传出时，那九天之上秦天罡的灵力顿时紊乱了一下，显然他也见到了被牧尘擒住的秦陵，当即一道暴怒喝声响起："小畜生，把人给我放下！"

"现在你还有能力管其他人？"一道冰冷的清悦声音随之而来，九天上，只见得九幽背后羽翼一扇，她身形便化为残影掠出，那羽翼犹如最为锋利的神器，撕裂了空间，化为风暴，席卷向秦天罡。

砰！砰！

秦天罡也倾尽全力抵抗，不过此时的九幽，实力显然已经将他超越，而且再加上牧尘获胜，她失去了所有的后顾之忧，当即那凌厉攻势直接将秦天罡逼得狼狈不堪。

在那最下方的混乱战场，百战域的士气开始跌落，因为他们都看得出来眼下的情况对于他们而言已是极为不利。

秦陵已被牧尘擒住，而秦天罡也节节败退，显然是不敌那九幽王。

士气跌落，那些百战域的各方势力终是不敢恋战，最后终于有人开始后退，而这种情况立即引起连锁反应，短短不到数分钟的时间，原本还战意高昂的百战域方，顿时士气尽散，铺天盖地的逃窜而去。

而大罗天域方，诸多势力则开始穷追猛打，天地间厮杀声响彻而起。

到了这一步，这场战争的结果，已是极为明显了。

"混蛋！"

九天之上，传来秦天罡暴怒而狼狈的咆哮，旋即他与九幽硬撼一掌，身体一颤，倒飞出上千丈，然后他一咬牙，身形猛地急坠而下，一个闪烁间，便出现在了牧尘上方。

牧尘见到这秦天罡竟然对着他而来，眼神也是一凝，旋即他凌空一掌拍出，只见得那被他擒住的秦陵便被震得吐血倒飞出去。

秦天罡眼神狠毒地盯着牧尘，再看看那倒飞出去的秦陵，终是一咬牙，对着后者闪掠而出，最后一把抓住他的肩膀，身形暴退。

"哼！"

一道冰冷的哼声从天而降，只见得一道燃烧着紫炎的幽黑羽翼撕裂空间而来，快若闪电般地砍在了秦天罡后背上。

嗤。

一道狰狞的血痕被撕裂开来，鲜血狂喷。

秦天罡身体剧烈颤抖，不过他却并没有停留，抓住秦陵便远遁而去，唯有那怨毒的咆哮声，远远传来。

"九幽，牧尘，你们给我等着，我雷魔宗一定不会善罢甘休！"

伴随着那咆哮声远远传来，秦天罡的身形也迅速消失在了天际。

牧尘望着逃遁而去的秦天罡，也松了一口气，以这家伙的实力，如果真要拼命起来，他们必然也会付出极大的代价。

而眼下能够将他们打退，已经是最好的事了，反正牧尘他们所要的，也只是雷魔宗，而并不是那秦天罡的性命。

唰。

天空上，九幽掠下，修长高挑的倩影出现在了牧尘身旁。

"没事吧？"九幽明媚的大眼睛望向牧尘，问道。

牧尘笑着摇了摇头，旋即他望着这片狼藉的大地，再看了一眼巍峨的雷魔山，忍不住咧嘴笑起来。

这雷魔宗，属于自己了。

第 17 章
雷魔渊

战火的余音，依旧还笼罩在这片天地间，不过大罗天域这边气势已成，横扫之下，犹如猛虎下山，无可阻挡，而反观百战域，则是因为秦天罡以及秦陵的溃败，从而士气跌落，战意消退下，溃不成军。

这场战争，已经有了结果。

牧尘与九幽凌空而立，他们并没有再出手，而是将收尾的工作交给了其他的势力，而他们则是直接率领着九幽卫接掌了这座雷魔山。

这是他们的战利品。

而对于九幽宫的占据，其他的诸多势力也并没有反对，因为他们都明白，九幽宫的目标本就是雷魔宗，而且这场战争能够胜利，显然也是九幽宫出力最多。

有力量的人，自然是要占据最大的果实，这一点，在这天罗大陆，都是早已共通的道理。

在接管了雷魔山后，九幽直接带着牧尘与唐冰和唐柔等人直奔最为重要的灵宝库，一般说来，一个宗派的收藏都会收集在一处，而最为重要的资源，至尊灵液，也同样如此。

在那灵宝库外，不出意料的有灵阵的守护，不过这种灵阵并无法阻拦下九幽的脚步，只见得其玉手一挥，那灵宝库的青铜巨门便崩碎开来。

嗡！

随着那青铜巨门崩碎，顿时间一股磅礴精纯的灵力便犹如洪水一般涌出来，一时间连这片天地间的空气都变得黏稠了起来。

九幽率先而进，牧尘紧随，然后他便见到，在那灵宝库内，一条条晶莹般的洪流犹如巨蟒般蜿蜒盘踞，精纯的灵力波动，不断散发出来。

那些全部都是由至尊灵液汇聚而成。

一般说来宗派之中的至尊灵液都不会轻易使用乾坤镯携带在身，而是会用特殊的灵阵存放，因为那样才能够最完美地保持着至尊灵液的精纯，而正是因为这种原因，所以牧尘他们并不担心雷魔宗内存放的至尊灵液会被席卷一空。

而且，在最开始的时候，秦天罡显然不可能会想到，这场战争他们会输，所以这些原本应该做的准备工作，他们并没有完成。

"看来大部分至尊灵液都保存完整。"牧尘笑道。看这模样，就算雷魔宗事先因为谨慎而提走了一些至尊灵液，但依旧留下了大部分。

一旁唐冰那素来冷淡的俏脸却在进入这灵宝库时，就已经变得通红起来，那漂亮的眸子望着那一条条至尊灵液所形成的洪流。

九幽瞧着她这模样，莞尔一笑，轻拍了拍她的肩，道："小冰儿，清算一下吧，以后咱们也不用那样紧巴巴的过日子了。"

牧尘也是第一次见到素来冷淡的唐冰这副财迷的模样，当即忍不住调笑道："其他那些势力也出了不少力，要不分他们一点？"

"不行！"唐冰那明亮的眸子立即投来了恶狠狠的目光，"我们九幽宫都勒着裤腰带在过日子，哪还有多余的至尊灵液给他们！你要分给他们，还不如把我给分了！"

牧尘闻言顿时忍不住笑出声来，只觉得这个时候的唐冰可爱极了。

唐冰见到他那戏谑的笑容，这才明白被她耍了，当即俏脸一红，漂亮眼睛羞恼地盯着牧尘。

"你敢欺负小冰儿，小心你那些九幽卫都造反。"

九幽白了牧尘一眼，旋即她玉臂搂住唐冰纤细腰肢，笑道："不过你放心吧，就算把他分了，他都舍不得把你拿去分了。"

"九幽姐！"唐冰听到九幽这调笑的话俏脸不由得更红了。

牧尘干笑了两声，不敢在这个话题多谈，连忙转过头，借故打量着这座灵宝库，片刻后，他抬脚朝深处而去，最后脚步停留在了角落处，目光望向角落处的石台，在那石台上，有数个晶莹玉盒，玉盒之内，则是数卷泛着雷光的卷轴。

牧尘袖袍一挥，灵力席卷而出，直接将那石台之上存在的灵力屏障扫除而去，然后手掌一抓，一卷雷光卷轴落入他的手中。

他目光一扫，只见在那卷轴之上，有三个雷光字体若隐若现。

雷魔体。

这卷轴，赫然便是那秦陵所修炼的雷魔体，也是一种修炼肉身的雷属性神术。

牧尘微闭双目，将这雷魔体观摩了一下，然后便摇了摇头，因为他发现虽然同为雷属性的炼体神术，可这雷魔体却远不及雷神体玄奥。

而且雷神体能够更深层次的修炼肉身，为日后修炼其他更为强大的炼体神术打下极为坚实的基础，而这一点上，这雷魔体就远远不及。

牧尘随手将卷轴收入乾坤镯，然后又查看了其他几卷卷轴，发现都是一些雷属性的神术，不过却都无法入他的眼。

查阅半晌，他有些失望地摇了摇头，刚欲抽身而退，眼神突然一动，目光也瞟向了旁边的一座石台，在那幽黑的石台上，还有一块灰色的竹简，竹简上，隐约可见雷霆纹路，只不过竹简的色彩灰不溜秋，倒并不显得有什么奇特的地方。

但出于直觉，牧尘依旧是手掌一吸，将那灰色竹简吸入手中，然后手掌一握，灵力涌入，将其中隐藏的信息抽取而出。

半晌后，牧尘那微闭的双目睁开，眼中却是掠过了一抹惊异之色，因为他发现这竹简中所记载的并不是寻常神术，而是一种名为"心魔雷莲"的炼制之法。

这所谓的"心魔雷莲"，有点类似一种可引爆性的神器，只不过它是一次性的，而且还必须以幽冥心魔雷为材料炼制，当然，它的炼制需求虽然苛刻，其威力也极为强大，据说若是引爆的话，就算是五品至尊，都唯有暂避锋芒。

这还只是一颗的威力，如果能够大批量的炼制出来，几十颗丢出去，恐怕连五品至尊都只能仓惶逃窜。

"没想到这雷魔宗竟然还有这种宝贝。"

牧尘眼中满是惊讶，如果真如这上面所说的话，这雷魔宗倒是掌握了一种大杀器啊，可为什么并没有见他们施展过？

身后香风涌来，九幽也走了过来，牧尘见状将手中的竹简递了过去，也将疑问给问了出来。

"竟然是心魔雷莲……"

不过九幽似乎是听说过此等凶器的威名，俏脸都略有变化，旋即她柳眉微蹙道："恐怕并不是秦天罡不想用，而是因为他们也没炼制出来……"

"没炼制出来？"牧尘一怔，这座雷魔山中，有一座雷魔渊，那深处诞生着大地魔雷，而大地魔雷又是诞生幽冥心魔雷的温床，难道这么多年，雷魔宗都没寻找到幽冥心魔雷不成？

"别以为幽冥心魔雷很常见。"九幽倒是轻轻摇头，"那毕竟是一种可与不死火一较高下的神异雷霆，其威力强横程度，可远比黑魔神雷更强，所以雷魔宗无法将其找寻到，也不是不可能的事情。"

牧尘有些咂舌，虽然他知道幽冥心魔雷的稀罕，但还是没想到，竟然能够稀罕到这种程度……

"既然眼下我们占据了雷魔宗，那我们也能够休整一段时间，待会我们就去雷魔渊看看。"九幽眼波流转，沉吟道。

牧尘点点头，他们此次攻打雷魔宗，所为的除了至尊灵液外，自然便是因为这雷魔宗内的雷魔渊。

两人走出，唐冰也俏脸通红地迎了过来，她那一对眸子中，满是掩饰不住的兴奋，看来验收的结果让她极为满意。

"九幽姐，粗略统计，这里的至尊灵液应该有十三万，其他还有不少神器，神术等等，若是折算成至尊灵液的话，怕也有六七万之数。"

听到唐冰的汇报，就算是牧尘都忍不住咂嘴，想他们九幽宫一年的所获，也不过才区区一万滴至尊灵液，而眼下这雷魔宗库房内，就直接存放了十三万之多，这种收获，完全可以让他们九幽宫迅速资源雄厚起来。

九幽也忍不住轻笑一声，道："这可真是解了燃眉之急。"

他们九幽宫之前日子太过紧俏，完全是依靠着牧尘拿出来的至尊灵液才支撑下去，而现在这一笔巨款到手，瞬间就让得九幽宫库房充实了许多。

"这些东西，你都派人收整起来，这段时间，我们就驻守在此。"九幽道。

"好!"唐冰嫣然应道。

九幽见状，纤细玉指轻弹了弹唐冰光洁额头，旋即就与牧尘出了这灵宝库，略作分辨，便直接对着雷魔宗深处而去，他们能够感觉到，在那深处，有着极为狂暴的雷霆波动传来。

雷魔宗深处。

牧尘与九幽的身形出现在天空上，他们的目光都望向了下方，只见那里的山岳，有一条巨大无比的裂缝撕裂开来，那裂缝约莫千丈，幽黑不见底，轰隆隆的雷鸣声，不断从那深渊之底传来，令大地都在微微颤抖着。

一种奇特的雷霆之力，震动着传来。

而这里，便是牧尘他们的目标，雷魔渊!

牧尘与九幽凌空而立，他们的目光望着那深不见底的幽黑深渊，深渊犹如潜伏在地底深处的魔龙一般，蜿蜒盘踞，令人不寒而栗。

轰隆。

低沉的雷鸣声，不断从那深处传出，令大地微微颤抖。

"这便是雷魔渊了。"九幽望着这幽黑深渊，冷艳的俏脸变得凝重了一些，"这雷魔渊下，诞生着大地雷魔，这种雷霆相当奇特，虽说是雷霆，却能够与大地取得沟通，一旦催动，便能够轻易崩裂大地，造成大地震一般的破坏。"

牧尘点点头，他修炼过雷神体，而且也在北苍灵院的雷域中苦修过，对于雷霆之力相当熟悉，所以现在他也能察觉到这雷魔渊之中所汇聚的可怕雷霆之力。

不过这大地魔雷虽然强横，但与不死火比起来，却是差了一些等级，如果他用它来融合灵力的话，那必然这些大地魔雷会被不死火焚烧殆尽。

因此，他必须寻找一种能够和不死火抗衡的雷霆之力，而这大地魔雷，显然还没达到这种程度。

所以，牧尘的目标，并非是大地魔雷，而是那隐藏得更深，也更为厉害的幽冥心魔雷！

"不过这幽冥心魔雷如此厉害，到时候就算寻找到，想要融合怕也不是什么简单的事情。"牧尘沉吟道。当初他为了融合不死火，就费尽了精力，而如今想要再融合幽冥心魔雷，那绝对是难上加难，而且危险无比。

"但若真是融合成功了，你的灵力便拥有着雷火两种特性，那等威力，也不是寻常灵力可比。"九幽笑道。

"当然，真正的力量，也并不是灵力所拥有的特性越多就越强大，比如那无尽火域的炎帝，若是光论玩火的话，恐怕这大千世界中，根本无人能够出其右，那才是真正的火之帝王，天地万火在其手中，都能运转自如。"

"那看来专精一点，要更为厉害？"牧尘沉吟道。这炎帝，算是将火炎之道，真正修炼到了极致，而向来到了他那种层次，其他的力量，也是难以动摇其心了。

"话也不能这么说，天地间玄奥无穷，没有哪一条道路是最强，据说武境那位武祖，自身灵力就拥有诸多特性，他不仅精通雷、炎之力，当年在闯入冰灵族时，所施展出来的寒冰之力，更是连冰灵族那依靠寒冰之力吃饭的远古种族都难以抵挡。"九幽摇了摇头，道。

"武祖？他的灵力竟然拥有这么多特性？"牧尘微怔，想起了当日在商之大陆所遇见的林静，这个武祖应该就是她的父亲吧？

"据说那是因为他以往所处的下位面特殊的缘故，大千世界虽然是无数位面交汇之地，可一些下位面同样有值得称道的地方，一些独特的修炼之术，就算在大千世界，都不算普通。"

九幽微微一笑，道："所以这天地间并没有最强的修炼之道，只有最适合的修炼之道，只要你能找寻到自己的道路，未来也不见得不能与这些天之至尊一较高下。"

牧尘点点头，旋即他又是苦笑一声，道："不过现在说这些也太遥远了一些，我们可连幽冥心魔雷都还没找到呢。"

牧尘有些忐忑地望着那雷魔渊，原本他倒是抱着不小的期望，可当之前他在发现雷魔宗在这里这么多年却依然未能寻找到幽冥心魔雷后，那种期望顿时落到了最低处。

不可能雷魔宗费尽心机，而他一来就能这么好运碰到幽冥心魔雷。

"不管如何，总要试试。"九幽道。

牧尘点点头，旋即他与九幽对视一眼，直接化为两道光影对着那雷魔渊急坠而下，破风声响起，黑暗迅速将两人吞噬。

轰隆。

低沉的雷鸣声，不断从那黑暗的深处传来，牧尘两人下落的速度极快，短短不过十数息的时间，便深入地底万丈，旋即他们的速度开始逐渐减缓下来，因为他们都察觉到，到了这种深度，那种弥漫的雷霆力量，似乎越来越狂暴了。

牧尘与九幽身形立定，牧尘屈指一弹，只见一颗颗灵力光球从其指尖冉冉升起，最后急速膨胀，明亮的光芒爆发出来，将这雷魔渊之底的黑暗尽数驱逐。

黑暗退去，周围的景象也变得清晰起来，牧尘目光望去，眼神当即忍不住一凝，只见在那深渊壁上，布满着密密麻麻，约莫丈许左右的黑洞，而在那些黑洞中，灰黑色的雷光，正犹如蛇一般来回穿梭着，低沉的雷鸣声传出，令得大地震动。

这些灰黑色的雷光，正是那所谓的大地魔雷。

轰隆隆!

这些大地魔雷遍布在这深渊之中，狂暴的波动传出，令空间都有些扭曲，而当那些灵力光球出现时，它们仿佛也陡然感应到了闯入者，当即无数道雷光从黑洞中暴射而出，直接对着牧尘与九幽席卷而去。

牧尘两人见状，倒是并不慌乱，九幽玉手一扬，只见得紫炎所形成的火罩便将两人笼罩，任由那些大地魔雷轰来，最后却被不死火形成的火罩，尽数焚烧成虚无。

"看下面。"

九幽并没有理会那些大地魔雷的干扰，修长玉指指向下方，俏脸凝重。

牧尘也低头看去，屈指一弹，一颗灵力光球对着黑不见底的深渊更深处掠去，然后光球炸裂，无数光点席卷开来，也将那下方照得清晰。

嘶。

而当牧尘看清楚那下方情景时，当即就忍不住倒吸了一口凉气，只见在那黑暗的深处，灰黑色的雷霆，仿佛形成了海洋，弥漫在这雷魔渊之底，那幽黑的颜色，犹如通往另外一个世界的黑暗通道一般，看得人头皮发麻。

这片雷海，竟完全又是大地魔雷凝聚而成的。

"难怪雷魔宗寻找了这么多年，都找不到幽冥心魔雷。"牧尘轻叹道。谁能想到，这雷魔渊深处的大地魔雷竟是如此的浩瀚磅礴，这种地方，就算那秦天罡拥有五品至尊实力，想来也不敢轻易乱闯吧。

九幽蟒首轻点，旋即柳眉微蹙道："看来想要找寻幽冥心魔雷的话，就只能深入这大地魔雷所形成的雷海了。"

牧尘也盯着那片雷海，缓缓点头，不过他却并没有直接动身，而是将目光望向这座充满大地魔雷的雷魔渊，眼中掠过一抹沉吟之色。

"九幽，我打算把九幽卫带到这里来修炼。"牧尘突然道。

"嗯？"九幽微惊，"这雷魔渊中充满着大地魔雷，虽然你我不惧，但对于九幽卫而言，怕是有些危险。"

"我打算将雷神体传授给他们。"牧尘缓缓道，"这雷魔渊是修炼雷神体的绝好之地，若是九幽卫能够将雷神体修炼成功，那到时候所凝炼出来的战意，绝非以往可比。"

雷神体对于肉身修炼拥有着极大的好处，不过如今伴随着牧尘实力的提升，雷神体所提升的战斗力对于他而言，也是越来越小，而如果他能够让九幽卫将其修炼成功，那必然能够大大提升其整体之力，到时候，牧尘有绝对的信心，凭借着这一千九幽卫，战胜大罗天域内，除了那神秘的大罗天军之外的任何一支军队。

而且，从更长远来看，如果有一天他真是要去往洛神族的话，必然不能单枪匹马，他同样是需要一股属于自身的力量。

而九幽卫，显然是一个不错的选择，虽然现在的他们还无法达到那种程度，可他们却拥有那种潜力。

"好。"

九幽略微沉吟，便蟒首轻点，她隐隐间也明白牧尘内心深处的想法，虽然从某种程度来说，九幽卫算是她的私军，但她对此，却并没有任何反对，两人之间的关系，显然不是这些东西能够干扰的。

既然下了决定，牧尘也就并没有拖拖拉拉，直接掠出雷魔渊，然后将九幽卫招集而齐，尽数带入了雷魔渊中。

九幽卫的实力，自然不可能如同九幽与牧尘一般随意深入，他们仅仅只能达到三千丈的深度，就无法再继续深入。

牧尘见状，也就吩咐他们停下，然后他袖袍一挥，一道道玉简自其袖中飞出，落到每一个九幽卫战士的手中。

"这是我所修炼的雷神体的修炼之法，从今日开始，你们便在此处修炼。"

听到牧尘那淡淡的声音，丘山等人都愣了下来，旋即怔怔地望着牧尘，半晌后，眼中有着浓浓的感激之色涌了出来，因为他们很清楚地明白，这雷神体的价值有多高，这种炼体神术，在其他的势力中，想要获得必然是难上加上，然而现在，牧尘竟是直接就传授给了他们……

"多谢统领！"

丘山等人目光对视，旋即皆是紧握着玉简，凌空单膝跪下，神色充满着发自内心的恭敬与拥护，他们并没有溜须拍马，但那低沉的声音中，却充满着感激。

士为知己者死，有这般统领，也足以让他们倾心相拥。

牧尘轻轻点头，他同样没有多说废话，只是摆了摆手，然后便在那上千道尊崇的目光注视下，笔直地冲向雷魔渊深处。

他所做的，已经达到，用雷神体彻底收买下九幽卫的心，这笔买卖，在他看来，很划算。

而眼下九幽卫已经安排妥当，他也可以放下心来，在这雷魔渊之中，搜寻他想要的幽冥心魔雷了。

雷魔渊深处，幽黑不见底的雷海之上。

牧尘与九幽面色凝重地望着这漆黑的雷海，雷海虽然平静，但两人都能够清晰地感觉到那平静之下所隐藏的狂暴，那幽黑不见底的深处，谁也不知道隐藏着什么可怕的东西。

"一起进去试试吧。"九幽道。这种险地，她显然是不能让牧尘独自进入的。

牧尘闻言,也没有反对,当即轻轻点头,旋即不再犹豫,身形一动,便化为一道虹光直接对着那幽黑雷海投射而去,在其身后,浑身被紫炎笼罩的九幽紧紧相随。

噗通。

浩瀚的雷海上,仿佛有水声响起,两人一前一后冲进雷海,而后身影便消失在那幽黑之中,看上去,仿佛被一只黑暗的巨嘴吞噬了一般。

轰隆隆!

而当两人一进入这片雷海时,那狂暴无匹的雷鸣声顿时携带着剧烈的震荡而来,大地魔雷最为厉害的手段便是震荡波,这种震荡,足以将大地撕裂。

虽然牧尘两人都是有所倚仗,但那笼罩在周身的灵力防护,依旧被震荡得荡起阵阵涟漪波动。

牧尘目光扫视开来,漆黑如墨的颜色充斥着眼球,而且因为大地魔雷的缘故,灵力感知也极为有限,想要在这种地方找寻到幽冥心魔雷,显然是有些大海捞针。

不过既然如今都已经来了,不管再困难,总归是要试试的。

抱着这种想法,牧尘与九幽开始对着雷海深处而去,按照常理来说,幽冥心魔雷要比大地魔雷更为高级,如果成形的话,也必然会在大地魔雷最为汇聚的地方。

轰隆!

雷海之中,狂暴的雷暴声不断响起,牧尘两人则是飞快地掠过,灵力光芒在周身涌动,成为了这黑暗的雷海之底,唯一的光芒。

而随着两人不断地深入,他们也开始感觉到那从周围涌来的震荡波越来越强烈,这令得他们不得不开始减缓速度。

不过,随着时间的推移,他们依旧没有感应到丝毫属于幽冥心魔雷的波动。

速度减缓下,两人对视一眼,都是轻叹一声,看来果然如同他们所料,想要在这雷海中找寻到幽冥心魔雷是一件极为困难的事情,难怪那雷魔宗在此多年,都未曾得手。

“这雷魔渊通往大地深处,越往深处,那雷霆之力就越狂暴,到时候恐怕连我们都承受不住。"九幽俏脸凝重道。

牧尘轻轻点头，他也已经明白，按照这种笨办法，恐怕就算找上个一两年，他们都不可能找到幽冥心魔雷。

但除此之外，又能有什么更为有效的办法？

"这里的大地魔雷干扰了我们的灵力感知，根本没办法探测。"九幽无奈道，"除非我们能够屏蔽掉这大地魔雷的干扰，搜寻起来就方便许多了。"

不过这话也就九幽随便一说，这大地魔雷狂暴无比，充满着攻击性，对其他外来物也是极为排斥，想要屏蔽，凭借他们的实力，恐怕还没办法做到。

牧尘闻言，眉头倒是皱了起来，的确，正如九幽所说，他们想要在这种地方找寻到幽冥心魔雷，那就只有一个办法，依靠这里的大地魔雷为媒介，可是，这种充满攻击性的大地魔雷，会心甘情愿为其所用？这一点，不用想就知道答案。

九幽见到沉思的牧尘，也并未打扰他，此时的她，也的确没什么办法了。

牧尘沉默了一会，道："我用雷神体试试。"

话音落下，他周身的灵力光罩顿时消散而去，旋即在那些大地魔雷扑来时，身体迅速雷化，璀璨的雷光，涌上身体。

砰！砰！

不过，这一次牧尘的算盘却是落了空，因为那些大地魔雷并没有因为他的身体散发着雷霆之力就表现得温和，那一道道剧烈震荡的大地魔雷重重撞击在他的身体上，那种震荡之力，即便是以牧尘如今的肉身强横程度，都被震得体内气血翻涌。

一旁的九幽见状，连忙催动不死火将牧尘护在其中，柳眉微蹙道："不行，虽然你修炼过雷神体，但这并不代表你能免疫所有的雷霆之力。"

这天地间雷霆之力也各种各样，并且属性都有所不同，牧尘显然不可能凭借着雷神体就能够免疫雷霆之力的伤害。

牧尘苦笑一声，原本他以为凭借着雷神体，最不济至少能够减少一点这大地魔雷的攻击性，但看眼下这模样，依旧是有些异想天开了。

"雷神体也没用……"

牧尘喃喃自语，眉头紧锁，半晌后，他心神突然一动，他想起了一种他曾经修炼过,但却极少动用的神术……

驭雷术。

这也是当初在北苍灵院时,北溟龙鲲所传授给他的一种神术,不过这种神术略显奇特,据说能够与天地间的雷霆之力取得沟通,进而接天引雷,不过这种神术在战斗中限制颇多,所以牧尘极少施展,而眼下,倒正是解了他的燃眉之急。

"我再试试。"

牧尘对着九幽说了一声,然后便直接盘坐下来,双目微闭,双手则迅速结出一道玄奥印法,而后凝定,犹如老僧入定。

而随着牧尘心中渐渐平静,他的意念则是悄然散开,然后小心翼翼地与那无处不在的大地魔雷试探地接触。

一种奇异的波动,从牧尘意念之中散发出来,那是驭雷术。

那种波动一圈圈扩散着,然后令人惊奇的一幕便逐渐出现,只见得那原本狂暴的荡漾在牧尘二人周身的大地魔雷,竟在此时一点点平静下来。

九幽美目也惊讶地望着这一幕。

这家伙,竟然真的成功了?

牧尘紧闭的双目在此时缓缓睁开,他的眼中同样布满着惊喜,驭雷术的神异出乎了他的意料,虽然他不可能真的这么快就能够驾驭这里的大地魔雷,但却能够初步取得一些沟通,至少,大地魔雷不再对他进行排斥以及狂暴的攻击。

而接下来,他只需要以大地魔雷为媒介,以意念驾驭,就能够以一种常人难以想象的速度来搜索着这片让人感到恐惧的雷海。

牧尘双目再度闭拢,意念则悄然黏附在了那一道道大地魔雷之上,然后开始以一种惊人的速度扩散……

九幽站在牧尘身旁,为他护法,意念的扩散虽然无法看见,但她却能够感觉到,一种东西,正在犹如光掠过天际一般,自这雷海深处,横扫而开。

意念过处,雷鸣声不断,不过好在借助着驭雷术,这些大地魔雷并不会攻击牧尘的意念,不然的话,凭借着这等薄弱意念,早就是被狂暴的大地雷魔摧毁得干干净净。

无数的画面，不断反馈回牧尘的脑海，但却依旧是一片幽黑，并没有任何的异样波动传来，不过牧尘却并不着急，凝炼着意念，不断的探寻……

时间，在这探寻之中，缓慢流逝。

这种探寻，枯燥而乏味，但牧尘却不敢有丝毫放松，他谨慎地分辨着那些传来的细微波动，试图找寻到那隐藏在雷海某处，他所想要的目标……

不过，依旧无果。

一天，两天，四天……

时间一天天过去，眨眼间，就已是四天过去，这四天时间中，牧尘身形犹如磐石般纹丝不动，紧闭的双目，一直未曾睁开。

而九幽也在他身旁静静守护了四天时间，只是随着时间的推移，她的玉手也悄悄紧握起来，难道即便是这样，都无法将那幽冥心魔雷给寻找到吗？

她微微侧头，望着少年那紧绷的俊逸面庞，那张面庞，已是逐渐褪去了当初的稚嫩，渐渐拥有了一些坚毅的线条，那紧抿的嘴唇，一如其人，倔强而执着。

"唉。"

九幽轻轻一叹。

她的叹声，落进了牧尘耳中，却是令得后者身体猛的一颤，那紧绷的面庞上，此时有一抹狂喜之色陡然涌了出来。

因为在他的意念延伸中，终是察觉到了一些异样的波动，而且，在那个方向，他能够感觉到，似乎连大地魔雷都不敢轻易靠近，犹如是在惧怕着。

轰隆！

不过，在牧尘觊觎着那片神秘区域时，突然仿佛有一道犹如鬼啸般的雷鸣，陡然自其心中响起，牧尘身体一抖，面色苍白，所有的意念，都在此时尽数崩碎。

不过，在意念崩碎的最后一瞬，他依稀见到，在那黑暗之中，仿佛有一座残破的石碑若隐若现……

牧尘双目在此时猛地睁开，冷汗从其额头滚落下来，他捂住胸口，脑海中杂念犹如泉水般疯狂涌动着，甚至连体内灵力都有失控的迹象。

一只冰凉的玉手此时贴在了他的后背心，温暖的灵力飞快涌入，为他将体内失控的灵力尽数镇压了下来。

"怎么样了？"九幽紧张地问道。

牧尘喘了两口气，旋即他转头望着九幽那带着担忧的明艳脸颊，咧嘴一笑，笑容中充满着喜悦。

"找到了！"

第 18 章

封印

"找到了？"

九幽听到牧尘此话，美目中有惊喜的神采迸发出来，旋即又感到一些难以置信，毕竟这种事可是雷魔宗这么多年都未曾做到的，而现在，牧尘仅仅只是花了四天时间，就探测到了幽冥心魔雷的波动。

"应该不假。"牧尘也有些兴奋地点点头，他低头望着自己的手掌，面色凝重道："不过这幽冥心魔雷还真是霸道，仅仅只是雷音，就令我心神有些失守。"

"幽冥心魔雷算是诸多天地雷霆中颇为诡异的一种，它的力量不是如同其他雷霆之力那般刚猛狂暴，而且它的攻击方式，也并非是雷霆，而是雷音。"九幽道。

"雷音？"牧尘双目微眯。

"幽冥心魔雷能够无视绝大多数的防御，它由心而生，直接在人心灵深处出现，那种雷音，能够令得人心生杂念，心魔涌动，甚至连自身灵力都无法控制，说不定，还会遭到自身灵力反噬而亡。"九幽俏脸也有些凝重，显然是对那幽冥心魔雷忌惮不已。

这种攻击手段，简直让人防不胜防。

牧尘也是一脸震动，这样说来的话，面对着幽冥心魔雷的雷音，不论肉身修炼到多强，都依旧无法将其防御住，这等诡异能力，难怪能够与不死火一较高下。

而一念到此，他对于那幽冥心魔雷也是愈发地有兴趣了。

"走吧，我也想见识一下那传闻中的幽冥心魔雷。"九幽嫣然笑道。看得出来，她对于那幽冥心魔雷也是有着极大的兴趣。

牧尘点点头，然后对着准备动身的九幽伸出手来。

九幽那狭长的美眸疑惑地看过来，旋即俏美的脸上便有吟吟笑意浮现出来："怎么？牧小尘，想占姐姐便宜啊？"

牧尘嘴角抽搐了一下，无奈道："那个区域的大地魔雷极为狂暴，你若是胡乱闯入必定会引来攻击，而我能够凭借着驭雷术避开它们。"

"是吗？"九幽红润小嘴轻掀了一下，旋即她也是一笑，伸出玉手落在牧尘掌心中，"那就相信你一下吧，想来你也没那胆子。"

牧尘握住掌心中那温凉娇嫩的纤细玉手，然后手臂一用力，便将眼前拥有着修长柔软身材的女子揽入了怀中，手臂搂住她那柔软小蛮腰，顿时香风扑鼻，温玉满怀。

撞进牧尘怀中，九幽顿时有点措手不及，不过还不待她条件反射般的挣扎，牧尘便在其耳边轻声道："别动。"

声音落下，灵力自其体内涌出，将两人笼罩，旋即他脚尖一点，便化为光影对着那幽黑不见底的雷海深处暴掠而去。

狂暴的大地魔雷自两侧飞速掠过，感受着那贴着身体传来的热度，饶是以九幽的定力，俏脸都有点发烫，旋即她美目恨恨地盯了牧尘一眼。

牧尘察觉到她那羞恼的目光，也只能干笑一声，然后加快速度。

流光划过幽黑的雷海之中，所过之处，那些狂暴的大地魔雷都自动分散而开，让开了一条毫无阻碍的通道，凭借着驭雷术的神异，牧尘在这雷海之中，足以畅通无阻。

而就算是这般畅通无阻，可当牧尘逐渐接近意念所感知到的那片区域时，也已是大半天之后了。

咻。

流光掠过幽黑的雷海，那快若奔雷般的速度，却开始一点点减缓下来，灵光渐渐消散，露出了牧尘两人的身影。

九幽玉手轻按在牧尘胸膛，将他推后一步，旋即翩然脱身。

"哪有你这样用完就甩的。"牧尘义愤填膺道。

九幽好气又好笑地白了他一眼，也不理会他，美目看向前方，旋即俏脸便变得有些凝重起来。

牧尘也收起了玩笑心态，视线顺着看去，只见得在前方的那片幽黑区域中，竟是一片真空地带，那里仿佛什么都没有，但却令这里的大地魔雷根本就不敢靠近。

那片幽黑，犹如通往死亡之地的黑洞，令人心悸。

"我感应到的幽冥心魔雷，就在这里了。"牧尘声音低沉道，虽然这里安静无声，但不知道为何，他却是身体都不受控制地紧绷起来，那是因为他的肉身察觉到了危险而自发启动的防御姿态。

九幽螓首轻点，两人对视，皆是轻轻点头，最后两人同时跨出步伐，走出了雷海，直接迈进了那幽黑的真空地带中。

没有任何声音传来，两人一步步小心翼翼地前行，如此约莫数分钟后，九幽美目猛地一凝，而还不待她说话，突然一道有些鬼啸般的诡异雷音，陡然自她与牧尘的心中响彻而起。

轰！

两人的身体几乎是陡然间僵硬下来，特别是牧尘，他的脸上竟是有青筋攀爬出来，原本俊逸的面庞在此时显得格外的狰狞。

那一道诡异的雷音，直接在他心灵最深处响起，雷音波荡，几乎是顷刻间令得他体内运转的灵力失去了控制，如果不是他底子雄厚，恐怕现在灵力早已经失控，不过即便如此，现在的他，也是动弹不得，仿佛失去了身体控制权。

而就在牧尘努力抵御着内心深处的雷音时，那站在他身前的九幽，那紧绷的娇躯，突然再度一点点放松下来，紫色的火炎迅速燃烧起来，将她包裹在了其中。

燃烧着紫炎的玉手握住牧尘的手掌，紫炎席卷而来，涌入他的体内，火炎熊熊燃烧的声音，也开始将那雷音掩盖而去。

牧尘的身体也渐渐恢复。

九幽微微侧过头，露出尖俏白皙的脸颊："催动不死火防御。"

牧尘点点头，体内至尊海翻涌，灵力涌动间，一丝丝不死火渗透出来，虽然他的不死火并没有九幽那么雄浑，可要护住体内，却是足够了。

两人再度前行，而接下来几乎是每伴随着脚步的落下，便会有一声雷音在他们心灵深处轰然响起，不过他们已是有了防御，再加上不死火的力量，虽然步伐缓慢，但终归是一步步走了过来。

牧尘心中默默地计数，而当他在数到那雷音响彻了第一千次时，终于感觉到身前的九幽停了下来，而他也停下了脚步，抬起有些苍白的面庞，望向前方，然后眼瞳一缩。

只见得在那前方，是一片极端幽暗之地，而在那幽暗之中，却有着奇特的光芒若隐若现，那仿佛是一种灰暗的光芒。

那灰暗光芒中，仿佛并没有任何东西的存在，可牧尘却从那里感觉到了一种令人心悸的波动，那里，必然有东西存在！

只是，他的眼睛，似乎看不见！

"幽冥心魔雷是无形无质的……"九幽轻声道，她的身体在此时已是紧绷起来，不死火熊熊燃烧，她盯着那灰暗之地，声音渐渐变冷，"幽冥心魔雷就在你眼前！"

牧尘瞳孔紧缩，他死死地望着那片区域，眼中也有紫炎涌动起来，再然后，那灰暗之地中的空间仿佛出现了扭曲，隐隐间，他见到了一条约莫千丈庞大的无形巨蟒盘踞在那里，阴森得没有丝毫情感的蛇瞳，冰冷地盯着他。

嗤嗤。

它缓缓地吐着蛇信，异样的声音传出，犹如死神催眠曲。

这就是幽冥心魔雷吗？！

牧尘倒吸了一口冷气，没想到这幽冥心魔雷已经化为了蛇形，看来倒是不容小觑了，也不知道他与九幽联手，能否将其收服。

"嗯？"

而就在牧尘盯着那无形的幽冥心魔雷时，他眼神突然一动，看向了那巨蟒的背上，只见得在那里，灰光涌动，竟有一座残破的石碑，若隐若现。

"那是什么？"牧尘对着九幽轻声道。

九幽美目也顺着望去，她柳眉微微一蹙，凝神望去，只见在那残破石碑上，有光芒涌动，一些古老的字体，在渐渐浮现。

"无……心……经？"

九幽仔细辨认着那些古老字体，片刻后，美目陡然一凝，有些震动地喃喃道："好像是……无上心魔经？！"

"无上心魔经？"牧尘一怔，好霸气的名字，不过这又是什么东西？

"在远古时代，曾有一尊超级凶魔，人称心魔雷帝，当年他纵横大千世界，威名赫赫，后来在那场大千世界的劫难中，不知道有域外族的强者陨落在其手中，不过他也同样在那场劫难中消失了踪迹，没想到今日能够在这里见到这'无上心魔经'。"九幽惊讶道。

"难怪这里会出现幽冥心魔雷，当年这幽冥心魔雷，可是那心魔雷帝的拿手手段。"

"哦？难道这里会是那位心魔雷帝的陨落之地？"牧尘也有些惊讶地道。

"这就不知道了。"九幽摇摇头，她盯着那残破的石碑，她能够看见，那上面的"无上心魔经"似乎并不完整。

"等将这幽冥心魔雷蟒解决掉，一切都知道了。"九幽玉手缓缓紧握。

牧尘也是轻轻点头，他盯着那巨大的无形之蟒，眼神一点点变得冷冽起来，他费尽了心机才找到这里，今日说什么都得将这幽冥心魔雷得到！

幽暗之地，无形的巨蟒安静地盘踞，那冰冷无情的蛇瞳，令人不寒而栗，与其他绝大多数狂暴的雷霆不同，这幽冥心魔雷，几乎是处处透着诡异、森然。

牧尘与九幽皆是面色凝重而忌惮地盯着这无形雷蟒，从它的身上，就连九幽都感觉到了浓浓的危险。

"这家伙的实力，恐怕不弱于五品至尊，不过好在它空有其形，但却并没有灵智，所以我们也有机会。"九幽轻声道。

牧尘点点头，这无形雷蟒虽然看上去可怕，但那蛇瞳中却并不具备灵动之色，有的只是最本能的无情，不过即便如此，若要论起危险程度来，恐怕连之前那雷魔宗的宗主秦天罡都是不及它。

呼。

他轻吐了一口气，压抑下心中最开始的那种震动情绪，这种雷霆所化的神异之物，他以前在北苍灵院最后一层中也见识过，而且后者的力量显然比眼前的无形雷蟒更可怕，毕竟，那是连当时实力达到九品至尊顶峰的北溟龙鲲都感到棘手的存在。

眼前的无形雷蟒虽然是由幽冥心魔雷所化，在等级上要比那雷域中的生物更高一些，但因为种种原因，它们的力量显然并不相等，不然的话，现在的牧尘与九幽就准备逃命了。

"我们必须将它的形体打散，那样才能够将其收服。"九幽玉手缓缓紧握道，"我先出手，你自己小心！"

这种层次的交锋，必然需要九幽的力量，而牧尘这二品至尊的力量倒是有些微乎其微。

"小心一些。"牧尘点点头，也没有矫情，这个时候乱参战的话，说不定反而会成为九幽的累赘。

九幽蟒首轻点，旋即也就不再多说，玉足一点便是暴掠而出，只见熊熊紫炎自其体内暴涌而出，顿时间这片真空之中的温度便陡然暴涨。

嗤。

一对优美而巨大的黑色羽翼自九幽背后伸展开来，她玉手一握，只见一道道翎羽自其手中浮现，最后化为一柄纤细的翎羽长枪，长枪之上，紫炎涌动。

嗤！

在九幽催动灵力时，那无形雷蟒也察觉到了危险，当即蛇信吐动那无情的蛇瞳锁定九幽。

九幽背后双翼一振，唰的一声，她的身影便犹如鬼魅般出现在了无形雷蟒上方，而后枪身一震，铺天盖地的枪芒便席卷而下，每一道枪芒之上，都有紫炎黏附，杀伤力惊人。

嘶!

无形雷蟒陡然抬起蛇头，狰狞蛇嘴张开，不过那从它嘴中传出的却并非是蛇嘶鸣的声音，而是尖锐如鬼啸般的雷音！

雷音扩散开来，那席卷而下的枪芒在一接触到雷音时便噗噗地尽数消散而去。

九幽娇躯也在此时微微一颤，显然那幽冥心魔雷的雷音，也再度攻进了她的体内，不过她体内毕竟有不死火守护，所以倒是能够抵抗。

轰！

巨大的尾巴突然从天而降，那速度快若闪电，直奔九幽天灵盖而来。

九幽背后巨大的羽翼迅速交叉护在身前犹如羽盾。

咚！

蛇尾狠狠地甩在羽翼之上，庞大的力量伴随着雷音爆发开来，九幽的身体顿时被震飞出去，旋即双翼扇动，这才将身体稳住。

嘶！

无形雷蟒显然已是将九幽认定成了侵犯者当即开始疯狂攻击，那狰狞的蛇嘴中，尖锐的雷音不断传出，一波波连绵不断地对着九幽进攻而去。

而面对着无形雷蟒这无穷无尽的进攻，九幽一时间也陷入了防守，看上去有些被压制的迹象。

那战圈之外，牧尘见到这一幕，面色有些凝重，没想到这无形雷蟒竟然会如此厉害，连九幽都被压入了下风。

"必须尽快解决掉它，不然这样耗下去，九幽恐怕坚持不住。"牧尘眼芒不断闪烁，无形雷蟒乃是幽冥心魔雷所化，而这里的雷霆之力又无穷无尽，长时间耗下去的话，必然是九幽先坚持不住。

不过，现在的他也不能轻易出手，免得到时候吸引到无形雷蟒对他疯狂进攻，那反而更为麻烦。

牧尘眉头紧皱，旋即他一点点靠近那片战圈，感应着那无形雷蟒的攻击范围，片刻后，他出现在了真空的某处，然后踏出一步。

嘶！

当他这一步踏出之后，鬼啸般的雷音便是再度自他心灵深处响彻而起，他的身体瞬间就僵硬下来，脸上青筋耸动，身体仿佛要炸裂一般。

熊熊紫炎自牧尘眼中涌起，不死火催动起来，终于将那一道雷音抵御下来，不过这还不待牧尘松一口气，雷音却已再度响起。

这是因为他已经进入了无形雷蟒的攻击范围，所以也受到了波及。

牧尘双目缓缓闭上，他需要找出能够对付幽冥心魔雷的办法，不然的话，他根本帮不到九幽半点。

嗤嗤。

雷神体！

他的身体璀璨雷化，不过很快他就发现，雷神体对于防御幽冥心魔雷几乎毫无作用，然后他立即催动驭雷术，但驭雷术的效果，同样不大，因为眼下这幽冥心魔雷显然不是之前那些大地魔雷可比，这种狂暴的雷霆之力，凭借他的驭雷术，还无法掌控。

一种种手段，都被牧尘施展出来，但最后的效果都微乎其微，而伴随着九幽与无形雷蟒的战斗越来越激烈，他受到的波及也在随之变强。

牧尘盘坐在虚空中，他的面色在迅速变得苍白，体内越来越急促的雷音，令他承受到了极限。

"不行，不能放弃！"牧尘紧咬着牙，九幽在苦战，他若是就这样轻易放弃，又怎么对得起她的这番心思。

牧尘深吸一口气，运转着灵力，催动着不死火竭力抵抗，目光则在疯狂地闪烁着。

这无形雷蟒实力极强，从眼下九幽与它的战斗情况来看，想要将它打散形体，恐怕是一件成功率极低的事情。

而既然打不散形体，又想要对付它，那么就只有一个办法。

那就是封印掉它。

封印？

牧尘心神一动，如果要说起封印的话，那体内的不朽之页显然是一个最好的选择，毕竟这就算是强如曼荼罗那么可怕实力的存在都需要借助的东西。

心念至此，牧尘也就没有丝毫优柔寡断，当即双手相合，迅速变幻出一道奇异印法。

嗡。

至尊海中，一抹幽光突然自磅礴浩瀚的灵力海洋中射出，空间扭曲间，直接出现在了牧尘的面前，旋即其指尖猛然点出。

暗紫色的神秘光芒顿时自那不朽之页中弥漫出来，光芒升腾间，一朵美丽得近乎妖艳的曼陀罗花，便缓缓升起。

牧尘深吸一口气，体内灵力直接毫无保留地暴涌而出，全部都灌注进了那妖艳的曼陀罗花之内。

嗡嗡。

而伴随着牧尘灵力灌注，只见得那曼陀罗花美丽的花瓣也一点点绽放开来，在那花瓣之上，古老的纹路显得无比的神秘。

咚！

而在牧尘催动着那神秘的曼陀罗花时，远处的战场猛的有刺耳的鬼啸雷音响起，那种雷音比起之前更为狂暴。

砰！砰！

雷音过处，空间都扭曲起来，那自九幽体内席卷而出的熊熊紫炎，竟在此时被压制得节节败退，身形倒飞出了数千丈。

"该死！"

九幽银牙紧咬，忍不住骂了一声，她没想到这无形雷蟒竟是强到这种程度，而且再借助着地利，更是如虎添翼。

而经过刚刚的交手，九幽也明白，凭她一人，恐怕还无法镇压住这幽冥心魔雷。

"看来只能暂时退去，在大罗天域内寻一个强力帮手了。"九幽心中闪过这道念头，不过她在大罗天域内关系好的强者也不多，而天鹫皇如今要坐镇征伐之战，恐怕也没时间来帮她。

"九幽，退后！"

而就在九幽心中略显焦虑时，突然间，一道厉喝声陡然自后方响起，那是牧尘的声音。

听到牧尘的喝声,九幽微微一怔,虽然她不明白这种层次的战斗牧尘为什么会冲上来,但出于对他的信任,她还是第一时间扇动着双翼暴退。

而也就是在她暴退的同时间,只见一朵巨大的曼陀罗花,带起暗紫光芒,自其上空飞掠而过,然后悬浮在了那无形雷蟒上方。

曼陀罗花缓缓倾斜,那花心的位置,对准了下方的无形雷蟒。

嗤嗤!

当那曼陀罗花倾斜下来时,那素来没有什么情绪的无形雷蟒突然发出了暴躁的尖锐雷音,狂暴的雷音对着曼陀罗花席卷而去。

砰!

不过这些雷音在接触到曼陀罗花之外的暗紫光芒时,却是突然消融而去。

咻!

妖艳的花瓣绽放开来,暗紫色的光芒犹如一道光束射下,直接将无形雷蟒给笼罩在了其中,而后一股奇异的力量爆发出来,那无形雷蟒竟开始一点点被扯向曼陀罗花中。

轰!轰!

这一刻,那无形雷蟒仿佛也察觉到了危险,竟是疯狂的挣扎起来,一波波恐怖的幽冥心魔雷爆发开来,直接将那片空间都震得剧烈扭曲起来。

而随着它这般疯狂的挣扎与反抗,只见得那笼罩下来的暗紫色光芒,竟也在此时悄然有细微的裂纹开始浮现。

见到这一幕,牧尘的面色也是剧变,这可是他最后的手段,如果连不朽之页都封印不住这幽冥心魔雷,那他可就真只能放弃了。

可以他如今灵力的强横程度,也仅仅只能将这曼陀罗花的力量催动到这一步。

"该死的!"

牧尘也咬着牙骂了一声,不过,就在他黔驴技穷时,突然一只冰凉的玉手落在了他后背心处,九幽那清脆的声音传来:"用我的灵力!"

轰!

伴随着她声音落下，牧尘身体顿时猛地一颤，一股雄浑至极的灵力，犹如洪水一般，在此时源源不断地涌入了他的体内。

四肢百骸，灵力溢满！

轰！

磅礴而浩瀚的灵力疯狂涌入牧尘体内，几乎是顷刻间就溢满了他的浑身经脉，九幽给予他的灵力，显然远超他本身。

当然，一般说来，类似这种直接灌注灵力进入别人体内，是一种颇为忌讳的事情，因为不论肉身有多强悍，人体内部都是格外的脆弱，一旦属于别人的灵力侵入体内，只要稍稍有点异心，就能够令其经脉寸断。

不过牧尘与九幽之间，显然并没有这种忌讳，两人血脉相连，一荣俱荣，一损俱损，所以他们能够彼此拥有绝对的信任。

所以，当九幽那磅礴灵力涌入牧尘体内时，他根本没有丝毫犹豫，双手闪电般结印，体内灵力便暴涌而出，化为道道洪流，灌注进了那妖艳的曼陀罗花中。

嗡。

而这般支援，对于曼陀罗花而言，自然是神助，当即那本就妖艳的花身，更是膨胀开来，神秘的花瓣，变得越来越美丽，同时那笼罩而下的暗紫色光芒，也迅速变得璀璨，那被无形雷蟒震出的裂纹，也在此时尽数消失而去。

咚！咚！

无形雷蟒疯狂挣扎，不过这一次，它再也无法撼动那看似薄弱的暗紫色光束，庞大的身躯一点点对着曼陀罗花飞去，看似缓慢，但却无可撼动。

牧尘望着那距离曼陀罗花越来越近的无形雷蟒，也如释重负地松了一口气，旋即印法一变，只见那无形雷蟒便被彻底收入花心之中，而后妖艳的花瓣逐渐合拢，一道道神秘古老的光纹射出，照射在无形雷蟒身躯之上。

嗤嗤。

那些光纹犹如烙印在那无形雷蟒身躯上，令得它尖啸出声，最后身躯仿佛逐渐融化起来，最后犹如化为了一颗无形的雷蛋，安静地躺在那曼陀罗花花心之中。

而在那雷蛋旁边，残破的石碑，也是静静矗立。

"这东西还真是厉害。"九幽惊叹地望着这一幕,她与那无形雷蟒交过手,自然明白它有多强大,然而现在,依旧被那神秘的曼陀罗花打回了原形。

"曼陀罗花拥有着封印的力量,这幽冥心魔雷没有真实形体,最是惧怕它的能力,所以才能这么顺利。"牧尘笑了笑,旋即他手掌一招,那曼陀罗花便飞掠而下,悬浮在他的面前,而他先是看了一眼那化为雷蛋的幽冥心魔雷,然后目光便转向了那一座残破的石碑。

据先前九幽所说,这石碑之上,记载了那所谓的"无上心魔经",虽然牧尘并没听说过这个名字,但既然能够让九幽都为之惊叹,那必然就不是凡物了。

牧尘袖袍一挥,那座残破的石碑便飞出,然后矗立在了他的面前,视线望去,只见得这座石碑显得格外沧桑,幽黑的碑面上,布满着纵横交错的岁月痕迹,其上古老文字若隐若现,散发着一种奇特的威压。

牧尘看向碑面最顶处,那里的斑驳古老文字,正是之前九幽所说的"无上心魔经"……只不过因为石碑的残破,这无上心魔经,也并不完整。

"这无上心魔经,很厉害吗?"牧尘对着九幽问道。

"知道雷神宫吗?"

牧尘一怔,旋即点点头,现在的他毕竟也不是当初的菜鸟,对于这大千世界也有了一些了解,而这所谓的雷神宫,便是如今这大千世界中赫赫有名的超级势力。

"这雷神宫便是远古雷宫的传承,而在远古时期,这位心魔雷帝,则是远古雷宫的人,据我所知,这无上心魔经,便是如今雷神宫的镇宫神通。"九幽声音清悦道。

"镇宫,神通?"牧尘敏锐地听见了那最后两个字,当即心脏忍不住跳动了一下,竟然是神通,而不是所谓的神术!

在这大千世界,神术之上,便是更为玄奥神秘的神通,只不过那种层次的手段,对于寻常至尊来说,太过遥远,也太过强大。

每一道神通的出世,都会引来无数至尊强者疯狂的争夺,而这"无上心魔经"竟是那雷神宫的镇宫神通,足以看出它的强悍与重要。

"这无上心魔经,就算是在雷神宫内,够资格修炼的人也是屈指可数,不过可惜的是眼前这无上心魔经并不完整，按照我的估计，或许只能达到准大圆满神术左右的等级。"九幽惋惜道。

"准大圆满等级吗？"牧尘闻言却是咧嘴一笑，"足够了，我就喜欢残缺的。"

如果这无上心魔经真是完整的，恐怕以他现在的实力，根本就不可能修炼成功，所以残缺正好。

九幽无奈地白了他一眼，想来是对他此时表现出来的小精明又好气又好笑。

"据我所知，这无上心魔经最为可怕的地方，就是一旦修炼成功，便能够进入那'心魔状态'。"九幽美目望着眼前残破的石碑，俏脸变得凝重了一些，道。

"心魔状态？"牧尘一愣。

"一种极端可怕的状态，一旦进入这种状态，那么任何的外界干扰都会被其屏蔽，那时候的人，几乎算是一种绝对控制的状态，体内的每一丝灵力，肉身的每一股力量，都会被运用到最极致，从某种程度而言，一旦进入了心魔状态，那他就会成为真正的战斗之器，而那时候的战斗力，也将会随之暴涨。"九幽缓缓道。

"那雷神宫的宫主，据说只是半只脚跨入天至尊的境界，可一旦他进入极致的心魔状态的话，却是拥有着与天至尊级别的超级强者一搏之力。"

牧尘这才倒吸了一口冷气，虽然那个境界对于现在的他而言极为遥远，但他也能够感觉到那所谓的半脚之差究竟有多么可怕的差距，然而那雷神宫的宫主依旧能够凭借着这心魔状态与天至尊一战，这足以看出这无上心魔经的恐怖，难怪能够成为雷神宫的镇宫神通。

"这次真是发了。"牧尘垂涎道。没想到这次的收获竟然如此之大，不仅得到了幽冥心魔雷，甚至还得到了一卷残缺的可怕神通。

"不过修炼无上心魔经的前提是自身掌控了幽冥心魔雷，所以，如果你想要修炼它的话，还是先融合了这幽冥心魔雷吧。"

九幽给牧尘泼了一盆冷水："你可别以为融合幽冥心魔雷很容易，你之前融合不死火，那是因为与我之间有血脉链接，所以不死火并没有真正发威，而现在这幽冥心魔雷，可不会对你有半点客气。"

说起这个，牧尘眉头也皱了皱，旋即他笑了笑："我们费了这么大的力气，才得到这幽冥心魔雷，所以不管它究竟有多难缠，我都得把它给干掉！"

"有魄力。"九幽竖起大拇指，不过看她那噙着盈盈笑意的眼神，显然更多是打算看牧尘怎么焦头烂额。

牧尘白了想看热闹的九幽一眼，然后也正色起来，他当然知道想要炼化这幽冥心魔雷不是什么简单的事情，不过这显然不是放弃的理由。

呼。

牧尘深吸一口气，旋即身形一动，出现在了那曼陀罗花花心中，然后盘坐下来，手掌一招，那约莫脑袋大小的雷蛋，便落在了他的手中。

这颗雷蛋，依旧是无形之状，不过当牧尘手掌握上时，他能够感觉到尖锐的雷音，仿佛在穿透封印咆哮出来，令得他体内灵力都有些震动。

"被封印了还这么狂暴。"

牧尘皱皱眉头，他看向九幽，然后冲着她微微点头。

九幽见状，则是退开一些距离，不过那美目依旧紧紧地盯着牧尘，显然她打算一旦牧尘的炼化出现问题，就准备强行出手，到时候，就算是要抹除那幽冥心魔雷，她也会毫不犹豫。

"小心一些。"九幽提醒道。

牧尘点头，旋即他的双目则是一点点闭上，双手交合，犹如手含日月，而在其掌心中，便是那静静悬浮的无形雷蛋。

一团白气，顺着牧尘的嘴中喷吐而出，再然后，他双手猛地合拢，重重地拍在那雷蛋之上，可怕的力量震荡开来，只见得那雷蛋之上，竟有一道道裂纹飞快蔓延出来。

砰！

雷蛋最终爆碎开来，紧接着一道道无形雷霆，直接席卷而出，最后化为雷暴，将牧尘给笼罩了进去，那一道道无形雷霆，也源源不断地对着他体内暴涌而去。

至尊海。

浩瀚的至尊海内，此时滔天骇浪涌动，泛着莹莹紫意的灵力肆虐咆哮，一簇簇紫炎，点缀在海面上。

海面涌动，牧尘的神魄浮现而出，他脚踏海浪，然后抬头，只见此时至尊海的上空，已经开始剧烈扭曲起来，再然后，扭曲碎裂，铺天盖地的无形雷霆，从天而降，犹如要将这片至尊海洋撕裂。

熊熊！

似是察觉到了危险，至尊海内，紫色火炎也熊熊燃烧起来，牧尘神魄处于那浓浓紫炎内，他的眼瞳中，倒映着咆哮而来的无形雷霆。

旋即他的双掌猛然紧握。

这里可是我的地盘，在这里，不管你是龙，还是虎，都要给我老老实实地趴下来！

紫炎滔天涌动，仿佛与那磅礴雷霆，形成对峙之势。

（第十一册完）

天蚕土豆《斗破苍穹之大主宰⑫》2014年11月10日全国上市！
超级畅销漫画家**周洪滨**编创，同名改编漫画
全球登陆《**悦漫画**》，火热连载ing！